幽霊のはなし

ラッセル・カーク 著
横手拓治 編訳

彩流社

目次

イザヤおじさん

さあ見るがいい、夕暮れどきには、恐怖《おそれ》がある。
されど、夜明けに至らずして、彼らは消えうせるのだ。
それは、われらを掠《かす》める者たちが、受けるべきむくい、
われらを強奪する者たちが、辿《たど》るさだめである。
（『イザヤ書』第一七章一四節）

I

通りの向こうを、夕刊売りの少年が駈けぬけた。

「最終レース！」

その結果が載《の》せてあると叫ぶ、いつもの口上《こうじょう》が聞こえてくる。

夕暮れどきが迫っていた。店仕舞《じま》いの支度《したく》をする時刻だ。

そのとき不意に扉がひらき、客の姿が見えた。不吉な影。ずんぐりとした男で、口もとに冷たい笑いが漂っている。ダニエル・キナードはぞっとしたが、いつもと変わらぬ、客あしらいの表情をつくった。

男は挨拶もせず名刺を差し出し、ぶっきらぼうに言った。

「週二〇ドルだ、いいな」

ダニエルは目をぱちくりさせ、思わず首を横にふる。

ずんぐりした男は、口もとをいっそう残忍にゆがめ、「そのうち顔を合わすこともあるだろう」と、低くしゃがれた声をあげた。「コスタさんが出所するんだ」

ダニエルは押しだまるしかない。

ずんぐり男は、それ以上言い募《つの》ってくる様子もなく、くるり向きを変え、「あした、また来る。こんどはちゃんとカネをいただきにな」と背中で話した。そして男の姿は、たちまち店から表通りへ、外の雑踏のなかへと、かき消えてゆくのだった。まるで影が走るように。

名刺はこぎれいなつくりで、〈ノースエンド・プルデンシャル組合〉とある。ダニエルは胸騒ぎがした。彼の脳裏を走った映像は……こなごなにくだけ散った板ガラス、破裂する爆弾、立ちのぼる脂《あぶら》をふくんだ煙、耐えがたい悪臭……。

ダニエルのクリーニング店は、昔はもっとましなかまえだった。かつて通りぞいには六つの古い家族が住み、優美な邸宅が並んでいた。そのなかで、凝《こ》りに凝った煉瓦《レンガ》造りの出入口を持ち、界隈の名所になっていた建物がある。ダニエルは昔、その一角に店を出していたのだ。

すべては過ぎ去ったことだ。いまでは何もかもが失われていた。六つの邸宅にしても、残っているのはたった一邸にすぎない。

周囲はおそるべき変貌のさなかにある。
いわれのあるたたずまいで知られた店は、上から下まで手荒くクロムメッキ塗装を付され、〈はい一丁上がり〉とばかりに、ハンバーガー屋へ変身した。別の建物は、いかめしい装飾で人目を集めていた玄関口が取り壊され、まもなく、がらんどうの、洗車しやすいだけのガレージが登場する。

古くからの暮らしを大切にする人びとは郊外へ逃げだし、入れかわるように、町には得体《えたい》の知れない住民がふえた。自動車が派手なクラクションを鳴らし、工場での量産品が人びとにいき渡る。まもなくノースエンドは、落書きと排気ガスだらけの町になった。建物の外壁はどこも薄汚れ、朽ち果てた家々が並ぶさまは、まるで墓場だ。

スラムが広がり、そこで生きるしかない子どもたちは、あちこちのビルに出没し、騒々しい足音を立てて階段を上り下りしていた。

ダニエル・キナードは、変化の一部始終を見つめながら、ノースエンドの片隅でずっと住み続けていた。彼らの一家は誰よりも早く、この町にやって来たのだ。そして、ここを出て行くのも、彼らが最後のほうになる……。

それは望んだことなのか……いや、ちがう。

実のところ、キナードの一家がこの町を出て行くことはない。引っ越しをしたくても、もはやかなわない。どこをどう探しても、もう、引っ越すだけの資金が見つからないのだ。そのため、あたかもノースエンドという土地が、キナードの一家をがんじがらめにして、決して放してくれないかのようになっていた。

キナードの一家がありったけの金銭を投じて、クリーニング店を開いたのは二〇年前である。初めのころは、まずまずの繁盛だった。〈ずっと平穏に暮らしていける〉――ダニエルはそう思った。

しかし、いつからだろう。まるで丈夫な樽《たる》から水が漏れ流れるように、そして、漏れはじめたら止まらなくなるように、資金が失われて行った。

商売がうまくいかなくなったのは、ほかでもない。見かけだおしで、仕事も雑で、割安料金のライバルが次々と登場し、顧客の大半を奪われてしまったからだ。

残ったなじみ客はといえば、イタリア系やポーランド系、黒人。それに加え、廃《すた》れ、活気などどこにもなくなった通りぞいの家に、スシづめで暮らす人たちだった。貧しい彼らは、アイロンかけくらい自分でやる。クリーニング店へ行くのは、どうしても必要に迫られたときと、継《つ》ぎ補修のため、仕立てを頼む必要があるときだけだ。

これではたまらない。ダニエルの店は閑古鳥《かんこどり》が鳴く状態になった。蓄《たくわ》えが底を突くのに、そう時間はかからない。一家の生活はどうにもならなくなった。それは真綿《まわた》で首を絞《し》めつけるように、じりじりとキナード一家を苦しめた。

店を閉め、夕食をすませたあとでも、ダニエル・キナードには大事な仕事が残っている。帳簿《ちょうぼ》とにらめっこすることだ。彼のクリーニング店はすでに、帳簿係を雇《やと》う余裕などどこにもない。そそれでダニエル自身が帳簿に向き合う。目をぱちくりしばたかせながら。――それは毎晩のことだった。

店の手伝いに雇っているのは、受付の女の子が一人、アイロンかけ職人が二人、洗濯職人が一人、それにロシアン・ジュー（ロシア系ユダヤ人）の老人、これで全部。ジューじいさんは、はじまりの頃からずっと、仕立て一筋で店に尽くしてくれている。

彼らは店を続けて行くために、どうしても欠かせなかった。そのかわり、彼ら以外に金銭をかけることはできない。だから、ダニエルは妻とともに、できることは何でもやった。昼も夜も懸命に働いた。帳簿とにらめっこするのも、彼の仕事になるのは当然だった。

そして、ダニエルにとって帳簿係の仕事というは、毎月の収入が少しずつ、しかし確実に減って行くのを知らされる仕事でもあった。ため息の出ない日などあるだろうか。

とはいえダニエル・キナードは、貧乏になっても、おざなりな仕事はしないと決めていた。実際、彼のクリーニング店は、〈はい一丁〉のやり方とは無縁だった。仕事がきちょうめんなので、長らくご無沙汰になっても、きちんとした仕立ての服が必要になると足を運んでくれる客はまだ絶えない。それがあって、キナード一家の店は、青息吐息《あおいきといき》ながら続けてこられたのだ。

丁寧《ていねい》な仕事をこなしながら、どうにかこうにか生き残っている……それがキナードの一家だった。週二〇ドルの余裕？　どこを探せばわが家にそれがあるだろう。

もっとも、資金が用意できたのなら、それでいいのか。いや、たとえあったとしても……。ダニエルにはもっと大切なことがあるように思えてならなかった。ノースエンド・プルデンシャル組合などという、怪しげなところにカネを出すだなんて、どう考えても間違っている。思慮深い《プルデンシャル》？　まさか！　払う筋合いなど、どこにもないのだ。

ダニエルは、夕暮れどき、ずんぐりした男が発したおどしの言葉を、記憶のなかからくり返し取り出していた。

「コスタさんが出所する」

それが何を意味するかは、新聞を隈《くま》なく読まなくても、ダニエルにはわかった。

ブルーノ・コスタは、人をゆすった罪と、暴力をふるい人に大けがをさせた罪で、刑に服していた。ほんとうなら、まだずっと刑務所に居続けなくてはいけない。ところが知事は、そのコスタを、入獄から二年も経たないうちに釈放してしまった。恩赦《おんしゃ》を与えたのだ。つい先週のことである。

選挙が終わり、新しい裁判長と裁判官が選任されると、選挙前に掲げていた公約を実行に移さねばならなくなった。新聞記者から質問を受けた知事は、刑務所管理学《ピーノロジー》に関する最新の考え方を説明した。自分は人道的なやり方に理解があると、自信満々の口ぶりで。

そして知事は、六人の名だたる悪党どもを釈放した。人道を重んじる見地から、である。

幸運な六人のうちで、実はコスタなど、いちばんの小者にすぎなかった。それでもノースエンドの町全体を支配するほどには、大きな力を持っていたのである。

「コスタさんが出所する」

この言葉は、やりくりして、どうにかこうにか続けてきたキナードの店――その終わりを意味した。


招かざる客を夕暮れどきに迎えたその日、すっかり夜になった頃、ダニエルは、店奥の仕立て部屋を訪ねた。ジューじいさんが、古椅子にゆったり座っている。

じいさんのもとに歩み寄り、ダニエルは例の名刺を差し示した。

ちらり見るなり、ジューじいさんは、「ああ、キナードさま」となげくように言った。そして、眉《まゆ》をひそめると、気の毒そうに尋ねてくる。「いったい、いくら払えっていうんです？」

「週二〇ドルだとさ、ソール」

ソールはじいさんの名前だ。

額を聞くなり、ジューじいさんは肩をすくめ、両手を広げた。あきらめるより仕方がない、という身ぶりだった。「まあ、それくらいで済むなら……よしとせねば、なりますまい。キナードさま、払いなさいませ。払うんでございましょう？」

ダニエル・キナードは返事をためらわない。

「いいや」

けれども、不安は襲ってくる。「以前なら、やつらのような悪党が、おれたちに近づいて来ることはなかったはずだ。別世界の人間ではないか。それなのに……。どうすりゃいいんだ、ソール」「いいですか、キナードさま」じいさんは情報通を任じるように、語りはじめた。「やつらは、すでにほかのみんなを抱き込んでいますよ。あっしはもう知っています。角っこにある薬局のコワルスキーは払ったそうです。ガレージのジムもね」

ジューじいさんはついに、下唇を突き出した。コスタには抵抗するだけムダだ、と言わんばかりに。

「コスタの手下どもは、爆弾を投げ込むわ、臭《くさ》いものをまき散らすわ、ひょっとしたらキナードさまやあっしを、ぶん殴りに来かねない連中です。キナードさま、悪いことは申しません、払ったほうがようございます」

「警察があるじゃないか」ダニエル・キナードは、次第に興奮してきた。「警察に電話しよう」「警察？　コスタの野郎、もうとっくに押さえていますよ」ジューじいさんのほうも、まくし立てるようになる。「確かじゃありませんがね」

そして、一転して浮かぬ顔になった。「いいですか、キナードさま。とにもかくにも、警察にしたって、昼も夜も、店の前で見張ってくれるってこたあないでしょう？」

そのとおりだ。しかし納得にはほど遠い。こんどは、自分に話し聞かせる調子で、ダニエル・キナードはこう言い返した。

「いいかい、キナード家の人間はね、コスタのような連中には、ビタ一文だって払わないんだよ」

ジューじいさんは両肩をすくめる。

「時代が悪うございますよ」そして、急に立ち上がり、コートを羽織《はお》った。「夕食でも召《め》し上がりながら、よくよくお考えなさることですな。いいですか、払うほうが安くつくってもんです。じゃあ、今日はこのへんでおいとましますよ」

ダニエルは窓越しに外を眺めた。じいさんは通りの角のあたりで、きょろきょろあたりを見廻している。やがて暗い路地に入り、ぷっつり姿が消えた。

店を閉める時刻はとうにすぎている。ほかのお手伝いたちもみな帰宅したあとだ。最後に残ったダニエルは、すべての扉に鍵《かぎ》を厳重にかけ、レジから売上げ金を取り出すと、用心ぶかくコートの内ポケットに収めた。

玄関は鍵と閂《かんぬき》に加えて、頑丈な椅子を扉のところに寄せておいた。

〈手抜かりはないか。まあ今日はこれくらいだろう〉——ダニエルはひとり合点《がてん》して、ようやく店をあとにした。

帰宅すると、彼はさっそく受話器を取り、本屋のハンチェットに電話をかける。ハンチェットはいくらか機転の利《き》く、口数の少ない老人だった。

しばらくして、相手が出た。

「チャールズかい？　今日、コスタの使いっていうのが訪ねてきた。やつら週二〇ドルよこせって言うんだ。どうすればいいと思う？」

「払いな」ハンチェットのだみ声が聞こえた。

「払うのが正しいとは思わないんだ。ほかに打つ手はないだろうか、チャールズ？」

「マフィアに知り合いはいないのかい？　大物じゃなきゃだめだよ。もしいれば、手を引くよう説得してもらえるはずだ」

「いるはずがないじゃないか」

「そうだろうな……」ハンチェットは咳《せき》込んだ。「それじゃあ、市役所に知り合いはいないのかい？」

「いない。だいたい、そういったやり方を、おれは好かないんだ」

「じゃあ、第二のチャンスも消えたというわけだ。いいか、ダニエル、気にさわることを手短《てみじか》に言わせてもらう。こういう問題を解決したいなら、〈力のある人〉と知り合いでなけりゃだめだってことよ。そういった知り合いがいないのなら、カネを払うしかないじゃないか。現金が必要なら、あすにでもいくらか貸すよ」

もう話すことはないと言わんばかりに、ハンチェットは電話を切った。

ダニエル・キナードは電話台のそばに佇《たたず》んだ。電話帳の表紙をじっと見つめる。

すると、おあつらえむきに、太い黒文字が目に飛び込んできた。

〈もしものときは警察へ、ダイヤル０番〉

だめなのだ。その手はジューじいさんと、ひとしきり話したばかりではないか。彼は首をふり、台所へ向かうことにした。

コンロのところに妻がいる。

「アルマ、いいかい？　ちょっと座ってくれないか」

「どうしたの？」

背の高いアルマは、夫の顔をちらり見て、言われたとおりにした。

夫は深いため息をついた。

ダニエルは妻に、その日あったことをすっかり話した。

しばらく沈黙が続く。アルマは両方のこめかみに手を当てたまま、じっとしていた。

突然、ダニエルが切りだす。「なあアルマ、ぼくたちに〈力のある人〉の知り合いなんていたかな」

妻はしばらく考えたうえで、〈さあ元気を出して〉と言わんばかりに答えた。

「わたしたち、シモンズさんに会う予定じゃなかった？」

シモンズは市会議員だった。確かに知り合いといえなくはない。

ただ、それは望み薄なのだ。「ぼくたちが別の候補者に投票したことを、彼はよく知っているぜ」ダニエルがそれだけ言えば、期待の糸が切れたのは明白だ。

　アルマはうなずき、またしばらく、沈黙の時間が続いた。

「いい?」沈黙を破らねば、とあえぐように、アルマが口をひらいた。「わたしたち、なんとかして払わなくちゃいけないのよ。ただそれだけのことじゃない?」

　夫は妻を制するしかなかった。

「いいかい、アルマ。どこかに頼れる人がいるはずさ」

〈いったい、誰がいるっていうのよ〉――そう問いたださんばかりに、彼女の薄い唇がひらきかけた。しかし彼女は、出かかった言葉を一気に呑み込んだ。答えを求めて、あちこち思いをさまよわせている、そうした夫の様子がわかったからだ。

　夫は追いつめられていた。が、一つの答え……答えらしきものはある。

　ダニエルは妻に言った。

「ぼくは、おじさんをちっとも恥じちゃいないよ」

　彼女は発作的に、両手をぎゅっと握りしめた。そして叫んだ。

「いやだわ、おじさんの話なんて、この場に持ち出さないで!」

　それでも、夫が描く答えのゴールは、ある一点に集まりだしていた。そうした表情が見てとれる。アルマはあわてて言葉をつないだ。

「第一、おじさんが見つかるはずがないじゃないの。わたしたち、もう九年以上も会っていないのよ？」

ダニエルはじっと考えたうえで、答えた。

「イザヤおじさんは、たいそうな人物なのさ。ある意味でね」

「たいそうですって！　ずいぶんやさしい言い方ね」

アルマは話題を変えるしかないと決意した。イザヤおじさんの話など、これ以上したくはない。

「それにしても、コスタの手下たちって、どうしてわたしたちをつけ狙うのかしら？」

「ぼくもその点を、よく考えた」

「あの人たちって、以前は堅気《かたぎ》の人間――善良な市民にちょっかいを出すことなんて、なかったわよね。彼らが相手にしたのは、よそ者や変わり者だけ」

「それだけでは気が済まないほど、のさばりだしたのさ」キナードは苦笑《にがわら》いさえ浮かべていた。

「だから、ぼくたちだってもう免じてはもらえない。それに、いいかい、アルマ。善良であることなど、たいして重要ではない時代が、いまぼくたちの目の前に来ているんだよ。警察署長は善良かい？　市長は善良かい？　このあたりの票を集めたのは、コスタとコスタの仲間たちだというのは、みんな知っている。コスタは、ノースエンド流の民主主義を象徴しているのさ」

「それなら、もはやお手上げね。訴え出るところなんて、どこにもない」そうつぶやくと、アルマは、椅子から立ち上がった。結論は決まっている。「もういいわ。支払いましょう。それだけよ！」

ダニエルは彼女に座り直すよう身ぶりで示した。

まだ一つ残っている。一つの答えが。

「イザヤおじさんにお願いしてみよう」——これだ！

「精神いかれちゃった、あの人にお願いするわけ？」アルマは歯ぎしりしながら聞き返した。

「精神病院に入っていたのはたった二か月間だ。きみだって知っているだろう？」

「ええ、もちろん。そこから逃げ出したってこともね。彼が再び姿をあらわしたとき、弁護士たちがいっせいに、〈この男は正気だ〉と宣言したことも！　人を殺《あや》めてしまったのは、一時的な精神の錯乱《さくらん》のせい、だなんていうんでしょう？」

アルマは、興奮をしずめることなどもう必要ない、と言わんばかりの調子になった。

「ええ、いいのよ。どこの家だって遠くまでたどれば、どうしようもないおじさんくらい、一人や二人はいるもんでしょうよ。イカサマはする、信仰そっちのけでお酒ばかり飲む、借りたおカネは返さない……それはいいの。いるっていうこと自体はね。気にしたらきりがないわ。でもね、あの人はいや。わたしはいやなの。あなたのごたいそうなイザヤおじさんときたら、まるで毒ヘビだわ。彼が部屋に入ってくると、わたしはいつも震えていた」

「それは意外だな。おじさんは、きみだけには礼儀正しかったはずだけど」

彼女は〈ふうん〉とでもいいたげな表情をした。「そのとおりよ。まったくそのとおり。あの人の立ち居ふる舞いは洗練されていたわ。わたしに対してだけじゃない。誰に対してもよ。着こなしだってすてきだった」

「毒ヘビでも、何でもないじゃあないか」

「でも、いい？　ここが大事よ。ああ！　彼は海賊の冒険話にすっかり心を奪われていたの。それを聞かされ続けているうちに、わたしの目には映ってきた。あのイザヤが、磔柱《はりつけばしら》のそばに立って、魔女の火あぶりを興味しんしんと眺めている様子がね！　彼は生まれてくる時代を間違えたの。そういうものを楽しむには遅すぎたのよ。あなたたち、けったい《スコッチ》なキナード一族！　その一員たるあの人は、旧約聖書の無慈悲なる者の名を持ち、地獄に堕《お》ちる魂を宿しているのよ」

ダニエルは顔をしかめ、かすかに笑い声を洩《も》らした。「アルマ、きみは昔、おじさん家《ち》の近くに住んでいた。それで、お芝居をするためおじさんのところへ行っていたよね。機嫌がよかったおじさんが、ジャイアント・ディスペア[1]をどんなふうに演じたか、覚えているかい？」

「機嫌がいいだって？　ねえ、わたしが忘れると思う？　あのお芝居のせいで、五年間もずっと、びくびくしどうしだったことを。わたしたちがクリスチャン[2]とフェイスフル[3]を演じたとき、あのおっかないイザヤは、大きな黒いマントみたいなのを羽織って、忍び足で近寄ってきた。それから急に飛びかかり、わたしたちをつかまえると、クローゼットのなかへ放り込んだのよ。あのときのイザヤの冷たい腕、長い爪の不気味さったらないわ。わたしはその日からというもの、夜になるとしょっちゅう泣き叫んでいた。イザヤのジャイアント・ディスペアにぞっとしてね」

「そうだったのか」

「でも、わたしったら、決してお芝居の誘いを断ろうとはしなかった。だって、もし断りでもしたら、イザヤは機嫌を損《そこ》ねていたかもしれないからよ。とにかくわたしは、イザヤがどれほどいやだったか！　そのうちわたしは、イザヤをペットのヘビのようなものだって思うことにしたの。ミルクをあげて、やさしくなだめて、〈よしよし〉ってね。そうしてないと、こんどはあなたに飛びかかり、息の根を止めたかもしれない。それほど獰猛《どうもう》な人なんだから」

「大袈裟《おおげさ》だよ、アルマ！　イザヤおじさんは確かに、心やさしい人ではなかった。でも、ぼくは、おじさんのことが、とても好きに思えるときもあったんだ。おじさんだって、そのことがわかっていた。おじさんは情け深い人であったし、だいたい、警察のやっかいになることなど、一度だってなかった。精神病院行きとなった、あの一件を除けばだけど」

「一度だってない？　まさか！」アルマは夫をさえぎって言った。「イザヤを刑務所に入れたがっていた連中がどれだけいたか」

「そうかな」

（1）人を絶望におとしいれる巨人。バニヤン『天路歴程《てんろれきてい》』に登場する。
（2）キリストを信じる者。
（3）信義にあつい人。

「あれこれ禁止条項をこしらえるのが好みの連中は、たんといる、いるのよ。イザヤに商売の才能があったってことは、わたしも認めるわ。才能、そう、才能としか言えないわね。銃の密輸に、不法な出入国の手助け、アヘンの取引……たいそう立派なものばかり！」

「アヘンは自分で使うためだった……まあ、ひょっとしたら、中国人やインド人の友だちのぶんもあったかもしれない。おじさんには確かに、危なっかしいところがあったのは、ぼくだって認める。だからって、おじさんを軽蔑する理由には、ならないんじゃないかな。それに、いまぼくたちは難題に襲われている。助けてくれる人がいるとすれば、もはやイザヤおじさんしかいないはずだ。おじさんがどういう人だったか――あるいは、どういう人であるべきだったか――というのは別として、おじさんは家族をとても誇りにしていたんだ。ぼくたちが心底困っていることを知ったら、アルマ、おじさんは、救いの手を差しのべてくれると思うよ」

「わたしがイザヤおじさんを軽蔑しているって？　いいえ、ちがうわ。わたしはね、彼のことが嫌いなだけ。第一、わたしたちのこんどの問題で、彼がちょっかい出すなんてありえないわ。彼がいるのは、オムスクか、トムスクか、トボルスクでしょう。そうでないなら、みんな知っているように……地獄だわ！　ダニエル、あなたは、彼の居場所を知っている人、教えてくれそうな人を、この町に誰一人として見つけることはできないはず」

そして、アルマは宣言するように声をあげた。「いい、わかった？　だから、わたしたちはコスタにおカネを払ったほうがいいのよ」

キッチンテーブルにもたれて頬杖《ほおづえ》をついていた彼女の夫は、ゆっくりとした口調で、いくぶん意地悪げに答えた。

「おじさんの居場所? ぼくだってさっぱりさ。でも、例のギリシャ人に聞けば、ヒントくらいは、あるんじゃないかな?」

II

ウォーター通りで、連絡船の港湾ドックから目と鼻の先にアリスカフェがあった。裏手には淀《よど》んだ川が流れている。おもては倉庫街につながる道で昼間から薄暗く、夜になると静まりかえった。

カフェの緑と赤のネオン看板は、川霧のせいでときにかすんで見えた。ほんものそっくりの模造品《イミテーション》ムを盛った大皿が、しおれたシダの鉢《はち》植えにはさまれ、店頭《てんとう》ショーケースのいちばん目立つところに、これ見よがしに置かれていた。

正面ウィンドウのガラスには、太字でこう書かれていた。

〈ウッドロー・ウィルソン・アギロポウラスの店

女の方専用の席もご用意中〉

カフェの真上には屋根裏部屋があり、二つの煤《すす》けた窓から階下を見おろすことができる。もっともその部屋へ行くには、カフェのなかからではなく、通りに面した別の入口から入って、階段をのぼらねばならない。

そこは昔、イザヤおじさんが事務所がわりに使っていた空間《スペース》だった。

別入口のすぐ上部にあたる場所には、ちょっとした仕掛けがある。どんな細かな点も見逃さない観察眼の持ち主にしか気づかない仕掛け。それは、軒《のき》を支えるスチール製の腕木《うでぎ》の上に固定された、小さな鏡だった。

その鏡を使えば、ドアのところに誰がいるのかが、上の屋根裏部屋から一目瞭然《いちもくりょうぜん》となる。

鏡をすえつけた者は、かつてのイザヤ・キナードだった。イザヤおじさんは、訪問者が不審な者かどうかを確認するため、こんな仕掛けを用意したのだ。

ダニエル・キナードは通りに立って、ガラスウィンドウ越しにアリスカフェの店内を覗《のぞ》き込んだ。

夜九時半をまわっている。ギリシャ人の店には、コーヒーを飲み終えようとしている客が一人いるだけ。常連のようだ。

店主は客に向かって、景気が山あり谷ありのなか、店を切り盛りする秘訣《ひけつ》について熱心に語っていた。それは彼にとって、昔からの気晴《きば》らしだった。

コーヒー沸《わ》かし器のそばにカウンターがあり、何枚かの用紙が散らばっていた。店主は鉛筆をにぎりしめ、円や曲線、三角形をいくつも描きながら、ああでもない、こうでもないと説明に夢中だった。その声はあけっぱなしの扉を越えて、外にいたダニエルのところまでくっきり届いた。

「ブロンコウスキーさん、ここまではわかりますか？　よろしい！　銀行はですな、わたしにもう一万七〇〇〇ドルも用立てたのですよ」

そのときコーヒー沸かし器のうしろから男の子が現れ、店主の服の袖《そで》をさかんに引きだす。

「えんぴつ、パパ、えんぴつ！」

ギリシャ人は「あっちへ行ってなさい」と諭《さと》すように言った。そして客に向き直る。「さて、ブロンコウスキーさん、これで、スッキリでしょう？」

客はこっくりうなずいた。

ダニエル・キナードは店の外から、その様子をじっと見つめていた。

「えんぴつ、パパ、えんぴつ！」男の子は、まだ言い続けている。

ギリシャ人は仕方なく、カウンターにあった鉛筆を一本、息子に渡した。

と、そのときだった。

店内をうかがっていたダニエルは、その自分が、誰かから見つめられている感覚に襲われた。彼はおそるおそる、うしろをふり向く。コスタも、ずんぐり男も、通りにはいない。ほかの誰も……。

そのとき彼の目に、何かが飛び込んできた。頭上にあるもの……かの小さな鏡だった。鏡を通して、こちらを見つめる者がいる！　光のない窓から、誰かがじっと、こちらを眺めおろしていたのだ。

その顔かたちは、おぼろげだった。それでもカフェのネオンは、判別に多少の効果をもたらしていた。

角ばった顔つき、ふさふさした白髪《はくはつ》。豊かな眉毛のせいで目のあたりは影になっている。かすかにせせら笑う様子はあったものの、口もとの皺《しわ》は深く、唇はかたく結ばれ、礼儀正しさを感じさせた。

その顔かたちは一瞬のうちにかき消えた。ダニエルは叫びだしそうになった。

イザヤ・キナード！


ダニエル・キナードは、屋根裏部屋へつながる扉にとりつき、ドアを強く引っぱる。だめなのだ、そこには鍵がかかっていた。

ダニエルはカフェへ飛び込み、息を切らしながらギリシャ人に声を投げた。

「ウッディ、あんたに話があるんだ」

店主はダニエルの青ざめた顔を黒い瞳で見つめると、「キナードさん、調理場のほうへ行きましょう」と促《うなが》し、奥に通じるスイングドアをあけた。

「何かあったのですか」

「イザヤおじさんだ。上の階に……。ウッディ、お願いだ。ぼくを上にあげてくれないか」

ギリシャ人の店主は顔をしかめて見せると、急に笑いだす。

「キナードさん、またご冗談を！　ここ一〇年かそこいら、わたしはあなたのおじさんを一目だって見ちゃいない。わたしだけじゃない。誰も、です。キューバへ行ったか、メキシコか？　そのあたりは知りませんがね。ここには、ぜったいいませんよ。このウォーター通りに？　しかも、いまこのときに？　冗談はよしてください」

「ウッディ、ぼくはこの目で、確かに見たんだ。鏡に映るおじさんの顔をね」

店主の表情から、笑いがすうっと消えた。

「何てこった、気は確かですか？　神に誓って、あなたのおじさんは上にはいません。よろしいですか？　上には誰もいないんです」

それだけ言うと、店主は残っていた客のほうを向き、片手をあげてあいさつした。扉がパタンと閉まる音がする。客が出て行ったのだ。あとには、おちびが店内でなぐり書きしている音だけが聞こえていた。

ギリシャ人は、あげていた手を下ろして言った。

「誰もいません。もう何年もね」

それでもダニエルは、あきらめることなどできない。ここで引くわけにはいかないのだ。

「なあウッディ、頼むから見せてくれよ。コスタのやつが追ってきてるんだ。ぼくはどうしても、おじさんに会わなくちゃいけない」

「ああ、何てこった！」ギリシャ人はついに腹を立てだし、肩をすくめた。「ほんとうなんですよ、わたしが言ってることは。分かりました。じゃあ、付いてきてください。どうしてもとおっしゃるならばね」

ギリシャ人は包丁を収めている引き出しから鍵を二つ取ると、キナードを連れて、カフェの店内を通り抜けた。外へ出る扉のところまで行くと、やけに低い声で、「コスタ」とつぶやくのだった。「ひどい話だが、もう、支払うしかないですよ。わたしなら支払いますがね」

店の外へ出て、階段入口の扉をあける。現れた急な階段をのぼりきると、また扉があった。こちらの扉をあけるのに、ギリシャ人は少々苦労をした。鍵を差したり抜いたり、回したりをくりかえして、何とかあけたのだ。

部屋は暗く、だだっ広いだけ。長らく使ってないありさまがすぐ知れた。

「電気は点《つ》きませんよ」

ギリシャ人がそう告げた。ささやくように。

それでもダニエルの目はだんだん闇になれてくる。家具のかたちがぼんやり見えてきた。一台の机と長いカウンターのようなもののほか、テーブルが一卓、古めかしい椅子がいくつか、それに金庫と書類整理棚のあるのがわかった。

とはいえ、部屋の奥まったほうだけは、依然暗くて何も見えない。

「ウッディ、懐中電灯はないのかい?」

ギリシャ人は首を横にふりながら、カウンターの上を手探りした。すぐにロウソク台が見つかった。火を灯《とも》すと、暗がりだった奥の様子が見えた。

何もない。そこはたんなる暗がりにすぎなかったのだ。ただ、川を見おろせる二つの窓があり、そのあいだに、ダニエルは扉を発見した。

「ウッディ、あの扉の反対側がどうなっているか、見せてくれないか？」

ギリシャ人は扉の鍵穴に、鍵を差し込んだ。

軋《きし》む音をあげながら扉がひらく。ボロボロの外階段があり、眼下は油だらけの川だった。ねじれて続く階段の降り口は、川岸と路地への入口だ。川はときおりゴボゴボ、シュッシュッと音を立てながら、ゆるやかに流れていた。

「もうじゅうぶんだ、ウッディ」ダニエル・キナードは言った。「すまなかった。まさか、こんなことだとは……」

川側の扉を閉めたあと、ふたりは、もう使われなくなった事務所の真ん中に立った。

「どうしたもんだか……」ギリシャ人はしんみりと語りだす。「わたしだって、あの方には戻ってきてもらいたいのです。わかっていますとも、キナードさん。あなたはおじさんが、戻ってくると考えていらっしゃる。そう信じ込んでいるうちに、ついには気配が感じられた。〈まさか……いや！　イザヤおじさんにちがいない〉。こうなったんでしょう？　でも、ここには誰もいないのです。あなたのおじさん、あの方はたいそう賢い方ですから、もう戻ってはきません。行ったところはメキシコか、キューバか、ブラジルか、はてさて。知っている人なんていやしません」

そして、ギリシャ人の店主、ウッドロー・アギロポウラスは、こう付け加えることを、決して忘れなかった。

「もしあの方がいたら？　コスタなんぞはお断り、とするでしょう？　もっとも、あなたのおじさんは、コスタに唾《つば》を吐くなど決していたしません。そんな、はしたないふるまいをする方じゃない。唾なんか吐かなくても、そこにいるだけで、コスタを追っ払える。ねえ、そうでしょう？」

ダニエルはかすかにうなずいた。

「おじさんが出て行ったあと、どうしてここを誰にも貸さなかったんだい、ウッディ？」

ギリシャ人は、すっかり寂しくなった髪の毛を手櫛《てぐし》でとかしながら、ダニエルに語りだした。

「キナードさん、こんなひどいところじゃ、ろくな稼《かせ》ぎにはなりません。それに、あなたのおじさん、あの方は、わたしに親切だった。そんな方の部屋を、誰かに貸すわけにもいきません。かつてあの方がいたとき、この部屋に、わたしと、わたしの最初の息子を呼んでくださった。わたしたちはよく、お話したのです。ああ、キナードさん、あなたのおじさんがどんなふうに話をしてくださったか！　いつくしみ深き友、なんて善いお方だったでしょう。あの方にはすべてがお見通しです。

そうそう、こんな詩をつくってくれたこともありました。

ウッドロー・ウィルソン・アギロポウラス、

かかる宏大《こうだい》な都会、それを統《す》べんがため、
ここに生を享《う》けし者よ……

もしもあなたのおじさんがクレイジーならばですよ、キナードさん、わたしは、ウォーター通りのみんながクレイジーになってほしいとさえ思います。あの方はお偉い方です！　それに心のおやさしい方でした。わたしによくこうおっしゃった。〈ウッドロー、わしは、おまえを信用しておるよ〉。いいですか、それほど思い出ぶかいあの方の部屋を、他人に貸すだなんて、わたしにはとてもできません。持ち物だって何だって、あのときのままです」

そこまで聞いて、ダニエルは思わず尋ねた。

「ウッディ、おじさんの居場所だけど、ほんとうに皆目《かいもく》、見当がつかないのかい？　誰かが知っている可能性は、ほんとうにないのだろうか？」

ギリシャ人は考え込んだ。そして、ゆっくり口をひらく。

「そこまでおっしゃるなら、一つだけ、心当たりがあります。彼を訪ねるがいい——弁護士のシミッチ氏です。あなたのおじさんのために仕事をした、あのシミッチ氏なら、手がかりを持っているかもしれない」

「それはありがたい。連絡先を知っているかい？」

ギリシャ人はキナードを伴って階段を下り、カフェへ戻ると、古いメニューの裏にシミッチの住所を走り書きした。

「どうぞこれを」

そして扉を開け、ダニエルを店の外へと導いた。

別れるとき、ためらいがちにこう言った。

「あの方は、よくお祈りをしていらっしゃいました」

「おじさんが？　それほど敬虔《けいけん》な人とは思わなかった」

「ええ、キナードさん、そうでしょうとも。あなたとのときは、いつも小声だったんでしょうね。ただ、わたしのときは違いました。いいですか？　わたしはここで皿を洗っていたんです。じゃあじゃあ水音をさせてね。するとすぐ上の部屋から、あの方の大きな声が聞こえてきた。祈る声です。あなたのおじさんは、敵の息の根を止めるため、神に祈っていました。それは実現します。キナードさん、それは必ず実現するのです」

店じまいの時間はとっくにすぎていた。ギリシャ人は、夜のとばりに包まれた周囲を見渡し、

「ここで失礼」と言って、足早に店内へと戻った。

彼が立ち去ると、キナードは頭の上の鏡にそれとなく目をやった。

もうそこに、あの顔はない。

シミッチは、カフェから歩いてそう遠くないところに住んでいる。夜も一一時をすぎていたが、

ダニエルは翌朝まで待てなかった。悪党どもが再びやってくるのは、間違いないからだ。

向かった先にあったのは古びた煉瓦造りで、スラム撲滅計画で取り壊しの瀬戸際《せとぎわ》にある建物だった。エレベーターで四階まで上がると、〈弁護士　D・L・シミッチ〉と書かれた表札の扉はすぐに見つかった。

ダニエルはベルを鳴らす。何の反応もない。二度めのベル。するとワイシャツ姿で、キツネ目をした痩《や》せぎすの男が、室内履《ば》きのまま扉をあけた。

「誰だ？」

「キナードと申します」

いぶかしげで、意地悪そうでもあったシミッチの態度が、がらり変わった。廊下のほうをじっと見て、遅い時間だから早く、とでも言いたげにダニエルを促した。

「どうぞお入りください」

やがてふたりは、くすんだクリーム色の壁に囲まれた居間で、向き合って座った。

シミッチはまず念押しをした。

「あの方のことですね」

「そうです。急いでおじと連絡を取らねばなりません。そのことで、お力を貸していただけませんか？」

シミッチは瞳をきょろきょろ動かし、ダニエルのよれよれのスーツと、人がよさそうな顔つきを注意深く観察してから、こう言った。

「あなたのおじぎみは、頑固《がんこ》ではいらっしゃいましたが、てきぱきと気持ちのよい方でした。おじぎみとの仕事にも満足しています。ただ、率直に申し上げると、キナードさん。実はここ三年ばかり、イザヤ・キナード氏からの音信はありません」

ひと呼吸おいて、シミッチは続けた。

「ただし、キナード氏の仲間だった外国人をわたしは知っています。彼らに尋ねてみれば、何かわかるかもしれない。もちろん、あくまでも可能性にすぎませんので、どうかその点はお含みおきください。海外電報を利用することになりますし、登録料のほかに、わたくしのところの通常の弁護士費用もいただくことになりますが……」

「どうか、進めてください」ダニエルは即答した。

シミッチはかすかにため息をついてから、「費用は法外なものにはならないと思いますよ、キナードさん。さっそく明朝から、取りかかりましょう」と告げた。

内心いくらかの迷いはあった。しかしダニエルは、躊躇《ちゅうちょ》する心をふみ越えて、「海外電報、どうか、今夜からはじめてください」と言うのだった。イザヤおじさんとの出会いを、信じるかのように。

シミッチと握手を交わし、霧で覆《おお》われた道に出ると、ダニエルはウォーター通りへと引き返して行った。

Ⅲ

夜ふけになっている。

不安を抱えながら、ひとりウォーター通りをゆくダニエルは、再びアリスカフェに近づいた。

明かりはすっかり消えている。

店の前をゆっくりと通りすぎる。

そのとき、ある感覚が起こり、彼の足は止まった。

時間にすればわずか二、三秒だった。彼はかすかに、独特なにおいを感じた。それは記憶の底に眠っていたのと同じ香り――昔、流行《はや》った紳士用石鹼《せっけん》の、心地よく、奥ゆかしい香りだった。

イザヤおじさんが使っていたものだ！

ダニエルは、すばやくふり向いて、屋根裏部屋へ通じる階段入口のほうにずんずん進んだ。入口のところにも、すぐとなりの奥まったところにも、人影はない。

ただ、ある感じが確信となるまで、そう時間はかからなかった。

ほんの少し前まで、そこには、誰かがいたにちがいない……。

ダニエルは階段につながる扉をぐいと引いた。不思議なことに、扉は簡単にひらいた。なかへ入ると、彼は、上階からどんな音がしても、決して聞き洩らすまいと耳をそばだて、忍び足で階段をのぼって行った。

六段目に片足がかかりかけたとき、階段のてっぺんのほうから音がおりてきた。どこまでも静かな、口笛の調べ。聴きちがえるはずはない。〈ディキシー〉[4]だ。

ダニエルは、全身の毛がよだつ感覚に襲われた。

直後に口笛は低い鼻歌となり、しまいには豊かな太い声へと変じた。こもりぎみの声ではあったけれども。

そば粉のケーキ、インディアンバター
おまえは太るよ、でっぷりと
そうでなけりゃ、ちょっぴりと
懐かしき、懐かしき
おお懐かしき、ディキシーランド

声と抑揚に聴き覚えがある。

ダニエルは名を呼んだ。

「イザヤおじさん！」

そして、ポーンポンと、とぶように最上段まで駈け上がると、扉にとりついて、押しあけようとした。しかし扉はびくともしない。

ダニエル・キナードは叫んだ。「イザヤ・キナード！」

すると、急に歌がやんだ。

ダニエルは、扉の取っ手をガタガタさせ、力づくで閂をはずそうとした。扉の内側で何かが動いている様子がある。

彼の心の目には、ゆがんだ扉の向こう側にいる男の姿が、ありありと浮かんでいた。黒っぽい上質な衣服、丈夫なサンザシの杖、硬い詰襟《つめえり》、そしてあの石鹸の香り。その顔は豊かな眉毛を備え、ライトブルーの瞳はあちこちへさかんに動いている――はずだ。

「イザヤおじさん！」

しばらく沈黙が続き、やがて扉の内側、屋根裏部屋のなかから、ひとつの言葉が届いた。

「ごきげんよう、ダニエル」

懐かしい声――。

「おまえの非道《ひど》い、気がくるった、老いぼれのおじさんだ」

ダニエルは扉に飛びついた。

「なかへ入れてよ、イザヤおじさん」

（4）南軍の行進曲。

返事はない。杖で床をひっかくような音だけが聞こえてきた。おじさんはもう、満足に歩けないのだろうか？

「おじさん、病気なの？」

すると、悠長《ゆうちょう》に語るかつてのイザヤ・キナードとは異なった、明瞭で力強い声が聞こえてきた。

「ダニエルよ、いまのわしは、しばらく続けてきた禁欲と禁酒が報われている。わしは、最後におまえさんに会ったときと同じくらい健康だ。扉を閉めたままにしているのは、おまえさんを見て、自分の奇行が再発するといけないと思っているからだよ」

「最後に会ってから、もう九年になります。それにおじさん、ぼくには、いますぐあなたに聞いてもらいたい話があるのです」

「わが甥よ、わしはもう気づいている。だがいいかな、わしはお情けをいただいてここにいるのだ。いつまでこうして自由にふるまえるか、保証のかぎりではない。――だから、わかってもらいたい。このやり取りがおまえさんにとって、どれほどみっともなく思えようと、すべて声で行わなければいけない。それはわしが交わしている取り決めなのだよ」

そう言い終えると、扉の向こうから、クックッという低い笑い声が聞こえてきた。

「おじさん」ダニエル・キナードはあきらめず、語りかけた。「ぼくといっしょに家《うち》に帰りましょう。ぼくにはおじさんの助けが必要なんです。ついでに言わせてもらえれば、おじさんところの家主アギロポウラス氏は、とんだくわせものですよ」

そうだ。〈上には誰もいません、もう何年もね〉と、彼は言ったではないか。「ダニエル、わしらキナード家の人間は、そう簡単に人を裁《さば》いちゃいかんぞ。ウッドローは少しばかり、わしに好意を持ってくれている。とはいえ、いまは、わしの存在が彼を困らせているはずだ。わしがここにいるという考えが、彼のなかには、ないのだからな。

陽気な粉屋は歌っている、ディー川のほとりで
わしはだれも気にしない
気にしないったら、気にしない
だれもわしのことなど、気にしちゃいないからさ

ダニエル、いいかな、この詩の原則に背《そむ》いてしまったとき、わしにはいつも罰が与えられた。われわれのストア派で教師が伝える教えは、おまえさんも覚えているだろう？〈山の上にいるかのごとく生きよ〉だ。わしはこれから、おまえさんが抱える問題に向き合う。ただこのことは、とくに覆いかくす必要があるのだ。〈山の上にいるかのごとく〉だからさ」

ダニエル・キナードはもはや、この尋常でない対話——鍵のかかった扉ごしに行う問答——に、ひたすら心を任せるしかなかった。

「おまえさんといっしょに、家へ帰るという件だがな」イザヤおじさんは続けた。「帰れない

理由《わけ》をもう一つ。率直に言えば心配なのだよ。わしがいきなり現れてみろ。心の準備が何もできてないアルマは、きっとショックを受けて、立ち直れなくなるだろう。そうじゃないか？　だから、わしのことは、誰に対しても口を堅《かた》くするのだ。家族にもね。さて、では本題に入るとしよう。ブルーノ・コスタ、そうだな？」

「ええ」おじさんは確かに、すべてお見通しだった。「以前なら、ぼくたちを困らせようなんてことは、決してしなかったのですが」

「そのとおり。実際コスタは、あんたらキナード家のことを何も知らない。そうした相手からも、カネをむしり取らなくちゃならん事情が、コスタの側に生まれたのだ。ダニエル、いいかい。わしらの、この大きな坩堝《るつぼ》のなかの、泡のような人びとだけを、コスタはずっとつけ狙ってきた。ところがだな、それだけではすまなくなった。やつは堂々と公衆の面前で恩赦を受けるために、胸を張って世間へ出てくるために、どっさりカネを使ったのさ。それを取り戻さないといけなくなった。カネがらみの、のっぴきならない約束をしているのかもしれない。それで、以前ならやつらに煩《わずら》わされずにすんでいたところからも、取り立てをやりはじめたのだ。さてと……」

イザヤおじさんは、身仕舞いを正すようにして、続けた。

「われわれはやつを、追っぱらわねばならん。わが甥ダニエルよ、よく聞きなさい。コスタの使いにこう伝えるのだ。〈ええ、払いますよ。ただし、週払いじゃなく、一括払いにしたい〉とな。そのうえで、コスタ本人との話し合いを要求するんだ」

「一括？　そう言ってほんとうにいいのですか。一括でやつらを永遠に追い返せるとでも？」

「最後までのカネをもらって、コスタが〈はい、さよなら〉と、満足するわけはなかろう。遠からずまた、こんどは次の一括で、おどしてくるはずだ。わしの申し出というのはな、ダニエル、やつを話し合いにおびき出すためのエサなんだよ。たくさんのカネを渡すとなれば、やつは必ず、のこのこやってくる。いいかい、ダニエル。話し合いの時間は、あすの夜一一時半。場所はこの屋根裏部屋だ。わしの役目だって？　わかるだろう、コスタを懲《こ》らしめるってやつさ。彼の使いにはこう伝えるのだ。〈キナードはコスタとの有益な話し合いを望んでいる〉とな。ただし、どのキナードかっていうことは、口にするんじゃないぞ」

「こんなさみしい場所で、たった一人、コスタに相対《あいたい》する――それでいいのかい？」

イザヤおじさんは腹のすわった紳士だった。ただ、コスタは紳士なんぞ意に介さないチンピラで、筋金《すじがね》入りのワルだ。それにおじさんはさすがに、昔のおじさんではない。健康になったとはいえ、年はぞんぶんにとっている。だったら、一人の老いぼれではないか！

「ダニエル、こちらのやり方を、いちいちおまえさんに説明する必要はあるまい。おまえさんに代わって、わしがおまえさんの問題を解決する。それで充分じゃないか。すべて任せてくれないか？　わしには妙案がある。それを果たすには、ウッドローにも、やつのまわりの誰にも悟られぬよう、周到に事を進めねばならん。だから忘れてはいけないぞ、あす、夜ふけの一一時半、場所はここだ。コスタに来させるようにするんだ」

イザヤ・キナードの声は心なしか、この試みを楽しんでいるかのようだった。

「少年だった甥よ、すべては慈悲深き神のさだめなのだ。あす夜の話し合いでどう片が付くかにもよるけどな。ごきげんよう、ダニエル」

それっきり、扉の向こうからは、どんな物音も聞こえなくなった。

ダニエルは階段を降り、反対側の通りへ出た。そこから改めて上階の窓を見た。

明かりはない。

夜にはばたく鳥のように、とらえがたい人――イザヤとの〈声の出会い〉を果たしたイザヤの甥は、一瞬の身震いに襲われた。そして彼は、半ば茫然《ぼうぜん》と、半ば安心して、家路《いえじ》を急ぐのだ。

Ⅳ

翌朝、朝食の席についたダニエルは、イザヤとの約束を守り、妻に多くを語らなかった。対決の日は今日だ。妻は不安にかられ、重ねて問いただしてくる。

ダニエルは次のことだけをきっぱり告げた。自分にはコスタにカネを払う意志はない、やつとは、〈別の取り決め〉を結ぶことになるだろう、と。アルマは驚き、怒りにかられたが、ダニエルはもう相手にしなかった。

夕方になり、店を閉める時刻となった。

ずんぐり男は昨日の捨てぜりふを忘れていない。冷たい笑いをたたえて、不吉な影のようにキナード・クリーニング店に入ってきた。

そして、ダニエルをじっと睨《にら》み、口の端《はし》から言葉を吐き出した。

「よう兄弟、用意はできたかい?」

ダニエルは、前日の夕暮れどきと同じ表情で応じた。にこやかに、穏和に。どんな客を迎えるときも、それでやってきたのだ。

「コスタさんとは、一度に片をつけたいんだ」

ずんぐり男は、ダニエルの本心を探るかのように、さかんに嚙《か》みタバコをかみだした。

「そりゃあ、ボスしだいさ」

「今夜一一時半、コスタさんに会おうじゃないか。ウォーター通りにあるアリスカフェの上で」

ダニエルの口調は、いくぶんきっぱりとしたものになった。ずんぐり男は一瞬、面くらった様子を見せたが、態勢を立て直して、こう言い返した。

「おい、日取りを決めるのは、ボスのほうだぜ。いいな?」

「カネの問題を一気に片づけたいなら、きっと来るだろうよ、なあ兄弟!」

「ふうん、そうかい」

ずんぐり男は、どぎまぎした。〈何をたくらんでいるんだ、こいつは〉、といった表情を見せた。

「だがいいな、ボスを腹立たせるようなまねをすれば、それできさまはおしまいだぜ」

また捨てぜりふ。ずんぐり男はそこで立ち去った。

すっかり夜はふけた——すでに一一時をまわっている。

のっぽで浅黒い肌をした男が、ウォーター通り北側の路地からのそり姿をあらわし、通りを横切って、アリスカフェに近づいた。派手なチェック柄の高価なスーツ。男は胸を張り、ふんぞり返って歩いた。浅いローハットのつばの下から覗くのは、挑《いど》みかかるようなぎらついた瞳。とはいえ男の視線の先にはまだ、彼が挑むはずの相手はいない。

カフェ上階へつながる扉の前に立つと、その男、コスタは挑みかかる目をいっそう青白くして、一気に押し入ろうとした。

ところが拍子抜けだ。扉はすんなりひらくのだった。

なかは闇だった。コスタは照明のスイッチを手探りで探したが、見つからない。仕方なく彼は、暗い階段をのぼり、上階まで行き着くと、そこにあった扉を、こんどはノックした。

返事はない。

コスタは悪罵《あくば》をそこらじゅうに投げつけながら、乱暴に取っ手をつかみ、体で扉を押す。

扉はこちらもすぐにひらいた。敵陣へ突撃するかのように勢い込んだ彼は、思わぬ歓迎ぶりについ足を滑《すべ》らせた。

埃《ほこり》っぽい部屋の真ん中にテーブルがあり、となりのカウンターではロウソクが一本灯《とも》っている。奥のほうは半分影になりよく見えないが、そこに別の扉があることはわかった。といっても、肝心の相手、自分を待つ者は見あたらない。

「キナード！」彼はうなるように名前を呼んだ。

そのときだった。古い金庫のうしろから何かが聞こえてきたのだ。それは厚く柔らかい音色で、どう考えてもこの場に似つかわしくない甘美な小バラッド――。

闇のなかで誰かが、ささやくように歌っている。

わが手には聖書があった。航海中のとき、航海中のとき
わが手には聖書があった。あれは航海中のとき！
わが手には聖書があった。わが父の偉大な命として
そして聖書を砂浜に埋めた。こちらも航海中のとき……

「キナード、あんたか？」

返事はない。そのかわりとするかのように、まろやかな旋律がいっそう高まった。

「キナード！」コスタは怒鳴った。

そのとき、うしろの扉がばたんと閉まる。コスタはびくり首をすくめた。

とはいえ、コスタにしてもチンピラ時代は長い。修羅場《しゅらば》はいくつもくぐっている。彼は顔だけ

部屋の中央に向けたまま、左手はうしろで扉の取っ手を探り、右手は用心深くコートのポケットに忍ばせた。

その扉は、見えない道具で固定されているかのようだ。閉じこめられた塩梅《あんばい》になったコスタは、「キナード！」と凄《すさ》まじい声をあげた。

金庫のうしろで何かが動いた。すると、優美なささやき声が聞こえた。

「なるほど、あなたがブルーノ・コスタさんか」

「やい、キナード、おれをからかってやがんのか。出てきやがれ！」

まもなく、深い影となったところから何者かがぼんやり現れ、ロウソクの明かりに姿かたちが照らされる場所へと、身をゆっくり移動させた。

それは年寄り——自信に満ちあふれた年寄りだった。コスタよりだいぶ小柄だが、それでもがっちりした体つきで、身だしなみは整っていた。

その老紳士は頑丈そうな杖を、おもちゃのように操《あやつ》っていた。ロウソクのちらつく明かりのなかで、ふさふさの白髪をたくわえ、目もとを覆うほど豊かな眉毛を持つ特異な顔立ちが、コスタにはすっかり見てとれた。

「この野郎！」コスタは叫んだ。「いったい何者だ？」

「ダニエル・キナード氏の代理人だよ」相手は紳士さながらの落ち着きで答える。「わしの名は、イザヤ・キナード。コスタさん、初対面になるな。わしがここにやってきたのは、どうしてかわかるかい？」

老紳士は礼儀正しく笑顔を見せながら、それでもきっぱりこう言った。「おまえさんと最終決着をつけるためだよ」

「何だと？」

コスタは及び腰になった。おのれの自信のなさを、この老人に見抜かれたことがわかったからだ。それでも彼は、虚勢だけはまんまんにして、部屋の真ん中へ大股《おおまた》で進み出ると、テーブルの向こう側にいる老人を睨みつけた。

そこでコスタは、ポケットに手を突っ込んだ、空威張り《からいば》の仕草はいささかも変えず、挑戦的にこう言い放った。

「確かに、一度も会ったことはねえな。だが、きさまの噂《うわさ》なら聞いたことがある。このクレイジーな老いぼれめ。まだ生きてやがったのか？」

「わしもおまえさんをよく知っている。社会をめちゃくちゃにする非凡な才能を持った、風変わりな御仁《ごじん》だということをね。腐ったこの時代を代表するお方だとね！」

「冗談もほどほどにしやがれ」コスタはおどしつけるつもりで、しかめッ面《つら》をつくりながら迫った。「あんたと、あのクリーニング屋は、ちゃんとカネを払うんだろうな？」

老キナードはテーブルに近づいた。ロウソクの明かりが、彼を横合いからあやしげに照らしている。

コスタにはその両目が見えた。色はブルー。せわしくきょときょとさえしなければ、ずいぶん無垢《むく》な印象を与えたであろう目つきだった。

その眼《まなこ》に向き合い、コスタは息を呑んだ。そして、のどをつまらせながら言った。「おれは、気がふれたカスとは取引しねえ」

イザヤおじさんは、相変わらず上品に笑いながら、「コスタ」と相手の名を呼んだ。

そしてまた話しはじめた。「今夜のおまえさんは迂闊《うかつ》じゃったな。おまえさん、うしろの扉がロックされたのに気づいたろう？」

「近寄るな」とコスタは吐き捨て、手を内ポケットにぐいと突っ込んだ。〈ここ、ここに頼もしいのがいるんだぜ〉、とでも言いたげに。

「おれは、取引なんかしねえ。やい、カネはさっさと払うんだろうな？」

「コスタさん、その元気はいつまでもつかな？」そう言うと、老紳士は埃だらけのテーブルごしに、すらりとした腕の一方をするする伸ばして、コスタの手首に触った。

コスタは恐怖の叫びをあげ、一方の側に跳《と》んで、身を避けようとした。老人のひどく長い爪が見えたからだ。

「いいか、老いぼれ、おれに触れるな！」

イザヤ・キナードは、テーブルを回ってにじり寄ってくる。

「あっちへ行け。行けったら、気がふれたカス野郎！」

ついにコスタは、自動拳銃を内ポケットから取り出した。

イザヤ・キナードの、白い手の動きのほうが速かった。その指が触れた瞬間、コスタはまたも悲鳴をあげ、手にしていた拳銃はテーブルの下にごろりと転がった。


それからしばらくのあいだ、くり広げられた光景は、目撃した者なら笑いをこらえきれなかったろう。かつてワルの親玉、いまでは人生最高のときを迎え、社会的力量《パワー》も獲得した男が、テーブルに飛び乗ったり、机の反対側にあわてて逃げたり。

金庫のうしろに束《つか》の間の逃げ場所を求め、たえず出口を見つけようとする。

コスタは部屋じゅうを必死で逃げ回っていた。追ってくるイザヤに、あわや捕まりそうになると、金切り声を発する。

一方、小柄な老人のほうは、ずっと自分流だった。白髪を乱し、目を輝かせ、ときおり血管が浮き出た手を伸ばす。片手に持つ杖で男の逃げ道をふさいだり、男をひっつかんだり、あげくはクックッと笑ったり……。

そうこうするうち、コスタはついに裏口を見つけた。彼は逆方向に逃げ、テーブルの下に転がり込み、川側の扉へ向かってまっすぐ突進したのだ。ところが、扉まであと少しというところで、足先を椅子の脚《あし》に引っかけ、膝をついてしまう。

すぐに起きあがり、体勢を戻しかけた瞬間だった。

イザヤ・キナードが杖を突き出し、コスタはそれにけつまずいた。

ワルはギャッと言って倒れ、イザヤは上から馬乗りになった。ついに獲物を捕らえたのだ。

V

時計が午前〇時を打つ。ダニエル・キナードは、読んでいた本を置いた。

ウォーター通りの話し合いはどうなったのか。

彼のおじさんは、警告してくれたのか。ダニエルたちに〈二度と近づくな〉と。

時計の振り子が最後の音を鳴り響かせたとき、ダニエル・キナードはある確信が高まるのを感じた。

それは、ふだんけっして味わうことのない感覚だった。ダニエルには、あわれなコスタの金切り声、そして、イザヤおじさんのクックッという笑い声――その二つが聞こえたように思った。

彼の意識の中心へ、すべての光景が飛び込んできた。それはまるで、何者かに冷凍プールへ突き落とされたかの感覚で、つまりダニエルは、背すじに寒気《さむけ》を覚えていたのだ。

熱心な懇願にどれだけの力があるのか、彼にはわからない。心からの願いが魔法の力となり、絶望の淵から、自分を呼び戻してくれるのか、どうか。

ほんとうは、何もわからない。

ダニエルは、実は途方《とほう》にくれていたにすぎないのだ。

そんな彼の心に浮かんできたのは、石鹸の香り、ディキシーの旋律……そして、扉をへだてイザヤおじさんと再会した、昨夜のさまざまな記憶、そのときの奇妙な感覚だった。

ダニエルは不意に、行動への欲望につき動かされた。

帽子もコートも身につけず飛び出ると、彼は通りを一気に走りだした。読み捨てられた夕刊が、深い夜の闇のなかで、奇妙にくねり舞っていた。

彼はノースエンドの道を、ウォーター通りに向かって急ぐのだった。

とうとう、アリスカフェに辿りついた。

歩道から上階にある事務所へ目をやると、下ろされたブラインドの隙間《すきま》から、光の明滅《めいめつ》がかすかに見えた。

ぞくぞくするものを感じながら、ダニエルは階段を駆けのぼり、最上段にある扉を引いた。それは自然にひらいた。

ロウをほとんど溶《と》け落としたロウソクが、ちらちら最後の炎をあげていた。その明かりのせいで、屋根裏部屋の状況を確かめることができたのだ。

椅子が一脚ひっくり返り、テーブルの上の埃は払われている。

そこには誰もいない——。

ふと見れば、川側の階段に通じる裏口の扉が、少しひらいていた。風に吹かれて、その扉はときに軋む音を立てている。

ダニエル・キナードは扉を大きく開け、壊れそうな踊り場の上に出た。

一定の調子で、低く響いてくるものがあった。それは、川の流れが川底のやわらかい泥をさらう音だ。ノースエンドの街路は、薄汚れ、さびれ果てていた。川の上を飛び交う鳥たちの姿が見えた。

しかし、イザヤ・キナードは、もうどこにもいない。

そしてブルーノ・コスタの姿もなかった。

かたちはなく、影すらない。その夜も、次の日も。それからずっと先まで——。

掠め取る者は、夜明けに至らずして、消えたのだ。

呪われた館

しかし、騎士道の時代はゆき去った。……金銭では得られぬ生の優美、財政に頼らぬ諸国民の自発的防衛、洗練された雄々しさと英雄的行為を、支え、育んだ者《ナース》は、ゆき去った。徳義への繊細な感受性と、名誉を重んずる心の純正――陶冶《とうや》なき人格を己の傷と恥じ、勇気を奮いたたせて残忍をくじき、ふれるものすべてに気品を与え、そのもとでは、悪徳が粗暴さを発揮できず、「悪」自体がそのなかばを失うような精神性――それらはもはや、ゆき去ってしまったのだ。

（エドマンド・バーク『フランス革命についての省察』）

ソルワースは、――その名に香る、かすかな、いにしえの魅力に反して――今日ではさびれた、小さな町である。採掘場が陥没し、労働者の家がどこも荒れ放題になって以来、この町はうす汚れているだけの、ぞっとする場所になった。坑道は疲弊し、路地の半ばは廃墟と化した。もっとも、本通りの曲がり角や裏通りを下ったあたりには、産業化以前の遺物、スコットランド様式の石造建築の名残りもまた発見できた。貯蔵庫や「魚料理レストラン」が並ぶ一廓《いっかく》で、トタン屋根のうねりのなか、それは未だに立っている。

ラルフ・ベインは、三つの郡で、リーズナブルな「家族《ファミリー》＆商用《コマーシャル》」系簡易ホテルや村の「家具なし宿屋」を梯子《はしご》して、目的のない夜をさんざんすごしたあげく、よりによって、じめじめした季節のソルワースに流れ着くのだった。それまでのさすらいでは、ある村で見知らぬ人と酒を飲み、その隣町で無気力なトランプゲームを続け、また、バスや電車のなかでは相客と取るに足らない話を重ねてきた。ときどきは心地よい森をぼんやり眺め、また古い教会を目にしながら旅を続けたのである。

そうこうするうちに二月が終わる。三月になれば最初の数日のうちに、次の年金小切手は、彼が居場所に選んだソルワースへと送られてくる手はずになっていた。

ベインはかつて戦場で殊勲を挙げ、武功十字章《ミリタリークロス》を授与されたこともある。いまでは当所《あてど》ない身となり、ソルワースでのその朝も、古いツイードスーツを着て（タバコの火のあとはきちんと繕《つくろ》ってあった）、バー「キングス・アームズ」のドア近くでぼんやり座っているだけだった。戦功の名誉残痕《ざんこん》といえる頭蓋骨のひび――それが確かにあるという感覚が、いつもよりむなしいものに思われた。

彼は長い脚《あし》を所在なげにゆすった。興味を起こさせるものがソルワースにはまるでない、と思いながら。もっとも、どの地にだってありはしないのだけれど。

ベインはタバコに火をつけた。これで年金小切手から支出できると決めていた本数よりも、三本も余計に吸ったことになる。ちょうどそのときだった。広場向かいの食料品店から一人の女が現れ、十字標《マーケットクロス》を通り超して、キングス・アームズのほうへ斜めにやって来た。その小さな脚には、淑《しと》やかなたたずまいがあった。ベインは思わず片手でマッチを包み、顔を少し伏せた。それからちらりとまなざしを女のほうへ向け、こんどはマッチを捨ててタバコを遠ざけると、本能的に背筋を伸ばした。

彼女ほどしとやかな婦人《レディ》を目にしたことは、これまで一度だって思い出せない。「もしかしたら、この女性がわたしをソルワースに引き寄せたのかもしれない」という考えが、気まぐれにベインの頭をよぎった。

たいていの男は、彼女のような存在と出会うことなどないまま、それぞれの長い行路を辿《たど》ってゆくのだろう。……青ざめた、月光のように青白い肌。一方で唇は自然な朱色をかがやかせている。たっぷりした黒髪は頭の後ろで束《たば》ねられ、安定した肩筋にはふくよかにロールがかかっていた。顔を見れば、あごの線は繊細ながらしっかり通っている。

彼女は、現代のライフスタイルから消えつつある古い威厳を保ち、まっすぐ前を見て、まるでソルワースの粗雑さから自分を遠ざけるように身を運んでいた。ソルワースの工場娘や店の手伝いをしている女たち、くたびれた主婦たちのなかに、彼女のような人はいなかったし、他の場所にもほとんどいなかった。

もっとも浮世離れしているかの彼女にしても、心地よい夢想のなかにいるわけではなかった。ベインはやがてそれを、痛いほど知ることになる。

その婦人《レディ》はキングス・アームズの前を通りかかると、ベインに気づいたようで、二人は一瞬目が合った。しかし彼女はすぐにまつ毛を下げ、笑いもせず、通りを進んで行った。

「ああ、麗しい女《オック》だ、ルーリン夫人」店主の老マクラウドがたまたまドアまで来ており、ベインと一緒に彼女へ長い視線を送りながら、そう言った。「あのような女性は、ベインさん、このあたりにはまずいないでしょう」

マクラウドは憂鬱そうに頭を振った。彼は若い頃、ビュート卿の屋敷で庭師をしていたことがあり、郡に残った名家一族を深く尊敬していた。それで、自分のバーで酒を飲む鉱夫たちのなかにいる、名家嫌いの共産主義者に対して、嫌味っぽいつぶやきをやめなかったくらいだ。

ルーリン夫人が尊敬に値する人物と思う点で、ベインはマクラウドの側だった。ただ一方で、話を聞いたベインにはある感慨がめぐっていた。

「名家の大きな邸館を世話するには、若すぎやしないか」

彼はそう言うと無気力な表情へ戻り、タバコに火をつけた。

老マクラウドはスコットランド訛《なま》りを交えて、一気に話しだした。

「そう《アイ》。あっという間に未亡人となってしまったのです、だんな。そのうえ、ご存知ですか、あの優雅な城館は、古風なやり方で維持することを望んでも、もはやできなくなっています。おだやかな笑《え》みをたたえた高齢のメイドが二人いて、安逸とはいえない寒い家のなかでも、頼めば身支度を整えてくれるような暮らしは、もうね。彼女の家だけではありませんよ。この地域にある大邸宅の半分は、すっかり荒廃してしています」

そしてマクラウドは、旧い名家の衰退や社会主義の愚かさについて、得意の調子で語り続けるのだった。

「あの若さで未亡人か」ベインは重いまぶたを少し持ち上げながら言った。「確かに、結婚生活は長くないはずだ。で、夫のルーリンはどんな人物だったんだい？」

「どう言えばいいのか……。紳士として死にましたよ、ベインさん。戦争の年ではありませんがね。墓のなかへ入った男たちは、もはや孤独のまま、だまり続けるしかないのです」

そう言いながら、マクラウドは店仕事へ戻って行った。いつもはスコットランド風の批評家精神を存分に発揮している老人が、急に無口となったことに驚き、ベインはあとを追った。

「ルーリンの死は戦争がもたらしたというんだね？」ベインはそう尋ねた。

「いや、いや！」老マクラウドは答えた。

そして、まるで追いつめられるように、こう続けた。

「酒ですよ、だんな。酒びたりになったんです。ああ、ベインさん、わたしを誤解しないでください。ルーリン家は立派な古い血筋です。そうですとも！　ただアラステア・ルーリン氏は本来、正式な家系の一員ではありませんでした。彼は一人の従兄弟にすぎないことを、まず知っておいてほしいのです。古い地主の正系であるハミッシュ・ルーリン氏は七年前に亡くなりました。そして彼の二人の息子はリビアで撃たれました。最初はアレクサンダーが、次にヒューがです。三人分の相続税が支払われると、残された者のうち、従兄弟がやってきました。去年、そのアラステア氏が死んだのです。税金がまたかかりました。それらを経て、ルーリン夫人が大屋敷と庭園、ほかに敷地続きの丘の一部を継承します。第一次大戦のあと、彼女はソルワースにある九万エーカーの土地の所有者となったわけです」

老人はため息をついた。

「しかし住むべきその古い邸館は、彼女の代には、寒く湿気だらけの、時代がかった屋敷になっていました。この説明でお気に召《め》さないというのなら、だんな、店の上階へどうぞ。まだ興味がそそられないというならね」――それは少々意地悪な言い方だった。「屋根裏部屋からなら、例の古風な邸館を直接、目にすることができるでしょう」

キングス・アームズの屋根裏に上り、そこにある窓から、彼らは、ソルワースの町を見渡した。さびれだした街区には桟瓦《さんがわら》や波形鉄屋根の家々が広がり、西へ数マイル離れた彼方には、鋸歯《きょし》状の尾根が望める。その光景を眺めるうち、ベインは、ある丘の側面で、ヒースやゴース、ワラビに覆《おお》われた往古の大邸宅が、幽鬼のように建っているのを見つけた。

マクラウドは言った。「この一帯であれほど古いものは、ほかにはないでしょう」

ベインはひとり店のフロアへ下り、薄暗い火の前に数分座ってから、かの城館に住むルーリン夫人に宛てて手紙を出した。彼は正直にこう書き綴《つづ》った。

〈建築について、わたしはディレッタントにすぎない者ですが、最近、あなたの家が注目に値すると言われているのを聞きました。もしお差し支えなければ、なかを見せてもらえれば嬉しいのですが〉

迷った末に、彼はM.C.と署名した。武功十字章《M.C.》こそ、彼にとって、社会とのつながりをもたらすもの――残されたうちの数少ない、いや、ほとんど唯一のものだった。必要なときそれを用いる権利が彼にはあるのだ。

手紙を投函すると、彼は自分の部屋へ行き、古いツイードのスーツにブラシをかけて、鏡のなかの自分を見た。そこには重だるい目と、整った面長ながら意志の弱さを漂わせる容貌、つい浮かぶ虚勢を張った半笑い――があった。彼はそれでもにやりと笑い返した。おのれを繕うために。後頭部の縫合部分（彼に年金を与えてくれた弾丸破片の残痕）が同調するように痛んだ。

自己嫌悪から逃れるために、彼はバーへ向かった。

＊　＊　＊

翌日の午後遅く、ベインの短い手紙に返事が来た。

小さくも丸みをおびた指先を使って書いたかの文字だった。「ベインさんがこちらに電話をくだされば、木曜日の午後、邸内をご案内いたします」と記され、「アン・ルーリン」の署名が入っている。そのしっかりした文字を目にして、ベインは改めて、エレガントにして暗く沈んだ、ルーリン夫人の表情を思い浮かべた。

彼女の印象は——なぜか、自分でもよくわからないが——苦々しく、また悲しい過去の記憶に彼をいざなうのだった。ベインは、思い出の底に沈んでいた幾多の夕べや夜や朝を想起した。そこに登場するのは、自らの過《あやま》ちや思慮のなさから仲違いしてしまった男たちであり、価値がないと冷たく扱い、苛立たせるだけと見なし遠ざけてしまった女たちだった。これまでは、かがり火の前で夢想しているときでさえ、そのうちの誰一人とて思い浮かべることはなかった。それなのにどうしていま、これら過去の人物が彼の記憶のなかから、よみがえってきたのか？

約束の木曜日、正午をすぎた時刻になって、彼は、〈ソルワースの理法《ロウ》〉と呼ばれた丘《ロウ》に建つルーリン夫人の住む邸館を目指し、ひと気のない道を歩きだした。道はやがて、崩れかけた高い石垣にはさまれた小経路となり、そこを進むうちに彼は、丘の中腹で、かつての庭園跡に辿りついた。

庭園だったところは、人びとの関心から取り残され、荒れ果てている。かつてあった門柱は虚しい跡となり、門自体が失われていた。すべての大きな木は材木商人によって伐採され、切り株には枯れ葉の山がかぶっていた。茫然《ぼうぜん》とその光景を見たのち、ベインは道まで引き返した。

丘を見上げると、むき出しの斜面にルーリン邸館の巨大な城門が見えた。

両端《はし》には二つの四角い塔があり、そのあいだで、背後に巨大な建物の塊が伸びている。玄関上部の立派な大窓を除けば一七世紀以降のものはなく、多くはそれよりずっと古い時代の建造物に思えた。複雑な様式の破風、砲塔、屋根窓、煙突が背面へ行くほど入り組み、人の目を釘《くぎ》づけにするのに充分である。それらは全体として、バルモラル城式(1)に美化されるのを免れたスコットランド邸館の好例だった。重厚な石の階段がドアまで続き、入り口の両側には円錐《えんすい》形の屋根を持つ櫓《やぐら》が突き出し、その基部を奇妙な面取りの巨大なコーベル(2)が支えている。

北側を見れば、屋根は崩れ、組み材がむき出しになった建物の残骸――離れの廃墟が見えた。かつての礼拝堂であろう。

ベインが認める限り、邸館への入り口は二つしかない。一つは壮麗な門扉であり、もう一つは錬鉄製の格子窓が付いた小さな重い扉で、台所に通じる通用門らしかった。そびえる塔には角の部分にそれぞれ、マスケット銃の銃眼や矢を射るための小穴が付されてある。もっとも一部はモルタルで封じられ、残りは小さなガラス窓で一時的に閉じられていた。屋根は時代がかった重厚な石板製である。

建物の奥をうかがおうとしても、〈頑強な堤防〉(3)に視界は遮《さえぎ》られている。ベインはその方角のどこかで、慌ただしく野焼きをしているかのようなぱちぱち音を聞いた。

邸館の前に広がる芝生は手入れがなされておらず、牧草地のほうがまだましなほど、ぼうぼうだった。一つ一つの塔や主要部の石壁、あるいは午後の日差しを受けて光る破れた窓ガラスのどれにしても、滅びの暗鬱に包まれ、灰色がかった屋敷全体に、なおざりと困窮の暗示が漂っていた。この大邸宅が古き威厳の点でより不屈な性格を宿していなかったら、滅びの印象はよりはっきりと、あらわれていただろう。

そのなかで、正面玄関の門扉上部に位置し、大広間に光を入れる役割を果たすと思われた大窓だけは、ファサードの堅牢さを打ち消すような、柔らかい風情をかもし出していた。ベインは階段を上り、玄関の門扉へ向かった。

その途上でベインは、大窓とその下の玄関扉とのあいだに、柔らかい赤砂岩を用いてつくられた紋章板があるのに気づいた。ひどく風化しており、よく見ると、由緒あるスコットランド－ラテン文字で記された碑文が認められる。ほとんどは判読不能で、ベインはかろうじて最後の行を構成する二つの単語を読むことができた。

L–A–R–V–A　R–E–S–U–R–G–A–T　神霊の湧きあらわれ《ラルヴァ・レスラガット》。

なぜ神霊《ラルヴァ》なのか？　どうして霊性《スピリトウス》ではない？　古き領主は往々にして、物事を古風に表現するというわけか——ベインはそう考えた。

彼は玄関の呼び鈴を探した。けれども見つからない。あったのは錆びたノッカーだった。彼は

(1) スコットランド北東部に建つ英国王室の別邸。イタリア城郭の趣味を採り入れたスコットランド御殿造の城館。
(2) 装飾の受け材。
(3) 庭を囲む城壁の意。

それで樫《かし》の木のドアを叩《たた》いた。

鉛《なまり》のような無応答がしばらく続いた。のち扉が少しひらき、メイド女が気難しい顔を覗《のぞ》かせた。ベインは案内してくれるよう彼女に頼んだ。

その太ったメイドは、ベインを、上がり口にある石壁囲みの小フロアへまず招じ入れ、間を置かず大扉に鍵《かぎ》をかけた。それから、入り口の小塔にある曲がりくねった石の階段――その踏み板は何世紀にもわたる使用で、あちこち凹《くぼ》んでいた――を先導してのぼり、照明がなされたアーチ型の大広間へとベインを案内した。一六世紀製の羽目板があり、紋章や家紋が描かれている。空気は冷たく、中世風の暖炉は空っぽで、ジャコビアン様式の彫刻が施された食器棚や、磨き上げられたテーブル、タペストリーの椅子が、この大広間の空虚さを埋めようとしていた。

どの家具も修繕が行き届いていない様子だった。ベインは典雅で装飾的なチッペンデール風のソファに静かに腰かけた。メイドはそそくさと逃げ出した――この迷宮のどこかにある、秘密の隠れ場所へと向かうかのごとくに。
三、四分経って、ルーリン夫人が現れた。壁掛け布によって覆われた扉の向こうから、彼のもとに下りてきたのである。
夫人は落ち着いた風情で彼の目を見つめた。その麗しい唇にはかすかな笑みが浮かんでいた。ベインは彼女をアンティーク調の美しい女性だと思った。

「すきま風が入るこの邸館には、見てもらいたい珍品がいくつもあるのです、ベインさん」西海岸のアクセントが心地よく感じられる低い声で、彼女はそう言った。「埃《ほこり》や湿気を無視すると誓ってくれるならね」

彼女は話を続けた。

「わたしにはこの大屋敷といくつかの庭園、そして丘陵の一部しか残されておりません。おわかりでしょうか、ベインさん、それ以外は何もないのです――自家用農場ですら」

ベインは彼女の言葉に動揺した。揺り起こされたかのようになった。どう答えたらよいのか、すぐにはわからない。

ルーリン夫人は一向構わず、屋敷内の案内に彼を連れ出すのだった。使われなくなった古階段をのぼり、アーチ式天井の地下室へと降り、古びたタペストリーのある大部屋を抜け、そして、神のみぞ知るかのような奥の部屋へと向かった。果てしなく続くと思われたどの部屋も、ほとんどはがらんとしていた。

「元来ここには、もっと多くの家具や調度がありました。しかし、わたしがこの邸館を引き受ける以前に、大半が失われたのです」そう語るルーリン夫人は淡々としており、目に見える困惑の影はなかった。「残っていた家具類にしても、本当に必要なものを除いて、売らざるを得ませんでした」

ベインはじっと話を聞いていた。ルーリン夫人は続けた。

「わたしが死んだら、大方《おおかた》、解体屋がこの家を引き取るのでしょう。一八世紀くらいまでの屋敷なら、相場にかかわらず、どうにかいまのまま売れるかもしれません。でもこの家は無理です。そうした邸館を引き受けたのです。わたしには本来、ここに住み続ける力がありません。しかし出て行ける立場でもないのです。ベインさん、あなたはどこかに屋敷をお持ちですか？」

「何もありません。小さな田舎家すら持っていないのです」と彼は答えた。「一つの家具でさえも。わたしは宿無しです」

そう言いながら彼は、ルーリン夫人の黒い瞳に素直な光があると認めた。

それから彼女は、ベインを一箇の塔の頂上まで連れて行った。二人はそこで風を受けながら立ち、ソルワース河水の湧口群《ゆうこうぐん》に沿って並ぶ丘を見渡した。

水を集めて丘のあいだを流れる川は、蛇行しながら、海口近くの切り立った岩礁地帯へと続いていた。塔の高さからは、彼方の海のほうまでよく望めた——岩に打ち寄せ、砕ける波の様子や、少し南にある、鄙《ひな》びた風情の漁村に上がる家煙《いえけぶり》までもが。

ソルワースの河水は氾濫ぎみに豊かだった。ベインたちがいる塔のちょうど下あたりにも湧口《わきくち》があり、いつしか城壁側に向きを変えている。ベインが城壁の上へ小石を投げると、石は急な斜面を伝わって跳ね、その噴き出しのなかへ飛び込むのだった。ただし邸館が建つ岩盤は充分強靱であり、昔のソルワースの領主たちにとって、ここに居宅を構えるのは心丈夫なことだった。

「ベインさん、高いところは怖くないのですか」

傍《かたわ》らの若い女性——ルーリン夫人がそう訊いてきた。

「いいえ」とベインは答えた。「高い場所には、よくのぼりますから」

「失礼な思い込みかもしれませんが……」若い女性は眉《まゆ》を少し持ち上げ、観察するような表情を見せた。「あなたは、怖がるなんて、あまりなさらないのでしょう」

そして、話を続けた。「わたしたちは一度会っていますね。二日前、わたしが通りで、あなたを見かけたのをご存じですか」

ベインはうなずいた。

「あのときわたしは、あなたを兵士のようだと思ったのです。あなたはいったい……」

自分は軍の指揮官《キャプテン》をしていたと、彼は彼女に告げた。

「では、キャプテン・ベイン、こんどは庭園を案内します」そう彼女は促《うなが》した。

塔を降りる途中でベインは窓の縁に頭をぶつけ、思わず叫んだ。彼女は同情の嘆きを発して立ち止まった。

「戦闘の後遺症です」ベインは謝《あやま》った。「迫撃砲がわたしの頭蓋骨にひびを入れたのです」

ルーリン夫人は眉をひそめた。「キャプテン・ベイン、痛みますか?」

「いいえ、もう大丈夫です。ただこの古傷のせいでわたしは時どき、いささか〈風変わりな状態〉になる場合もある点は、話しておいた方がよいかもしれません。周囲からは、どうもそう思われているのです」

そのとき彼は、彼女にならこの事実を打ち明けてもかまわない、と考えていた。おそらくそれは、たったいま自分でも存在を認めた、〈風変わりな状態〉からくる判断なのだろうけど。彼にしてみれば、この瞬間において、二人は無限の影のなかの唯一の現実のように思えたのだ。

「そうなるのは、むしろ好ましいことではないですか」と彼女は声低く言った。あるいはそれに類することを言ったかのようだった。

「恐れ入りますが、ルーリンさん。もう一度おっしゃってくれませんか」

「つまり……キャプテン・ベイン、わたしたちは同じ羽根を持つ鳥なのです」夫人は彼を見つめた。「わたしも変わった人間だと思われています。そして、わたしの住む城館もいたって奇妙です。メイドが辞めていき、いまでは一人きりしか残っていません。最近までもう一人いましたが、先週出て行きました。住み込みのマーガレット[4]でさえ、息子の家へ行ったきりとなり、やっと戻ってくれたばかりなのです。ジャネットが去ったわけについては、キングス・アームズの誰かがあなたにゴシップを言わない限り、あなたは知らないと思います。教えてあげます。地下室で何かささやかれたような気がして、ジャネットはいたたまれなかった。かわいそうに、あのメイドは臆病な女性だったのです。それは思い込みの空想です。何かがささやくとしたら、ジャネットにではない。わたしに対してのはずですから」

それから夫人は気を取り直したようになり、「風変わりな出来事の話はもうよしましょう」と言った。続けて、「庭園を見ていきませんか？　いうまでもなく、多くはやがてもとの姿に戻るのです。自然を見るとその理《ことわり》がわかります」と誘いかけた。

二人は他愛もない話題に転じ、思う存分それに興じながら、一面草の生い茂った庭園を歩いた。やがて礼拝堂の廃墟へ行き当たる。

「なかを覗いてもいいですか」とベインが尋ねた。

彼女はやや鋭い声になって、「何もありませんよ」と応じた。

が、ベインはすでに、壊れた扉をくぐっていた。

一六世紀から一七世紀にかけて作られたモニュメントが外壁にはめ込まれ、それらはみな、古び汚れた状態のまま放置されている。石を敷きつめた通路には落ち葉が散乱し、ベインはそれを足で払いながら歩むしかなかった。

壁に近づいたとき、ベインは、古い時代の青銅製指輪が二、三、石版に固定されているのに気づいた。気になったベインはうちひとつに指を入れ、体を屈《かが》めて腕に力を入れた。重たかったがわずかに持ち上がった。ベインが指輪を放すと、石板は鈍い響きを立ててもとの位置に落ちた。

「頼むからやめてください！」

ルーリン夫人が叫び、ベインはそちらを振り向く。彼女は扉の留《と》め金《がね》にしがみついていた。顔色のデリケート、な青白さは灰色へと変じている。ベインはあわてて彼女に近づき、その腕を取って倒れないように支えた。

（4）残った一人のメイド。ベインを玄関で迎えた。

「大丈夫ですか、ルーリンさん?」

ベインは彼女の目に恐怖が浮かんでいるのを認めた。ふと、警戒心と喜びが入り混じった気持ちのとりこになった。二人のあいだに絆《きづな》が出来たように思ったのだ。

「あんなことはもうしないで。彼が下にいるのよ。ちょうどこの真下に」

そうだった! 放心していたせいで、この若い女性に夫がいたことを、ベインはほとんど忘れていたのだ。

彼は後悔の念に駈られて、気まずそうにこうつぶやいた。

「落ち葉が覆いかぶさる様子からも……何もかもが、遠く去ったのだと思ってしまいました……もう何もないと。今世紀に入ってからは、誰もこの地に眠ってないと思い込んでしまったのです」

ルーリン夫人は次第に落ち着いてきた。それで二人は勝手口から母屋へ戻った。

居間で腰をおろすと、彼女はようやく話しだした。

「確かに礼拝堂は古い遺物です。いまの時代になって、誰もそこに安置すべきじゃなかった。彼(亡き夫)の叔父と祖父は村の墓地にいますし、彼の従兄弟二人もそう。しかし、彼だけは、自身の埋葬先をあの古い礼拝堂の地下に指定したのです。彼はそれを遺言に書き残しました。なぜかわかりますか? わたしがそれを嫌うと知っていたからです」

それから彼女は、話を切り替えるように、「お茶の用意をしましょう、キャプテン・ベイン」と言って立ち上がった。

案内されたのは塔の一角にある比較的快適な部屋だった。彼女はすでに充分冷静になり、それどころか機知に富んでさえいた。その変化に接して、ベインは、一、二年という短い期間で、彼女は乙女から大人の女になるしかなかったことを悟った。

彼女は魅力的なうえに賢いのだ。ただ、そうはいっても、美しい彼女の表情の下に、時にして何かが悲しげに蠢《うごめ》くのを、ベインは見逃さなかった。

二人に訪れた貴重な午後の時間は、もはやどのような波乱もなく、足早にすぎていった。

ベインが帰るとき、彼女は、大きな玄関扉のところまで彼を見送ると告げ、続けて、洗練された慎重さを保ちつつこう誘いかけた。

「よかったら明日も、お茶においでください」

ベインは驚き、一瞬、返事をためらった。彼女は彼が何かを言う前に、その目にほんの少しの閃光《せんこう》を宿して彼の心を捕まえた。

「もし忙しいというなら、キャプテン・ベイン。どうかご無理はせずに」

ベインは思わず返した。「いえ、忙しくなんかありません、ミセス・ルーリン」若い頃クセにしてしまった、傲然たる印象を放つ笑みを抑えることができないままに。

そしてこう言葉をつなぐのだった。

「率直に言いますが、あなたがわたしに、打診してくれたこと自体に驚いています。わたしは人生の下り坂をさがるだけの人間で、徹底的に落ち目《デクラッセ》なのです」

　アン・ルーリンはじっと彼を見つめた。

「そうかしら。あなたがまともだと信じています。わたしには友達がいません。毎日ここで孤独になるのが嫌なんです。一人になるのが怖いんです」

「あなたが臆病だとは思いません、ミセス・ルーリン」

「わからないの？　わかってもらえると思ったんですが」彼女はベインに近づき、低く、甘い声で言った。「夫が怖いのよ」

　ベインは彼女を見つめ返した。

「あなたの夫？　彼は死んだはずでは」

　アン・ルーリンはすぐに応じた。

「そのとおりよ」

　ミノアの迷路のような家のどこかで、板やテーブルが軋《きし》む音がした。風がサッシをがたがた鳴らした。ベインは、いまさらながら気づいた――階段を降りたところにあるこの小さな部屋は、どうもかびの匂いが少し気になる、と。

「あなたはもう、知っているのでしょう？」ルーリン夫人はささやくように告げた。「何かが、近くにいるのがおわかりでしょう、キャプテン・ベイン」

＊　＊　＊

ベインはキングス・アームズに滞在し、毎日午後になると、お茶を飲むために、荒れた芝生地を通ってルーリンの邸館まで出かけた。何日かは、早く着いたので、ルーリン夫人と一緒に邸館付近の自然林を散策し、書物について話すとともに、歩く先で出会う珍しい光景や、精妙な自然の造形物について意見を交わした。

アン・ルーリンはリスの習性を理解し、野ネズミを観察し、鳥の巣をうかがい、子どものような好奇心を発揮して、ひとときを楽しんでいた。どこにでもいる無邪気な少女がそこにいる、とベインは思った。普段の彼女は不幸にも、そういった面を失っていたのだ。ベインはこの点に気づき、深いため息を洩《も》らした。

ある日の午後、あてもない散策のなかで、二人は丘《ロウ》の頂《いただき》に行き着くのだった。曲がりくねった巨大オーク(5)が、彼らと城館のあいだに立っている。まだ新しい葉を付けていない黒い枝は、遠くの屋敷の灰色を背景に、大男が掌《たなごころ》を広げるように輪郭を描いていた。それはソルワース自然林にある多くの景観のなかで、とりわけ眼を引く趣向といえた。

遠くに視線を遣《や》れば、谷筋のはるか下には荒涼たる炭鉱地帯がしみのように広がり、この地

(5) カシ・ナラなどブナ科コナラ属の木。

域に特徴的な赤い屋根の農家が点在している。ただこの距離からだと個々の荒廃は視野に届かず、それどころか、かつての甘美な市場町が概ね残っているようにさえ思えた。

ベインが最初の電話を入れ、邸館を訪問してからすでに幾日かが経っていた。ルーリン夫人は、かびの匂う階段下の小部屋で発した別れの言葉にはもはや触れず、ベインも当時のやり取りを放っておくことに満足していた。

しかし、平衡は破れた。

そのときが来た。彼女は彼の腕を握ってきたのだ。彼は再び、彼女の感情が高揚したことを察知した。

アン・ルーリンは、巨大オークのこちら側にある丘を熱心に見つめながら、こう話しかけた。「ねえ、あなたは……」彼女は自分を抑えようと努めている様子だった。「キャプテン、いまのわたしは理性的に見えますか」

そう思う、と彼は返事をした。この答えは正直さに裏打ちされたものではない。言わないでおいたことも残っていたのだ。

彼女の魅力的な唇がしっかり結ばれているのを確認したうえで、ベインは付け加えるように言った。

「あなたが理性的であるかどうか、これから、あなた自身を試すつもりです。――わたしたちとあの巨木のあいだに、何か見えますか?」

ベインもまた小高い一帯をずっと眺め、観察していたのだ。当初は変わったものなど、ひとつたりとも見つかりはしなかった。やがて彼は、ほんの一瞬だけれど、何か大きな、身をかがめた生き物が丘から丘へと急ぐのを認めた。ワラビの茂みから、その背がちらちら覗いたのである。

「いまも動いた。見ましたか、ルーリン夫人？」彼は早口になった。「犬でしょうか？」

「犬とは思えません。あなたにはそう見えたのですか？」

彼女は彼の瞳を一度見つめ、そののち、顔をなめらかに動かして、小高い一帯に視線を戻した。

「確かにどうも違いますね。誰かがフェレット[6]を使った狩りをしている？」彼は終わりの言葉（フェレッティング）に向けて抑揚を上げる調子で訊いた。

「ラルフ、ここでは誰もフェレットなど飼っていませんよ」彼女は断じるように、そう返した。

「もっとも、あなたが確かに見てくれてよかったと思います。わたしは分別を保っているつもりです。けれど、他の人なら見えなかったでしょう。あなたは、わたしのことをよく知っている。だから見えたのでしょう」

それから、こう付け足した。

「あるいは、かわいそうな頭のひびのせいかもしれないわね。そのせいで、あなたは、ある種のことに敏感になっているのです」

（6）イタチ科の飼育小動物。ウサギ狩りなどに使う。

ベインは率直に話すのが一番の思いやりだと悟った。そのうえで、われわれはどちらに向かって関係づくりに漕《こ》ぎ出しているのか、彼女に尋ねることにした。

彼女は、「ではまず、ヒースの群れを見つけて座わりましょう。そこなら落ち着けるし、よい答えも見つかりそうです」と言い、彼を促した。そして、「このことは、家のなかでは話したくないわ」と、気持ちを告げてきた。

「というと?」

「順番として、夫のことを話さないといけないから」

二人はヒースが群生する小さな荒野《ヒース》に辿りついた。

やりとりすべてが彼女を傷つけている——ベインはそう認めていた。が、率直さを犠牲にするのはできそうもない。そしてこうつぶやいた。

「お亡くなりになった方は、一族にとって信用できない人だったと聞いています」

「いいえ」アン・ルーリンは言った。「いえ……そうではないのです。キャプテン・ベイン、トロロープ(7)を読んだことがありますか。『ユースタス家のダイアモンド』のなかで、フロリアン卿のことを作者がどう描写しているか、覚えていらっしゃいます?」

ベインは小さく首をかしげ、小さく微笑んだ。彼女は続けた。

「フロリアン卿の欠点は二つだけ、〈不徳義漢であること〉と〈死にゆく者であること〉。リジー・ユースタスはそれを承知でフロリアンと結婚しました。一方、わたしはどうでしょう。結婚当時は夫の欠点を知りえませんでした。わたしにはこれといった資産がなかったのです。たよりになる親戚もいません。夫にたよるしかなかったの……。アラステアは病人でしたが、礼儀正しい人に思えました。彼をよく観察しなかっただけなのでしょうけど。……やがて、彼が卑しむべき人間であることに気づかされました。そのときはもう遅かったのです」

ベインは戯れるように、ヒースの群れのなかへ指をもぐらせた。

ルーリン夫人はしばらく沈黙したのち、こう告げてきた。「いま、あの巨木のほうへ歩いて行ったとして、何にも出会えないはずです。わたしたちが何かを、誰かを見たなんて、ありえません。先ほどの動くもの、あれは予兆なのです。わたしは何度も、この場所で、たった一人でその予兆を見ました。けれども、まだ何も起きてはいない」

「そのようなことが起こりうると仮定して――その実現が高まっていると仮に考えて」ベインはシダの植生に注意を払いながら、口を挟んだ。「なぜその人物は、あなたに悪しき力を及ぼすのでしょう？　あなたのほうは卑劣な人ではないはずです」

彼女は彼の話を聞いていないようだった。遠くを見つめる目をして、続けた。

「夫はすべてを不快な、恥ずべきものにしたかったのです。なかでもわたしを、どれより恥ずべ

（7）アンソニー・トロロープ。一九世紀のイギリスの小説家。

き存在にしたかった。ただし時どき、彼がすべてを台無しにしようとしたのは、彼が迎える〈死の苦痛〉のせいだったと思えてきます。なにもできないとわかって、彼は悪魔のように——本当に地獄にいるようになり、悪態をつきだしました。……しかしわたしは、最後の日まで一緒にいました。彼がどうであれ、わたしは最後まで彼の妻だったのです。終りに向かう日々ではほとんどの時間、彼は横たわって目を閉じ、ただあえいでいました。しかしある夕方、逝《い》きかける意識のなか、彼が何か話そうとしているのに気がつきました。わたしが死の床に身をかがめると、彼はつくり笑いさえ見せながら、こうささやいたのです。〈アン、きみはもうすぐ自由を得ると、そう思っているのだろう？　いや、一年待ってくれ。ぼくはまだきみを欲しているんだ〉と」

ベインは尋ねた。「一年？」

「来週の金曜日がその日です。それを前に、最も大事なことを告白しないといけません、キャプテン・ベイン」彼女はしなやかな体を回転させた。彼と瞳を合わせるために。「広場であなたを見たとき、わたしは直感的に、この人は力になってくれると思ったのです。あなたに頼れば、自分自身と死者とのあいだに、生きる側の要素を差し挟むことができる、と考えました。あなたが向こう見ずな人間に見えたのも、そう考えた理由の一つです。こんなことまで言っていいのかは、わかりませんが」

彼女は一瞬目を伏せた。そして続けた。

「いずれにせよ、あなたを見たとき、ひとつのささやきが聞こえてきたのです。〈危険なことをやるなら、彼が向いている〉と。そのときから、あなたがわたしへの関心を深めるよう、仕向けるつもりでした。お世辞にもこうは言えないわね、ラルフ。〈頭のおかしい女の罠にかかるなんて、たいしたもの〉なんて」

「まさか」ベインは応じた。「あなたは狂っていない。われら二人は、誰かの夢のなかで動かされる人形なのかもしれない。アン、でもあなたは、頭がおかしいのではない」

それを聞いて彼女はハッとした表情となり、彼に対する態度を改めるかのように話しだした。

「わたしが間違っていたのよ！　あなたはいまの異常な環境から永遠に去るべきだわ。あなたを知ってしまった以上、もう巻き込むことはできない。呪われたソルワースの地から、遠ざかるべきよ。そうして欲しいの。わかって！」

ベインはアンの豹変――〈風変わりなところ〉のあらわれだろうか？――に面食らうしかない。

「なんということだ」幼少期には難なく出せた自然な笑いを、ベインはどうにか表情に浮かばせようと努めた。「ここから立ち去るなど、できるはずはないじゃないか」

そして続けた。

「わたしのほうは、すっかりきみの網のなかだ。でも、アン、どうすればきみの心を摑《つか》めるのか。きみの記憶からきみの心を守るために、いま何をすればいい？」

彼女は悲しそうな目をした。

「記憶と空想にとどまっているだけなら、耐え続けることもできたわ」そう言って、こんどは目を閉じた。「夢のなかでちらり見た彼の姿、暗い角を曲がったときに出くわした想像の産物、尾根筋でさっと身をかわす影――それらはみな幻ならば、やがて過ぎ去るのかもしれない。あるいは、あなたにこう判断されるのでしょう、わたしは精神科施設《ベドラム》にふさわしい女だとね。しかし、違うのよ。夫はほんとうに来ます。生身で、あるいはそれに近い姿で」

「死者が生身で？　どうかしている」ベインはうなった。

「それでけっこうです。わたしは気が狂っている、それでいい。ただラルフ、それでもいてくださるのね。うれしいわ。そして後生ですから、我慢して支えてください。おそらく、わたしのなかの何かが、彼を呼んでいるのです。金曜の夜、夫は必ずここに来ます」

　アンは気を失うかもしれない。そう思ったベインは、急ぎ支えようと彼女の後ろに手を回した。

「いいかい、アン。さっき言われたことを、こんどはこちらが言う。死者が来ると本気で考えているのなら、この邸館から出ようじゃないか。エディンバラでもロンドンでも、好きなところへ行こう。いますぐ出発しよう」

「どこに住めばいいの？」

　それから彼女は、灰色の大邸宅のほうを向き、「あれがわたしの持つすべてよ。あの家しかないの」と言ってうなずいた。

「他のところといっても、家賃を払い続けることができません。第一、どこへ逃げても、たいした違いはないの。死んだ夫はあとを付けてくるでしょう。彼は親しき者が落ちぶれることさえ望んでいる、悲しい男でした。夫はわたしを破滅させ、それによって自分を破滅させて、ようやく休まるという人間なのよ」

ベインはしばらく腰かけたままでいた。やがて、観念したように口をひらいた。「だったら話は決まったんじゃないか。金曜の夜、キャプテン・ベインが邸内で見張り役に就くのを、あなたは求めている。それでいいね、アン？」

彼女はわがままに恥じ入るかのように、顔をそむけた。

「確かに……そうよ」

ならず者がやる荒っぽい取引みたいと、アンは受け取ったかもしれない。こういうやり方は、いろいろな女に対して、ベインは過去にくり返してきたのだ。この女に対してだって、別の状況なら一向にかまわないのかもしれない。しかし、恐怖でわれを忘れている女に、そうはいかないはずだ。――こうした反省の思いが、ベインのなかを通りすぎた。

「ええと、アン」彼はぼそっと言った。「もう乱暴な質問はしない。これからは、もう」

「わかったわ」彼女は顔をそむけたままささやいた。「もはや何もいりません。何ひとつ……。この恐怖が終わりを告げること以外は」

そして彼女は笑おうと努めた。

「あなたを見て、礼儀正しい方だといったい誰が思うかしら、キャプテン・ベイン。けれど、呪われたままでいるより、スキャンダルになるほうがずっとマシなのよ」

その一言で、行ったり来たりだった話は、ぴたりまとまった――。

火曜日、水曜日、木曜日と二人は歩き、語り合い、お茶を飲んですごした。彼女の過去や二人の将来について話題に載せることはもうない。古い邸館の通路や戸棚からどんな気配が洩れ伝わってこようと、小高い丘を横切るどんな動きがあろうとも、そうした予兆や暗示はすっかり放念され、かわりに二人は、上空から聞こえてくるダイシャクシギの鳴き声の可笑《おか》しさや、子ども時代に愛したお話のわくわくしたところを、無邪気に語り続けるのだった。

＊　＊　＊

運命の金曜日が来た。

夕べを迎え、ベインは塔と塔を結ぶ踏み段をのぼりながら、自分に言い聞かせていた。〈この古い大邸宅は包囲に充分耐えられる〉と。

窓は無理に開けられず、扉はどれもみな頑丈だった。錠《じょう》をしっかりおろせば、どんな来訪者――実体ある存在とするならば、だが――もシャットアウトできる。誰かが一晩中、外から荒々しく引いたり、さんざん打ち続けたりしたとしても、破られることはない。戦闘現場をいくたびも経験したベインはそう把握した。

アン・ルーリンは、危険な夜をともにすごす人物として、彼を確かに受け入れていた。二人は彼女の小さな書斎に座り、静かに夜を待った。時間が経過し、紅茶は味わうことなく冷めてゆく。

やがて二人は、太ったマーガレットが台所の通路をよろよろと歩き、ドアを開け、庭園を抜けて遠方の避難所《サンクチュアリ》――息子の家へ向かう物音を聞き取った。ついにこの大屋敷に二人だけとなったのだ。

そのタイミングで、アンのまなざしがベインの視線を受け止めた。それを合図に、ベインは階段を駈け下りて勝手口へ行き、鍵をかけ、大きな扉に閂《かんぬき》がかかっていることを確認した。彼は書斎に戻り、大きな黒い瞳を持つ青白い女に目をやった。

日没の時刻《とき》が迫っている。

二人は、話すことがほとんど思いつかないままだった。ベインにしてみれば、最も望んでいる女性と、一晩中、一緒にいることができるのだ。もっとも彼は、多くの女性と付き合いの経緯を重ね、経験の長がある。こういうときの女性へのふるまいは、充分心得ていた。狼狽している女に触れることはできない。〈タンタロス(8)であらんことを、わが喜びとす〉がいまはふさわしい。今宵はロマンティックな夜ではないのだ。

太陽が、書斎の西側にある小窓の高さより下に沈んだとき、ベインが尋ねた。

「今夜は、どこですごすつもりなんです?」

---

(8)泉と果樹がそこにあるのに、水や果物を得ようとすると両方とも遠ざかる罰を受ける者。ギリシャ神話に登場する。

「自分のベッドルームで」彼女は陰鬱そうに答えた。「安全な場所なんて、どこにもないわ。どこも同じ」

彼女の部屋は南の塔にあった。ベインの頭には、場所の見取り図が浮かんでいた。

「部屋がある塔へ行くには、大広間を通るしかない。これでいいね？」

彼女は可憐な風情で首をかしげた。

「かつては別の扉があったの。でも、ずっと前にふさがれてしまった」

ベインはうなずいた。これで仕事はいくぶん楽になった。

「それなら、アン。きみのいうお化け《ボグル》は、掛け飾りの背後にある、きみの部屋へ続く扉を開ける前に、このわたしを、丸ごと呑み込んでおかねばならないんだ」実際、ここで守るベインを倒さないと、アンのところへは行けない構造だった。「ただし、この元軍人は、一癖《ひとくせ》ある味わいだぜ」

実のところベインは、肉体を持つ幽鬼の存在など認めていなかった。彼は自分に言い聞かせた――もし自分が、この一夜にくり広げられるとおぼしき狂乱の出来事からアンを守ることができれば、彼女は永遠に、安全でいられるかもしれない、と。

絞首刑を宣告する判事にも似た厳粛なる表情で、彼女は長い時間、彼を見つめた。そのうえで、乾いた唇に小さな舌を這《は》わせた。

「やはりあなたは、ここにいるべき方じゃないのね、ラルフ。出会ったばかりのあなたを、危険にさらすわけにはいかないのよ」凍りつくような優しさをあらわにして、彼女はそう言いだした。

彼女の言葉はベインを想像以上に傷つけた。——もっとも彼は、そんな発言をいくぶん予期してもいた。アンの〈風変わり〉を知っていたがゆえに。

アンが話すのを聞いて、彼は、鏡のなかの自分を見ているような気になった。そこにあるのは、浅はかで、疲れきった、それでいて高慢な顔つきであり、さんざんに擦《す》りきれた服——長きにわたる怠惰、むなしさ、気まぐれによって——につつまれた姿だった。

「だめだ」ベインはかすれた笑いをこぼしながら、そう言った。「もちろんノーだ、アン。きみはわたしを、ここから去らせることはできない。とりわけ今夜はできない。わたしは不寝番として、きみの部屋のドア外で、運命の夜を通しておのれの役割を果たすつもりだ」

彼女は唇を噛《か》みながら、「いけないわ。今夜も、ほかの夜にしても」と不満をささやいた。そして不安げに言いだした。「いったい、どう立ち向かうつもりなの?」

「まあ……」ベインは迷わずこう答えた。「たたかいの現場はこちらに任せるんだね。ハンマーで打ち込むように要点を摑んでおく必要など、いまのきみにはないはずだ。そのうちましな日が来たなら、そのとき改めて、わたしがしたことを、ちょっとは気にかけてほしいとは思うけれど」

彼女は慈悲を乞《こ》うように彼を見つめた。

「あなたはわたしのことがわかってないのよ、ラルフ。違うわ。わたしがまだ男性に関心を持てる限りは、あなたに関心があるのよ。むしろあなたには、他の誰にも言えない感謝の気持ちを捧げたいの。できるのなら、あなたに身を任せたいのよ」

ベインは茫然《ぼうぜん》として、彼女の言うことに聞き入った。

「わかって欲しいのは――彼と結ばれ、一年すごしたわたしは、再び男性の何物かになることに耐えられなくなってしまった、ということなの。恐ろしいことばかりだった。それが忘れられないの」

「終わらない自問自答のようだ」ベインはゆっくりと、やや重い口調で話した。「それはきみの心の真実なのだろうか。気持ちはわかるが、ずっと囚《とら》われているしかないのだろうか。時間が経てば、今夜の出来事も、あの男との生活も、いずれ洗い流されるのではないか。そうでなくては、人は生きていけないいんじゃないかな。でも……」

「でも？」

「すっかり洗い流されたとき、このわたしはもういないだろう。万事清々《せいせい》とするためにもね」

あたりは暗がりとなり、彼女はロウソクに火を灯《とも》した。パラフィンランプとロウソクの光が、邸宅内で明かりをとるいつもの方法だった。

いよいよ緊張の夜がはじまるのだとベインは思った。

「まだ去ることができるわよ、ラルフ」彼女は悲しげに、そっと彼に言った。「ちょっと前、わたしはあなたに、何かを感じていることをほのめかしました。それはあなたに優しくあろうとしたからです。……優しさですって！　ねえ、あなたがわたしを守ろうとする理由って何なの？　正直なところ、わたしはあなたを愛していません、愛しているはずなのに」

「理由だって？　そんなものあるもんか。強がりの行動にすぎないのだから」ベインは答えた。

「まあ、退屈しのぎも含まれるがね」

弱々しいロウソクの光しかないゆえに、彼女は彼の目や口の動きを、くわしく知ることができないはずだ。ベインはそれをありがたいことだと思った。

「さあ、かくれんぼゲームをしようじゃないか、アン・ルーリン」

彼は彼女を促し、連れだって掛け飾りの背後にある扉のところまで行った。

そして、扉の向こうへ進んだ彼女が、階段の最初の曲がり角まで上がるのを見届けた。階段をのぼっていく途中、アンは振り返り、見送ってくれたベインにこわばった笑みを投げた。それを見てから、彼は自分の居所へ向かうのだ。

「やりたきゃ、かかってきな。アラステア・ルーリン《エスクァイア》どの！」彼はそうひとりごちた。「忍び寄るドブネズミ野郎とのひと勝負を買って出たのは、このおれだぜ」

一人になったかつての兵士・ベインには、自信がみなぎりだしていた。勇気がりんりんとしてくるのだった。

今宵に備えて広間で陣取る前に、ベインは、誰かがトリックを仕掛けていないか、確かめておく必要を認めた。理性をもって状況を把握する。オカルト現象に道理の可能性を追求する。その取り組みには得《う》るものがあると、彼はなお信じていた——心細いものではあるが。

彼はポケットから小さな懐中電灯を取り出し、それを手に、アンがいる南塔を除いた邸内のすみずみを、徹底的に点検した。軍人時代に前線でよくやった念入りさで。しかし、仕掛けの類《たぐい》など、どこにも見出せなかった。

見廻りを半時間ほど続けた頃、ベインは北塔の銃眼跡から、ふとおもてを見ている自分に気づいた。家のメインブロックの向こう側にアンの部屋があり、窓から柔らかい光が放たれている。彼女はそこで、恐怖にうちひしがれながら横たわっているのだろう。しかし、今宵、彼女が成すべきことは――自室にこもる以外――もはや何もない。

ベインは見廻りを再開した。時にじっと耳を澄ませる。何も聞こえない。

「牧師の息子のくせに、ラルフ・ベイン、ってやつは……」彼は皮肉な思いにひたった。「好きこのんで〈奇妙な隅っこ〉へ入ろうとしている。ヘンテコなたたかいの場に立つわけだから」

それから彼は、大広間へのドアをひらくのだった。

ありえないことが起きていた――。

「おお、神よ！」

階段下にあるドアのあたりに、白いものがいた。それは櫓のほうへと、滑《すべ》るようにホールから逃げ出ようとした。ベインは思わずホールを横切って走りだし、階段を一気に降り、螺旋《らせん》段々の最後のねじれを跳躍して、白い逃亡者に追いついた。

アン・ルーリンだった。

彼女は大きな扉に体を押しつけていた。湿った敷石の上に細い裸足《はだし》を乗せ、寝間着姿のまま震えている。

ベインは一瞬、自身の絶望的な切望が、彼女の衝動を引き起こしたのかもしれない、と思った。彼女が愛や感謝から自分のところに来たのかもしれない、と。

しかし、彼女の顔を一目見たとたん、彼の希望は打ち消された。アンはほとんど正気を失っており、樫の木をもてあそんでいるかの状態だった。彼がその腕をつかんだとき、彼女は痙攣《けいれん》するように息をつきながら、なんとか声をあげた。

「なぜここにいるのかわからない。逃げたい、逃げたい、逃げ出したい!」

彼はほんの一瞬、彼女を体で押さえ込むようにしたあと、彼女を抱き上げ、掛け飾りのある扉まで運んだ。

そのまま扉の向こうへ連れ出した。

「自分の部屋へ帰るんだ、アン。ここにはいないと決めたはずだ」

彼女は冷えきった両手をベインの掌《てのひら》のなかにしのばせ、じっと彼の顔を見つめた――〈これからあなたの肖像画を描くのよ〉とでも言いたげな観察の視線で。そして冷たい唇で軽く彼にキスすると、自分の部屋へと階段をよろよろのぼって行くのだった。彼は掛け飾りの付いたその小さな扉を閉めると、戸締まりの錠をぴたりおろした。

ベインは「さて、見張り番の仕事に戻るのだ」と自身に言い聞かせた。点検しなかったところはなかったか？　そうだ、地下室だ！　さあ、降りていこうぜ、キャプテン・ベイン。

邸館内には地下貯蔵室が複数あり、どれも古いスコットランドスタイルの石造りで、立派なものだった。しかし彼は、今宵に限れば、むしろいまわしいスタイルに思えた。

外では小雨が降ってきた。

彼はうちひとつの地下室――旧時代には台所だったらしい――に入った。そこには半壊のスツールがあった。試しに腰かけると、突き出たオーブンにちょうど身を隠す位置になった。ベインはなんともやるせなかった。

〈いまのおれは、騎士道のあわれな末路に至ったというべきか〉

そして思った。〈狂った女の機嫌をとるため、崩れた家の一隅でしゃがみ込んでいるだけの、けったいな愚か者、それがこのおれだ〉と。

そのとき、格子窓の外の砂利の上で何かが物音を立てた。軍人時代の習慣から、ベインはオーブンの影に隠れたまま、じっと身をひそめるようにした。

彼はそれをはっきりと見た。錯覚の可能性はもはやない。

ベインは半狂乱に陥りながら――彼はすぐにその状態を恥ずかしく思ったが――こう自問した。

「ラルフ・ベイン、何に首を突っ込もうとしているのか。自分のものにならない可愛い者のために、いったい何をしようとしている？」

音の正体はまもなくわかった。地下室の上部にあった窓枠のあいだに顔が現れたのだ。お菓子屋に来た少年のように、窓ガラスに鼻をへばり付けている。当初まぶたは下を向いていた。が、ベインが見ているあいだに、まるで自分以外の力で上に引き寄せられるかのように、そのまぶたはゆっくりひらきだした。

不気味な形相だった。その顔は首の上でぎこちなく動き、地下室をぐるり見渡していた。オーブン奥の聖域《サンクチュアリ》にいる自分が認識されていないことに、ベインはひとときき、安堵感を覚えた――通常の人間がやる意味での「認識」を、この怪物がやったと仮定してのことだが。

まもなく怪物の顔は窓から離れ、ベインは砂利が踏まれる音を聞いた。隠れた態勢から行動に移るまで――おのれの筋肉を機敏に従わせるまで、ベインには多少の時間がかかった。砂利の音はだんだん小さくなる。感覚を研ぎ澄まして音を追っていくと、怪物は通路の先にある勝手口の扉をいじくっているのがわかった。

掛け金を持ち上げようと、やつはその体重を扉の壁に押しつけている。しかしそれは無駄なあがきだった。頑丈な扉はびくともしない。

このとき、ベインは向こう見ずともいえる高揚感を味わった。外にいる化け物は、死者であるはずなのに、通常の生者と同じく物質の法則に従っているのだ。

「やり続けていろよ、おろかな死人め」ベインは荒々しく思った。「手こずってろよ、くそったれ。押してみろ、猫のように引っ掻いてみろ。どうやったって、彼女のもとにはいけないぜ」

ベインは壊れたスツールから立ち上がり、つま先立ちで通路を進んだ。屋外から、こんどは砂利につまずく足音が聞こえてくる。怪物は大きな門扉のほうへ移動したようだ。やつはあの大扉を、どうしても開けるつもりだ。その気なんだろう——実際、やりはじめた！

おもての様子を正確に把握せよ、ベインは自分にそう言い聞かせ、左側の櫓の一番下の銃眼穴まで行って、怪物の足取りをつかもうとした。雨はやみ、雲が切れて、外階段のあたりを見渡すには十分な月明かりがあったし、階段には誰もいない。

しかしベインはあることを発見した——大扉が少し開いている。しかも、何者かの背後で、その大扉はちょうど閉じられようとしていたのだ。

彼は息を呑み、気が狂いそうになった。

「主よ、主よ！　やつは入ってきたのだ。もうだめだ！」

自ら発したその言葉は、熱い針のように自らの意識に突き刺さり、ベインは正気を失いかけた。しかし一方で、彼の理性は、混乱状態をねじ伏せようと執拗に対抗していき、まもなく当然の問いを発するのだった。

〈やつはどうやって、あの固い扉をこじ開けたのか？〉

ベインは寝間着姿のアンを思い出した。

〈彼女が、知らないうちに閂を解いてしまったのか？〉

かくいうおそるべき行為に及ぶのを察して、なぜ事前に、彼女を捕らえておかなかったのか。愛に病んだ短視眼のあまり、自分には、そうしたぬかりなさが欠けていたようだ。生者《アン》と呪われた者《アラステア》の共謀……そうした裏切りの疑念が、ベインのなかで目覚め、ふくらみだした。

〈アン・ルーリンとの甘く緊張感に満ちた日々は、結局、魔女が仕掛けた罠だというのか？〉

しかし、彼はその疑念を拒否した。アンを動かしたものが何であれ——単純な恐怖心や愚かな逃亡願望であれ、あるいは深淵がもたらした奇天烈《きてれつ》な衝動であれ——彼女に偽りはない。

もっとも、いまこのときにおいて、これら不毛な思索に時間を費やす余裕など、いったいどこにある？

〈襲いかかる事態に直面せよ。進むのだ、ベイン〉

〈もはやそれ以外にはないはずだ。運が良ければ、あんたは先にホールで構えることができる〉

彼はこれまでの人生でもしたことがない、まれにみる迅速さで台所わきの階段を駆け上がり、控え室を通り抜けた。

曖昧な月明かりがぼんやり広間を照らしていた。

先着した！

ベインはすばやく室内を動き、陣を取って、やつが来るのを待った。掛け飾りの付いた扉——アンの部屋への扉——を塞《ふさ》ぐようにしながら。

長く思われた。が、ごく短い時間にすぎない。不意に、櫓に続く階段からの扉が開いた。何者かが広間に入ってきたのだ。思いのほか巨体だ。

その者は、一歩を踏みしめたばかりの場所で、じっと立ち止まった。大きな窓から差す月明かりは、侵入者の輪郭を描くには充分だった。ベインは懐中電灯を使う気にはなれなかった。現時点では、どのような動きも控えるべきだ。

相手の顔がおぼろにわかった。地下室の湾曲部にあった窓からぬうと出た、さっきのたるんだ顔だ。よく見ると、やつは黒いスーツに身を包み、全身カビだらけだった。体の動きは妙にぐずぐずした感じがあった。もっともそれは、次なる動きを求めて態勢を固めるようでもあった。

どちらが主導権を取るか……それ次第でたたかいの帰趨は決まる、とベインは思った。すなわち、いつ、どう動くかの決断次第だ。カビだらけのアラステアも、おそらく同じ考えだろう。古い邸館内の、月明かりが射すだけの大広間では、いまわしい戦略が静かな争いをくり広げていたのだ。

緊張が続いた。先に動いたのはラルフ・ベインのほうだった。ホールの真ん中に向かって二歩前進したのだ。

彼はアラステアの暗い翳《かげ》りを見つめ、二度声を出そうとした。が、失敗した。

三度目の試みで、いくつかの壊れた言葉が、ようやく彼の喉からしゃがれ出た。

「いいか、過去の男《オールド・マン》よ、あんたはきちんと埋葬されたんだ。出しゃばるんじゃない！」

返事はなかった。

ベインは腕を曲げ、隙《すき》をつくらず身構えた。ただもう前に進むことができなかった。相手の表情は読み取れない。あやしい衝動をむき出しにした、黒い仮面がそこにあるだけだ。

どれくらいの時間、二人は向き合い立ちすくんでいたのか。息づまる不動の駆け引きが続いた。しかし均衡の破られるときが来る。カビだらけのアラステアは、やがてぎこちなくこちらを一瞥《いちべつ》したのち、敷居を乗り越え、入ってきた扉を出て外へ姿を消した。

あたかも闇のなかへ帰ってゆくかのように。

ベインは心から神に感謝をささげた。ただいったい、誰が狩人で、誰が獲物なのか――ベインはそう自問した。おれはいま、獲物を逃したのかもしれないのだ。

このままではいけない。異常な事態を終わらせる意志が、彼のなかで確固となった。呪われた者は夜陰のなかへ出て行っただけだ。

外では再び雨が降りはじめていた。ベインはじっと耳をこらした。まもなく音が届いた。階段でけつまずくような音――上からだ！

やつは上部にいる。何をしようとしているのだ。

まもなくベインは悟った。ああ、自分はなんたる愚か者だろう。やつはあきらめてなんかいない。闇へ逃げ、いなくなったわけではないのだ。屋根に上がり、天部の厚板を渡っている。呪われたおのれを急《せ》き立てる、おそるべき情動の対象たる女性もとへ――アンのもとへ行こうとしている。

ベインは決意しておもてに出た。

アラステアを追跡するため、彼は夜の世界を猛然と走った。あまりに急いだがために、一度足もとを滑らせどうと倒れ、打撲を負った。
たたかいのさなかだ。ベインはすぐに立ち上がり、北側の塔の高層階に向かって飛ぶように動き、階段へ取りつく。そのときベインは、冷たい空気が、彼を急襲するように降り注ぐのを感じた。呪われた死者は屋根にいて、アンの部屋に近づくため、一箇の明かり取り窓をこじ開けるに違いない。ベインは死者が攻めあがるはずの南塔の窓に視線を合わせ、その光景を包む夜の闇を凝視した。

　雨脚は次第に強まってきた。大邸宅を囲む城壁のふもとにあるソルワース河水の湧出口《ゆうしゅつこう》では、豊富な水がうめきながら光っている。アン・ルーリンの部屋からは、ロウソクの明かりが、尖った屋根の石板にかすかな光を投げかけていた。その光はか細かった。が、雨樋《あまどい》に沿って北塔から南塔へじりじり進む、ずぶ濡れのベインの魂を照らすには充分だった。

　荒廃しきった死者の顔は、もはや、ベインに注意を一切向けていない。どんな力が働いているというのか、とベインは思った。呪われた存在としてさまよい、明かり取りの窓に狂い寄り、そこへ意志を集中させるほどの力とは、いったい何なのか。

　そのときラルフ・ベインをつき動かしたのは――義務を超え、勇気を超え、女への愛さえも超えた衝動だった。

　ベインは濡れてきらめく側板の上に飛び移り、側溝沿いに屋根をよじのぼった。暗い巨体に近づくと、呪われた者に向かい、おのれの身を一気に投じたのだ。

生者と死者がひとつになる。ベインは持てる力すべてを振り絞り、相手をねじ伏せようとした。たたかう生者とたたかう死者は、黒い合体となって苔むした古い石板を転がり、一緒に屋根から落下していった。

巨大な石壁の気配がベインの視野を駈け抜け、野蛮な閃光が焼けるように走った。それらが炸裂するように散り消えれば、すべての活動は終わりを告げ、祝福された暗闇が訪れるのだ。

＊　＊　＊

土曜日の早朝、ひとりの漁師が栖《すみか》の漁村から漕ぎ出《い》でた。

男は小さな漁船を操《あやつ》り、ソルワース河水が海へ注ぐ口にある岩礁に近づいた。今日の漁場はそこがふさわしい。

場所が決まり、操業をはじめたときだった。彼は奇妙なものを見つけた。岩に絡《から》まった昆布群のなかに、何かいまわしい塊が沈んでいる。

よく確かめようとした。しかし、あたりの海域はだんだんと風波強まり、潮のうねりが荒くなっていた。

ソルワースの漁師はみな、古人の言を大切にする。煙突の隅を居場所とする老婆――関節炎を患った母親のことだ――が時折つぶやいた言葉を、男は思い出した。

〈海洋には、はかりしれない神秘があるんだよ。天候があやしくなったときは、不吉なものに近づいてはいけない〉

男はもう迷わなかった。

奇怪な塊に向かって船を近づけることをせず、むしろ、朽ち果てた小さな港へ、漕ぎ戻るほうを選択したのだ。


数時間後、くだんの漁師は二人の仲間を誘い、改めてかの岩礁へと漕ぎ出《だ》した。

海は凪《な》いでおり、どこまでも穏やかである。母親の言葉をもう気にすることはない。こんどは近づいてじっくり観察した。

いや、もう駄目だ。すでに遅すぎたようだ。

人間か、あるいは人間のようなものか。どちらかが、かつて、その岩のあいだに留《とど》まっていた――のかもしれない。しかし、どのような謎も、すでに消え去った。大海《わだつみ》のふところにおさまったのだ。

ソルワース河水の湧口へ転がり落ち、水の旅を経て、風波に翻弄される岩礁に至った者。その者は、誰であれ――生者であり死者であれ――もはや二度と、目を覚ますことはない。

誰であろうとも……。

弔いの鐘

三〇分ほど川を眺めたのち、フランク・ローリングは行動を起こした。大きな鉄橋を渡ってもと来た道に戻り、左へ曲がる。夜八時をやや越えた時刻には、シューマッハ夫妻の家の扉をノックしなければならないのだから。

セントルイスの旧市街《オールド・タウン》は近ごろの変化で、見る影もなく解体されていた。かつてミシシッピ川に沿って、フランス人入植者とその後継者たるアメリカ人が住む小ぶりの市街地が続き、歴史ある落ち着いた街区を形成していた。いまでは煉瓦《レンガ》が散乱する衰残の場所となり、しかつめらしい古聖堂――この一帯をメモリアル・パークにするために不承不承、残されていた――以外ロクな建物もない。

政治家や都市計画者ときたら、夏にぶんぶんいう蠅にすぎないのだ。平気で過去を忘れ、未来に無頓着になれる。そんな連中に担われた自治体政府の政策や、それを報じる新聞の姿勢は、いつだって味気ないほど実務的だった。セントルイスの政治家や都市計画者にとって、オールド・タウンは由緒ある街どころか、なぎ倒して清めるべき、みすぼらしいスラムでしかないようだ。フランク・ローリングは、さびれた廃墟の通りを歩きながら、そう考えた。

ここにはかつて、古い秩序を大切にする地域社会があった。いつしかそこへ、がさつな時代が到来した。人びとは新しさを性急に求めた。ブルドーザーがほしいままに動き回る。一丁あがりとばかりに、味気ない界隈が出来上がった。ローリングがいま歩いている通りは、その荒れ野の端《はし》っこで、束《つか》の間の安息にしがみつくかのように残っている。

ローリングは進歩的《プログレッシヴ》ではなかった。すべてを貪《むさぼ》り尽くす世俗の野心を身に纏《まと》い、輝やかしく時代の前面に立つなどはできない。むしろ滅びゆくもの、その精妙さの側に立ち、進歩の潮流に対峙することこそ、彼の道だった。おのれは反動的《リアクショナリィ》だと彼は率直に認めていた。彼にとって、伝道の書《イクリジアスティズ》は聖書で充分なのだ。まだ四〇歳にもなっていないのに、ローリングは、太陽の下でほとんどすべてのものを見たと思える半生をすごしてきた。そして悟っていた――いつだって「昨日」の太陽は、「今日」のよりも安らかでぬくもりがある、と。

一方、セントルイスは先進的《プログレッシヴ》な町だった。醸造所が吐き出す臭気など可愛いもので、政府お墨つきの無茶なごった煮行為が生む排気は、たえがたい異臭となってあちこちを漂っていた。この町には近づくべきまともなところなど、もはやどこにもない。

「ここに立ち寄る必要があるとすれば……」とローリングは考えた。「神と、（金貨をばらまく）悪魔《マモン》がぼくを呼んだときのみだ」

とはいえ、出版社から販売を請け負い、町から町へ巡回するのがローリングの生業《なりわい》だった。官庁街が愚かしくも巨大化し、腐敗の気分に満ちた都市セントルイスと縁を切るわけにもいかない。せいぜいできるのは、罪悪《ゴモラ》の街から多少とも身を避けるために、鉄道駅に付された後期ヴィクトリア朝様式のホテルに部屋をとり、引きこもることだ。そう、今夜もそれで済ませるはずだった。

しかしある事情が生じたのだ。今夜の彼は過去に縛られることになった。ナンシー・ビレルの夫、シューマッハ教授がローリングに声をかけたからである。

ナンシーは愛らしい女性だった。その記憶はいまでも忘れようがない。しかし、ストイックなローリングは、彼女が結婚して以来、一切近づかないことにした。かくして一〇年がすぎた。歳月は時間の効能を生む。時間は癒しの力を与えてくれる。一〇年！　わだかまりの時期はもう去ったのだ。今宵だけ夫のそばで彼女に会い、他愛のない話をする。そのひとときが終われば、再び、彼女への感情を消し去った自分に帰る。それだけではないか。ローリングは自分にそう言い聞かせた。

いきさつはこうだ。ローリングはひとりの文学講師を相手に、ソーダファウンテン(1)に座っていた。すると不意に、スペイン語教授ゴッドフレイ・シューマッハが目の前に現れた。ローリングは彼とも、もう一〇年間、話をしていない。

シューマッハはローリングの手を握り、貴族然とした微笑《ほほえ》みを浮かべると、わが家に来ないか、ナンシーと自分と三人で、夕べのひとときをすごさないか――そう誘いかけた。

ローリングは驚きを隠せなかった。

「あなたをお招きするために、わたしはここへ来たのです」シューマッハは言葉をつないだ。「ナンシーが望んでいますから」

そして、「彼女はあなたのことをよく話しています」と言い、ローリングの肩に大きな手を置いた。親しみではなく、尊大な態度を示すかのように。「先日、大学のオフィスで、そこにいた連中がわたしに言ったのです。〈フランクは今週、この町に来るはずだ〉と」

ナンシーが望んでいる？　どうして？　ローリングはそう尋ねたかった。けれども、かわりに笑顔で同意した。今日の暑さを嘆くとともに、シューマッハの着ているグレーのスーツを褒めることもした。

シューマッハは一〇年前とほとんど変わらぬハンサムな容姿で、友愛会会長だった頃の社交的な雰囲気をまだ残している。しかし、それと混ざり合って、何か新しい要素、より深いところに秘められたものがにじみ出ていた。渋面《じゅうめん》の威厳や気性の烈《はげ》しさといったところだ。ささいなニュアンスかもしれないが。

もっとも、ローリングはシューマッハを、年を経るにつれて陶冶《とうや》熟成されるタイプの人間とは見なしていない。だから彼のわずかな変化は別段、不快ではなかった。それどころか、そしてどういうわけか、ローリングはシューマッハに見出した新しい要素を、昔シューマッハが好きだったときと同じように受け入れ、むしろ楽しんでいた。

ただしいっておくと、ローリングにとってシューマッハは、どうしても逃げられず、だまされでもしない限りは、夕べのひとときを一緒にすごす人物になれるとは思えなかった。

だったら、彼の家に行くのはなぜ？　ナンシーのためなのか？

彼女に会えたとしても、当たり障《さわ》りのない話をするしかない。いかなる交歓の表情にも過去の

（1）軽食提供の簡易カウンター。

愚行が印影されるだろうし、礼儀正しさは過去を覆《おお》い隠すみじめな作法になるはずだ。二人だけでもそんな痛ましさしかないのに、一〇年ぶりの再会の場には、昔のままに小粋《こいき》で逞《たくま》しく、態度の大らかな（陽気な犬に似た！）シューマッハが、はじめから終わりまで二人のあいだに居続ける。こんな「特別な日」ってあるだろうか。

そうした事情はナンシーも承知しているはずだ。それでも彼女は会いたいというのか。シューマッハの誘いかけの背後に、彼女がじっと佇《たたず》んでいるのは間違いない。ナンシーはぼくに何か言い残したのだろうか——ローリングはそれを考え続けた。

大学時代、彼は当初、シューマッハとほとんど面識がなかった。やがて大いなる機会が訪れる。知り合うタイミングのことだ。ナンシーとの恋にひたっていたローリングの目の前に、自信たっぷりの友愛会会長としてシューマッハは現れた。

以後、六回くらい会うまでは、男同士の関係は良好だった。お互いの親愛が失われたわけでは、まだなかった。ただしそこまでだ。親しみはあえなく断たれた。

ずっと。いまに至るまで、長らく……。

ローリングは五年前から年に二回、セントルイスに来ている。そうだというのに、シューマッハはこれまで、一度たりとも彼を探そうとしなかった。シューマッハのこうした態度は、ナンシーの存在ゆえに、であったろう。彼女はシューマッハの花嫁になったのだから——ローリングが争うこともなく。

ローリングのほうは、その後も、かつてのナンシーとの日々を忘れることができなかった。いまの彼女は、もう三五歳に近い。けれどもローリングの眼《まなこ》には、遠いあの日の、無邪気な娘に戻ったナンシーの姿がよみがえるばかりだ。その日、彼女は、松林に囲まれた湖のほとりで、風に吹かれながら、「フランク、フランク！　あたしってカルメンに似てると思わない？」とはしゃいでいた。その幻影は色あせなかった。少女に戻ったナンシーは、そのあともずっと、彼のそばにいる。

ひとつの香りが、森に彩られた十数年前の湖から、現在へ、セントルイスの舗道へとローリングを連れ戻した。その香りは本来、懐かしく甘い感覚を呼び起こすものだった。しかし現代に届くとき、何が起きたのか？　いうまでもない。セントルイスのオールド・タウンの空気を通して漂うとき、それは悲しき悪臭と化していたのだ。

ローリングが通りすぎようとした廃墟の戸口から、その臭いは漂ってきていた。窓は壊れ、ドアがなくなり、階段は腐り、煙突は倒れている。それでもこれらの家には、まばらに人が住み、ひそやかな暮らしを営んでいるはずだ。

スラムのなかのスラムと呼べるこの地区に住んでいたのは、大都市の繁栄に取り残され、うち捨てられた貧しい白人層のうちでも、とりわけ哀れな人間たちだった。掃きだめを這《は》いずり回るようにしながら、彼らはこの地でみじめに生きていた。夜に映画館の外でハモニカを演奏する足のない老人、酒におぼれた女、レストランの生ごみをあさる者、そして、あらゆるのらくら、ごろつき、

ろつき、はらぐろがいた。

彼らはむき出しの部屋で、スクラップ鉄の板上に火をともして暖をとり、新聞紙や不潔な古コートにくるまって眠った。生活のための水は、悪魔だけが知っている場所――おそらく川のどこかだ――から手に入れていた。彼ら自身と彼らの出すごみ――脂ぎった夕食の残りやら、埃《ほこり》だらけのスクラップカーペットやら――から発する、耐えがたい、饐《す》えた臭いが、通りまで漂ってくる。

栖《す》み処《か》には配管がなく、暖房も照明もなかった。それでも彼らは、この壊れた家屋に住み続けるしかないのだ。漆喰は湿気ではがれ、ネズミが材木をかじる。しかし、彼らにとって最後の砦ともいえる廃墟の家には、大きな利点があった。家賃を取られないというやつだ！　敷地は州のものであり、その壁は破壊者たち――もう処理を投げ出し、立ち去っている――のものだった。セントルイスの警察は不法占拠者を、あまりにも不潔で、取り締まる価値のない連中として、放置していたのである。

彼らの棲む古びた廃屋は、中央通りに面したものもあれば、路地や中庭、あるいは、通り抜け不可の小径《こみち》――怪しげな数ブロックを縫《ぬ》って進む――沿いに建つものもあった。小径の奥は、事情通が好天のもと決行するのでなければ、踏み込むにふさわしい場所とは到底言いがたい。

もうほとんど暗くなっていた。それにシューマッハ夫妻の住所はさらに五、六ブロック先だ。ぐずぐずしてはいられない。ローリングは歩みを速めた。

道の先に崩れた長屋があり、その階段下で、たくましい男が前かがみのままじっと動かずにいた。路上にはみ出たその足をローリングは跨《また》ぎ越した。この夏の夜に、男はなぜか、のど頸《くび》から手首まで厚い毛糸のアンダーシャツで覆われていた。頭はほとんど禿げており、片側に円錐《えんすい》状のまがまがしい突起があった。ローリングはすぐその異物に気づいた。――なるほど！　このあたりは犯罪者通りといってもかまわないんだな。そして、この通りを不法占拠している者どもは、シューマッハ夫妻にとってなじみのご近所さんなのだ。

　彼はさらに足を早めた。しばらく行くと、年嵩《としかさ》なのか、くたびれ、やつれ果てた様子の男女が、突然、現れた。怪しげなこのペアは、しわがれ声を発しながら向かって来た。ローリングに緊張が走る。すれ違いざま、女のほうが汚れた手を魔女のように突き出し、ローリングを指してこう叫んだ。

「ああ、恋人よ！」

　まさにそのときだった。シューマッハが教えてくれた番号の家を見つけたのは。

　目当ての家は煉瓦の壁で囲まれていた。四角い建物は、廃墟となったオールド・タウンのへりに残る、ヴィクトリア朝中期様式の古い家々が並んだ一帯の、ちょうど始点に在った。廃墟のとなりだというのに、ブラケットつきで、きちんと手入れがなされている。

　ローリングは、遠慮がちな態度でアプローチをのぼって行った。玄関扉に辿《たど》りつくと、彼はノックしようと一度腕を持ち上げ、すぐに下ろした。誰が出てくるのだろう。ドアが開いた瞬間、自分はナンシーと対面するのだろうか。

結局のところ、彼は、ノックする必要がなかった。なかから重い足音が聞こえて、まもなく、夜用の厳重な鍵《かぎ》が回されたのだから。

ドアがひらくと、そこには、余裕の笑《え》みを浮かべたシューマッハが立っていた。

「足音できみに気づいたぞ、フランク」

シューマッハは若い頃と同じように、確信の化身だった。とはいえいまの彼は、偉ぶる雰囲気などみじんもなく、訪問客に対する細心さを忘れない——そうした様子もうかがえた。

「さあ」彼はローリングの帽子を、奪うかのような勢いで預かった。「入ってくれ」

そして、ちょっと気難しげになって、「ナンシーは居間で横になっている」と言った。「どうやら彼女にとって、折が悪い夕べになってしまった」

ローリングは思わず聞きただした。「具合がよくないのか」

「そうなんだよ、フランク」

かつて無邪気に遊び戯れていた愛らしい少女が、いまでは、出迎えに来られないほど体調を崩している。ローリングは初めてそれを知った。

「きみが会ってくれれば、彼女はきっと元気になる」シューマッハは続けた。「ナンシーはずっと具合が悪かったんだ。医者も原因不明だという。しかし、ここだけの話、医学博士に何がわかるというのだ。まともな博士なんて、名を挙げられる者の半分もいない、まあ、一〇分の一とまではいわないが！」

ローリングがかつて知っていたシューマッハは、自信に満ちた実証主義者だった。そこから、いくぶん変化を来《きた》しているのかもしれない。でも、自己満足的なところはまだ、充分残っていた。

「名を挙げられる人物だって？　薔薇十字団の広告みたいな言い草だね、シューマッハ」ローリングは冗談のつもりでそう言った。

しかしその軽口は、硬く重苦しい表情に迎えられた。シューマッハがふとあらわした慇懃《いんぎん》さは、どうやら憤慨を意味しているらしい。

「彼女を診た博士がヤブだという意味じゃない。誤診ではないんだ。本質を摑《つか》めないだけさ」

シューマッハは見くびるようにそう言い、「まあいい、ナンシーのところへ行こう」と言葉をつないだ。

それから彼は、妻がいる部屋のドアをおざなりに叩《たた》き、遠慮なく押し開けた。

ナンシー……ああ、ナンシー。湖畔の娘は、まだ彼女のなかにいるはずだ。ローリングはそう思いながら部屋へ入った。

彼女は長椅子に身を投げ出し、優雅に寝そべっていた。小さな脚部をむき出しにしたのは、彼女なりのファッションらしかった。薄緑色の夏用フロックを着て、しなやかに構えており、見た瞬間にはかのサロンの花形――レカミエ夫人になりきっていた。しかし、彼女はすぐに身を起こし、きちんとスリッパに足先を通して、両手を伸ばした。

「あら、フランク!」

ローリングは顔を紅潮させ、彼女の手を取った。目が回りそうな気分になった。うっかり表情に出た内気な微笑――ナンシーと他の数人だけが呼び起こすことのできるものだ――は、いまとなっては、過去一〇年間にわたり延々と続いた、味気ない日々の象徴なのだと彼は悟った。

思い出の人と再会したナンシーは、かつての感覚を取り戻してくる様子を見せた。ローリングは、彼女の注意深さや、観察眼の鋭さをよく覚えていた。シューマッハが登場する以前、愛の絆《きずな》を保っていた頃の二人が、いかに素早く互いの気分を理解しえたかについても。

ナンシーは、思いやりのある一瞥《いちべつ》をローリングに投げ――そこには、思いやり以上の何かがあったのかもしれない――、続けてその視線を夫に振り向けた。

シューマッハはやわらかくその視線を受け取り、「出窓のところで話さないか」と誘いかけた。ナンシーは、窓際にある大きな肘掛け椅子まで向かおうと、長椅子から立ち上がった。シューマッハがあわてて手を差し出す。突然の痛みか何かで、彼女は、支えを必要としているのだ。ローリングはそう理解した。

彼女の青い目の下には少し隈《くま》があった。肢体はダイエット以上に痩《や》せていた。かつての健康なナンシーはどこへいったのだろう。もっとも、肌はきめ細やかさをまだ保っている。病気のせいか顔つきは弱々しく蒼ざめていたが、その瞳には輝きがあった。

目的の場所に辿りつくと、彼女はローリングに、自身の片側にあった柔らかめのスツールを勧めた。「フランク、あなたはパーティのたびごとに、いつもスツールを座席に選んでいたわ。この場所は、あなたにふさわしいはず」

かつての恋人《ローリング》は迷うことなくそこに座った。

彼女はシューマッハをもう片側の椅子に座らせた。かくして今宵の席は決まり、ミニ・パーティがはじまる。メンバーは、フランク・ローリングとナンシー、そして体格よくこざっぱりした「陽気な犬」シューマッハの三人だ。

会話は自然に交わされた。ただ、どう表現すればいいのだろう……。

ローリングがナンシーに見せる笑顔にはすべて、過去の愚かさが反映していた。そしてナンシーが見せるすべての礼儀正しさは、ローリングにとって一種の屈辱だった。表面はなごやかに話しているようでも、互いが傷つかずに済むような言葉はどこにもない。二人はくだらない話、大学のゴシップ、蒸し暑い夏の話、新しい本の話、我慢できるレストランの話などをした。どれにも傷に結び付くものが潜んでおり、それはひそかに二人を苦しめた。

シューマッハは上手に場をリードしていた。愛想よく、自信に満ち、話が尽きない。彼は退屈な男ではなかった。ローリングが予想していたよりもよくしゃべり、他方で、ほかの者の話にも誠実に耳を傾けてくれた――少なくとも、相手の目をじっと見つめ、受け入れるまなざしを示してくれた。

ただそれはたんなる社交の作法とは思えない。シューマッハは肉体的な勝利に満足することなく、心の面でもまた、優位に立とうとしているのではないか？　安心させようとする彼のこまやかな努力にさえ、ローリングは当惑を覚えた。もっともそれは、ナンシーの姿と声に神経が高ぶったため、生じた反応なのかもしれない。

そしてローリングは気づいた。シューマッハのありように神経質になったのは、実際の会話が、彼に誘導されがちになってきたからだ。シューマッハは、謎めいた独断的スタイルを採りだしていた。それは会話の内容から明らかだ。精神医学と擬似ヨーガの驚くべきブレンド、降霊術に近い何か、そこにブラヴァツキー夫人のスパイスを一振り加えたような発想。これがシューマッハの新しい思考システムだった。学者らしく科学と機械論の忠実な門弟で、威厳たっぷりのスペイン語教授であるはずの人間には、およそ不似合いの発言が、彼の口からいくつも飛び出してきた。

まあ、両極端ともいえるこの二つのカルト[2]の境界線は、ファシズムと共産主義の境界線ほど越えにくいものではないのだろう——ローリングはそう思った。心でつぶやいただけで、みじんも口にすることはなかったけれど。

ローリングは痩せ細ったナンシーを改めて見た。そのとき、はたと気づいた。シューマッハは、ナンシーを、その異常な発想に巻き込んでいる。彼女を誘導しているのだ、と！

実際ナンシーには、奇妙に礼儀正しい雰囲気がかもし出されていた。椅子にもたれているときも、夫が彼女の名前を呼ぶと、彼女は足をきちんと合わせ、不可解な素直さをもって身をぴんとする。そして、ローリングが不思議に思うほど不動の姿勢を取って、シューマッハの話に耳を傾けるのだった。異様な思考システムにもとづく夫の話を聞き続けたことで、こうした反応が出るようになった。それはローリングには歴然だった。

「心の波のせいだ」とシューマッハは言った。「わが妻ほど名状しがたい神経症に苦しむ者はいない。ナンシーの現象は、衝撃の波がしでかした、としかいいようがないのだ。さまざまな起源を持つ要素と、さまざまな目的をめざす傾向――おのおのの正体については、推測しかできない――、それらが互いに影響し合って心の波は発生する。もっともわたしたちの多くは、それらの正体を推測する資格すら、持ち合わせてはいないけれど」

シューマッハは続けた。

「いいかい、フランク。神経症というのは、誤解を招きかねない言葉なのだ。そのうえ乱用されている。きみが理解する類《たぐい》の神経症はね。第一、ナンシーには診察で見出される異状がないのだ。医学博士にはわからないはずだよ。異状を見出したとしても、つまらない、ささいなものば

（2）二つとは科学的機械論と「新しい思考システム」を指すようだ。ファシズムと共産主義――カークはそのどちらも否定した――の「二つ」を持ち出すことからもわかるように、双方を批判するのがローリングの考えだと示唆している。

かりというしかない。ほんとうの要因とは？　心に衝動をもたらす源とは何なのか、が考慮の要点だ。どこから来ている？　どのような意志が働いたからなのか」

「ねえ、ゴッドフレイ、いい？　わたしが抱えるただ一つの問題は、病気だということなの」ナンシーはそう告げた。ローリングが昔から知っていた、あのユーモラスな反抗心で。「何かがわたしの内面を苦しめている。それだけです。わたしは神経過敏な女ではありません。フランク、決してそうではなかったわよね」

ローリングは、ふと、泣きたくなった。ナンシーは彼を泣かせたかったのだろうか？　もっとも彼は、ひと呑みで問いの趣旨を受け入れ、こう返したのだ。

「神経質なものか。きみはすてきだった、ナンシー。涼しげな女の子だった。キュウリの中心に並ぶタネみたいにね」

ナンシーは思わず微笑んだ。

「彼女の症状については」シューマッハが憮然《ぶぜん》として口をはさんだ。「きみはむしろ、医者の言うことを信じることから、はじめたほうがいいんじゃないか、フランク。われわれは医者を三人呼んでいる。彼らは何と言ったかな、ナンシー？」

ナンシーは腕を組み——ふてぶてしささえあらわして——、音調を伴いながらこう答えた。

彼らは落胆して、

ええ、そうよ、
落胆した調子で告げたの！
〝何の問題もありません〟ってね。

「正確にはそうではないのだがね」シューマッハは諭《さと》すように応じた。「実のところ、フランク、医者たちは理解不能を認めざるを得なかったのだ。体重の減少があり、活力の低下があった。しかし身体的な原因は、どうしても見つからなかった」

シューマッハの口調には、医者たちの困惑を楽しむ風情もあった。「わたしは、心の波だと言ったんだよ。連中は首をかしげるばかりだった。もちろん、主治医の医学博士も含めてね。いいかいフランク、彼らはナンシーの夢を説明することもできなかった。領域外の要因については判断不能、というわけさ。ようするにお手上げだった」

そこでシューマッハは、昂然とした口調になった。「だったら答えようじゃないか。よし、はっきり言おう。彼女を名状しがたい神経症に陥らせたものは何か――」

一息ついて、こう告げた。

「ほかならぬ、きみだよ。ローリングの存在だ！　さあナンシー、フランクにきみの夢のことを話してやってくれ」

彼女は、まさか、といわんばかりに手を振った。

「他人の夢は退屈でしょう、フランク？」赤くネイルした小さな爪が、ローリングの目をふと捉えた。「わたしにとっても退屈でしかないのよ。幾晩も見ているから。眠っている雛馬《ひんば》は寝かせておけばいい、っていうでしょう？　夢もそうすればいいのよ」

「くわしい話ができない理由は、わかっている」シューマッハが深刻ぶって口を出した。「恐ろしい光景を見たんだ。ナンシーは自分自身の幻影に出会ったんだよ」

ナンシーは夫を制するように言った。

「わたしの夢はわたしだけのものよ、ゴッドフレイ。あなたが話してよいことではないわ」

その言葉を発した唇は、こわばりが圧縮された独特の姿かたちになっていた。ローリングはありありと思い出した。彼女がこれを見せた、かつての場面《シーン》を……。

ナンシーは、こんどはローリングに向かい、「ねえ、夢がどんなものかを知りたいなら」と言った。「あそこにある絵を見て、フランク」

部屋の四方の壁には、一枚ずつ立派な額に入った、中型サイズの彩色画が飾られている。ローリングはそれらに気づいていたが、意識の片隅にとどめるだけだった――彼の目はずっとナンシーに注がれていたから。

ナンシーに促《うなが》されたのを機に、ローリングは席を立ち、それらをぐるり一瞥した。味のある版画だとはいえた。ブリューゲル、ボッシュ、テニールス、ボッティチェリ、そしてローリングが知らない二人の絵だ。それらはみな、フランドルやドイツ、イタリアの中世ルネサンス期の地獄絵図だった。呪われた小さな魂を虫けらどもがむち打ちする、町が火を噴き、人びとは罪と終わらない苦しみに苛《さいな》まれる——その寓意が、一六の巧妙な、妖魔じみた表現で描かれている。「ああ、慈悲深き神よ」ローリングはそうつぶやきながら、一枚の絵から次の絵へと、ゆっくり進んで行った。

そんな彼に、ナンシーは後ろから声をかけた。

「年をとって神経が弱くなったのかしら、フランク？　こんな部屋で一日中横になっていても平気な奥さんって、どれだけいると思う？」口調から察するに、彼女は自身の勇気に対して、未だ素朴なうぬぼれを失っていない。「〈わたしたちに楽園を〉とゴッドフレイに頼んだの。でもだめ。彼は彼自身の赤い悪魔にすっかりいかれている」

この展開にいささかあわてたローリングは、シューマッハに気をつかう必要を感じ、彼に語りかけた。

「あなたがこの時代を好きだとは、知りませんでした」

シューマッハは機嫌を損《そこ》ねておらず、それどころか、愛想よくローリングを見つめた。

「男は常に成長すべきなのです。新しい興味、新しい分野を、常に見つける必要がある。この種の芸術は、新しいわが趣味の一つです。ところで……」とこんどはナンシーに向き直った。「料理もそうだよね。ナンシー、親愛なる人よ、わたしの腕をどう思う？」

「食べるのがつらくて、食事はあまり採れなくなったけれど……」ナンシーは微笑みながら真剣な表情で話した。「料理人として、ゴッドフレイを誇りに思っています。彼は立派にやってくれています。そうよね、ゴッドフレイ」

そのときシューマッハは、急に思い出したように、「おや、コーヒーの時間が来たぞ」と告げた。「なあフランク、コーヒーはナンシーが好んで飲めるものの一つなんだ。そうだよな、ナンシー？　コーヒーを飲むと彼女は元気になるし、食欲も出る。彼女にとって、神経の強壮剤だといってもいい。じゃあ、五分以内に用意するよ」

彼は部屋のなかをゆっくり歩いて台所へ向かい、後ろ手に向こうの扉を閉めた。


ナンシーとローリングは、初めて二人きりになれた。無表情で見つめ合う貴重なひとときを経て、ナンシーが最初に語りかけた。

「フランク、手を貸してくれたら、見せてあげるわ」

彼は彼女の細くなった手を取り、起き上がる手助けをした。二人は近いほうの扉へ行き、こんどは彼女が導いて彼を扉向こうの部屋へ案内した。

そこは小さな寝室で、五、六歳の男の子がかすかな笑みを見せて眠っている。

「いつ寝入ったのかしら」とナンシーはつぶやくように言った。男の子は、長いまつげがナンシーとよく似ていた。その子の姿をしばらく見つめたのち、ローリングは、ナンシーから顔をそらすようにして、リビングルームに引き返した。

「フランク、どうしたの?」彼女は、ローリングがもう忘れたいと思っていたかつての優しさで、そう訊いてきた。

彼は怒りに囚《とら》われながら、彼女と向き合った。

「あなたは知っている」ローリングは語気を強めた。「知っているはずだ。幼な児は、ぼ、く、た、ち、の子だったかもしれないことを」

ナンシーは顎を挙げ、彼の目を見た。下まつげの上にほんの少し涙が浮かんでいた。

「そのとおりよ。ただ、なぜいまになってそう言うの。なぜ?」彼女は大胆にまた反抗的に応じた。「では答えてあげるわ。どうしてわ、た、し、た、ち、の、じゃないか。あなたは、たたかわなかったからよ」

「どうすればよかったんだ?」彼はゆっくりと、悲しげな笑みを浮かべて尋ねた。「どうやっても聞き入れなかったのは、きみのほうじゃないか。だったらぼくは、きみを叩いたり、蹴ったり、あるいはクローゼットに閉じ込めるかで、無理強《じ》いできたとでも? どうしようが駄目に決まっていた。きみはあのとき、意志が強かったから」

「そうよね、フランク」ナンシーも悲しい表情になった。「確かにあのとき、あなたは何もできなかったはずよ」

彼女にはもう怒りはなかった。怒りを持ちようがなくなったのだ。

「フランク、あなたは、たたかいに勝つような人ではなかった。それだけね」

「ナンシー、ぼくが臆病者だと思わないでほしい」

「そうじゃないの……。あなたは、公正であることを望むあまり、手間取りすぎたのよ。いろんなことにね。几帳面すぎたの。そんなあなたが好きよ、フランク。そんなあなたを愛している。でもこの世界では通用しないの。わたしのために、本当にたたかったことはない。それが事実として残っただけ」

「そうかな。ナンシー、たたかうのは、いまからでもできる」

「わたしはゴッドフレイの妻よ。もう勝利者が戦利品を持ち帰ったあとなの。わかるでしょう？……ああフランク、それでも来てくれて嬉しいわ、本当に嬉しい」

そしてナンシーはいまさらながら、ローリングにこう尋ねてきた。

「でも、どうしてここへ来る気になったの？」

彼は驚いて返した。

「きみの夫から言われたからさ。ぼくに用がある、会いたい、ときみが望んでいるとね」

「いい、フランク、よく聞いて」ナンシーは再び悲しい表情を見せた。「あなたがドアをノックするまで、あなたが来ることなんて、わたしはまるで知らなかった。ゴッドフレイは、あなたとやり取りしたなんて、一切言ってくれなかった。わたしは、あなたが生きているかどうかさえ、わからないままだったのよ」

「そんな……だったら、きみの夫は、どうして」ローリングは、じっと考え込んだ。「一種の礼儀としてぼくに声をかけたのか。この街にいるのなら、誘わないのは礼を失するとでも思ったのか。あるいは……」

「あるいは？」

「ぼくがきみを元気づけると考えたのだろう」

ナンシーは切なげな視線を遠くに送った。

「ねえ、フランク、昔わたしたちって、いつもお互いを笑わせていたわよね」

「そうだった」

「ゴッドフレイとはそうならなかった。彼はわたしを気づかってくれてはいます。けれど、笑いをもたらしてくれるような、気が休まるような、そんな気づかいではなかった。それに、根のところで、彼は礼儀正しい男ではない。フランク、夫はあなたに何を話したの？」

「きみがぼくのことをよく話している、と言っていた」

「ああ、フランク、それはそのとおりよ。年月が経つにつれて、かえってあなたのことばかり考えるようになった。わたしは夫に、あなたのことを、あまりにしょっちゅう話していたのかもしれない。もっともゴッドフレイは、かつてのわたしたちの関係を、理解している様子はないわ。夫はそれができる人間ではない。彼は——ある意味、幸運にも——繊細な感受性を持ち合わせてはいないの。だから夫はあなたに腹を立てているだけ。哀れなゴッドフレイ。彼の頭のなかがどうなっているか、あなた、見てみたい？」

「彼が過去の経緯にこだわっているのなら、そもそもぼくに嫉妬する理由はないんじゃないかな、ナンシー。きみはぼくが望むようには、ぼくを愛してくれなかったね。その点でも彼は、ぼくに嫉妬する理由などないはずだ――嫉妬についての一般的な解釈からすれば、だけど」

「独占欲という言葉のほうがぴったりよ」ナンシーは答えた。「わたしたち夫婦のことは、本来、あなたに言うべきことではないはずね。でもフランク、かつてわたしは、いつもあなたにすべてを話していたのよ。だから今日もぜんぶ話します」

ナンシーはひと呼吸おいてから、語りを続けた。

「そう、独占欲よ。わたしは誰にも会わせてもらえずにいた。夫はわたしだけが必要だと言い続けている。彼は息子が好きじゃないの。もっとも見せかけは別だけど――ジョニーはわたしの一部だから、大事にするふりはしてくれる。ただ夫の異常な独占欲の対象は、結局このわたしだけなの。ゴッドフレイはわたしのいまの時間と未来のすべてを、奪おうとしてる。ああ……」彼女はため息をついた。「心配してくれる人がいるっていうのは、感謝すべきかもね」

「……」

「現在と未来だけではない。ゴッドフレイは、過去も欲しがってる。すっかり自分のものにするため、わたしから過去をも奪い取ろうとしているのよ。彼はすべてを知りたがった。わたしが初めてデートした日のこと、初めてキスした男のこと。ああ、哀れなゴッドフレイ！　でもね、彼の企《たくら》みに協力するつもりはないわ。だって……」

「だって？」

「わたしの過去には、あなたがいるのだから！」

「そんな……」

「夫はあなたのことを、とくに知りたがってる。もっともっと知りたがっているの。もう充分話したはずなのに。……もう話すことなんてどこにもないのよ。夫自身が理解できないことを除けば、だけどね。ただ夫は、まだ何か隠しごとがあると、思い込んでいる」

「そうだったのか」

「もっとも夫は、わたしが病気になってから、とても辛抱強くなった。本を読み聞かせてくれるし、いろいろ親切にしてくれる。そうしながら、あなたのことをさらに話すよう、辛抱強く待ち続けたわ。それに、さまざまなタイプの医者を呼び、どう対処すればいいか、多くの意見を聞き続けた。みんな同じ動機からなの。結局、独占したいからよ。ゴッドフレイは独占欲の強い男です。ただ一方で、女性は、夫にそうあってほしいと望んでもいる。やっかいよね」

ローリングは目を閉じ、そのままで彼女に話しかけた。

「言いにくいのだが……話を聞くと、ゴッドフレイの人間性は、ぼくが考えていた以上に複雑だ。ほかにも隠れた一面があるように思える」

「つまり……？」

「たとえば、この壁の絵だ」

「ええ、そうね。気味が悪くない、フランク？　夫はカバラや悪魔の世界、カリオストロ(3)の小冊子も読んでるのよ」

「きみはどうだい。怖いのかい、ナンシー？」

「怖いですって？　もう平気よ。第一、男はみんな女から生まれたんじゃない。だからどんな男だって、女の身には怖くないわよ。普通につきあえる」彼女は椅子から手を伸ばし、ローリングを戯れにずんずん押した。「でもね、夢のなかの男は……」

そのとき、シューマッハが現れた。トレイを持って——その上には銅製の東洋風コーヒーポットと、三角形の小さなサンドウィッチが載っていた——、戸口を押しひらいた。

彼は「まだ夢の話をしているのか、きみたちは？」と言いながら、二人に近づいた。「夢は、ようするに、意志のあらわれなんだ。夢を見る人の意志、あるいは他の人の意志の反映。いいかい？　意志といっても、結局、物質をどう解釈するかだ。精神が充分に強い者ならば、物質がどこではじまり、どこで終わるかなどの問いに、そもそも悩む必要などあろうか。そうだろう、フランク？」

「ぼくは駄目だな。そんな意志の強さはない。くよくよ悩むほうだ」

「本当にそうなのか？」シューマッハはローリングに、吸い込んでくるような視線を投げた。

「自分のなかにあるものを、目覚めさせ、働かせるべきだ、フランク。いつたたかうことになるか、わからないからね。さあ、コーヒーをどうぞ。おかわりも充分にあるよ、親愛なるフランク。それから、わたしはクリーム入りだが、きみはどうする?」

「まずはこのままで……」ローリングはカップを受け取り、口を寄せた。一口のうちに、なんて強いコーヒーだろう、と彼は仰天した。異様に甘く、充分に濃い。まるでトルココーヒーのようだと思った。

「面白いブレンドだな」とローリングは言った。「嫌いではないが。きみの秘伝なのかい、ゴッドフレイ?」

「わが家には特製のコーヒーミルがあるんだ」とシューマッハは満足そうに話した。「ゆっくりと、そして非常に細かく挽《ひ》くことができる。神々が仕上げたかのようにね。さあ、ナンシー、きみにもう一杯あげよう。フランク、きみはもう飲まないのか。さあ、古き友よ、もう一杯おごるぞ、どうだい?」

シューマッハはへんに陽気だった。

「それに……一晩中これを飲み続ければ、ナンシーは、朝まで目覚めていることもできる」

それが何をもたらすというのか! ローリングはついそう考えた。

ただまもなく、ハイブレンドコーヒーの効果をローリングは目《ま》のあたりにする。椅子におさ

(3) イタリアの降霊術師。

まっていたナンシーは次第に血色が良くなり、若い頃の快活さを取り戻したかの様子になった。重だるい夜の暑気のなかで、彼女だけが涼しげに見えたくらいだ。

「あのときの詩の一節を、また興じたくなったわ」彼女は唐突にそう言いだした。「ねえフランク、レモネードを作ってポーチに座り、みんなで詩を興じたあの日を覚えてる？」

ナンシーの瞳には、わずかに、憧れのような光がたたえられた。光はたちまち消え去った。

「でも、いまはコーヒーになっちゃったの。今夜みたいにね。ゴッドフレイ自慢のコーヒー——ええ、おいしいわよ！　では、はじめましょうか。ゴッドフレイ、あなたはフランクやわたしほど上手《うま》くはないはず。だって、あなたは進歩的な学校に通っていたんですもの。こんな詩を暗記するなんて馬鹿らしい、みたいな校風のリベラル校にね。でも、いまは駄目。あなたも参加しなさい！　あたしたちと一緒にやるのよ」

シューマッハはたいして躊躇《ちゅうちょ》もせず、むしろその場ぜんたいに冷笑を込めながら、最初の言葉を発した。

〝わたしが死んでも、悲しんでくれるな——〟

「そうよ。シェイクスピアのソネット！」とナンシーが応じた。

ローリングのなかで、思い出がめぐりだした。それは次の言葉になった。

〝嘆くというのなら、せめてあの鐘の響きが続くうちにしてほしい。
愛想のかけらもない、陰鬱な弔いの鐘が、
やつ――わたしのことだ――は死んだ、と、
邪悪な虫けらどもの世界から去った、と、
告げている、そのあいだだけに。〟

ナンシーは小さな叫びをあげると、「わたしはその次のほうが好きよ」と言い、こう言葉をつないだ。

〝それより、きみがこの詩を読んだのなら、
書いた者のことは、思い出から消し去ってほしい。
あなたを愛している。
あなたの優しさや思いやりを、わたしはよく知っている。
だからこそ、あなたの嘆き苦しみが耐えられないのだ。〟

「愛想のかけらもない、陰鬱な鐘、か」シューマッハは妙な満悦の表情で、そうくり返した。

「悪くない表現だ。悪くない。ナンシー、コーヒーのおかわりは？　イエス、そうだね、きみにはこれが必要なんだから」

いいや、ナンシーは賢いのだ。彼女は勝負に勝ったはずだ。ローリングがそう信じえたのは、彼女が見せたにっこり顔からであった。愚かなクスクス笑いではない。昔の彼女がよくあらわした、純心な笑みだった。

一切を見届けると、彼は、彼女のもとを去るときが来たと思った。ホテルの狭い部屋へ帰るべきだと思ったのだ。静寂に包まれたあの狭い部屋へ。

いま、目の前に、あのときの女がいる！　でも、もう行くべきなのだ。

「楽しい夜だった」と彼はシューマッハに言い、立ち上がった。いくらなんでも、ごく近くにいるナンシーにまで、同じ挨拶をくり返す必要はなかろう。

一方彼女のほうは、別れの言葉を言うかわりに彼の手をとった。

ナンシーは玄関先で、再び、彼の手をとるのだった。

「まもなくこの街を去るのね。次に来るのはいつ頃、フランク？」

「二月になると思う」

「滞在する週のあいだは、毎晩、ここを尋ねてくれるんでしょう？」彼女はまっすぐ目を合わせてきた。

「きみがそれを望むならね」

「いいぞ。昔ながらの親しきふるまいだ！」シューマッハは大声で言い放った。彼はローリングの手を力強く握った。「帰り道で迷子になるなよ、フランク。そして、ぐっすり眠るんだぞ」

家を離れ、角を曲がるとき、ローリングはふと振り返った。二人はまだ明るい戸口から彼を眺めていた。ナンシー、気高さのある女、愛しい人よ！

「ぼくは、たたかわなかった」

ローリングはそう思った。半分声に出すようにして。

＊　＊　＊

ナンシーとの新たな出会いは陶酔のひとときだった。しかし、そこから醒めだすのにそう時間はかからない。ローリングは自分が、この一〇年間で経験したどんな悲しみよりも、重苦しい孤独に陥っていることに気がついた。

暗い気分だった。足取りは重く、痛みさえ覚えた。目がかすみ、聴覚は鈍くなっている。生暖かい夜風が断続的に吹いてきた。彼はぼんやりそれを感じとった。こうした心身の状態で、ローリングは、廃墟と化した古い家々が立ち並ぶ地区を抜けて進んだ。歩くのは好きだった。けれども今夜は、タクシーが通りかかったら、口笛を吹いて合図を送っただろう。

タクシーだって？　まさか！　来るはずはないじゃないか。どんな運転手も知っている。スラムでは、お代を取れる客にめぐり会うなんて、まず起こりはしないと。

しばらく進んでゆくと、正面部《ファサード》が半分にわたって打ち壊された建物が、目に飛び込んできた。むきだしの床部には、割れた石膏《せっこう》や下地材《ラス》が散乱している。貧民の子どもたちの仕業《しわざ》だろう。

それを通りすぎようとしたとき、ローリングは数メートル先に、人影を認めた。この静かな夜――零時《れい》を回ったので深夜というべきか、自分以外の歩行者がいるのだ。巨体というのはわかった。が、どうにもつかみどころがないのは、通りにはっきり、身をあらわさなかったからだ。その歩行者は時折、深く影になった部分へ入り込み、姿が見えなくなる。

奇妙な夜の歩行者は、ワンブロックの距離を保ちながら、ローリングの前を歩き続け、いつしかいなくなった。ローリングは眠そうにまばたきをした。やつはどこへ行ったんだ?

巨体を見失った場所まで近づくと、右手に、不潔な路地が伸びているのがわかった。微妙な衝動に駈られたローリングは、その路地へ入り込んだ。まもなくすさんだ中庭へ行き着く。古いブリキ缶と山積みの燃え殻が散らばっている。そこは不気味に崩れた四つ五つの廃屋の、裏手に面した一廓《いっかく》だと彼は気づいた。

誰もいない。あの巨体はここまで来て何をしていたのか。なぜさっさとここを立ち去ったのか。すべてがわからないままだった。

ローリングはやむなく通りに引き返した。

ホテルの部屋の鍵を開けたのは、それからちょうど二五分後にあたる。

その夜、彼はいやな夢を見た。希望なき憧れのシーンと、フェードイン・フェードアウトをくり返す恐怖シーンの連続。意識がはっきりすれば、もうくわしくは思い出せないが、暗闇のなかで三回、泣き叫びながら飛び起きるには充分な魔の夢《ナイトメア》であった。

翌朝、ベッドから起きたとき、心身ともにどこかおかしかった。ローリングは、急性リューマチのような痛みと、極度の無気力に襲われていたのだ。そのため、朝食は自分の部屋で食べなければならなかったし、所用がありやむなく、重い足取りで一階まで降りたときは、大きくよろけてエレベーターボーイに助けられる始末だった。

その日は一日中、そして翌日も強い不快感は続いた。その後、少しずつ症状は緩和したものの、以前の体調に戻るまで、三週間もかかったのである。

「ああ、ナンシー」とローリングは口にした。「あなたはいまになっても、なおこのぼくに、何かをしでかそうとするのか」

＊　＊　＊

二月のセントルイスは一面の雪景色だが、ここでの雪は、積もるとすぐに、タールのような汚れと羽毛じみた埃に覆われる。ローリングがシューマッハ夫妻を訪ねたとき、街にはそうした雪が二フィート近くの深さになっていた。前回訪れたときの焼けつくような暑さが、大陸の冬の厳しさに変わっていたのだ。

ローリングがシューマッハの家の階段で足を踏み鳴らし、ガロッシュ(4)を脱ぎだしていると、シューマッハはもう現れ、ドアの前まで彼を導いてくれた。

「ナンシーは居眠りを続けている」シューマッハは、物静かに言った。「われわれは居間で待っていよう。彼女は徐々に目を覚ますだろう。妻はもう、居眠り程度の睡眠しかとれなくなってしまったのだ。もうだめだよ、フランク。妻はもうだめなんだ。医者もすっかりさじを投げている。ときどき、食欲が戻ってくるのだけが救いだ。家にいるとき、わたしはいつも妻を観察し、見守っている」

シューマッハは彼をじっと見つめた。あたかも、ローリングはもう弔意を示しており、その真意を問おうかとするかのように。

その視線を振りほどいて、ローリングは部屋へ向かった。あの日の妖艶な少女、そしていまでも妖艶で、しなやかなレカミエ夫人！　ナンシー、きみにまた出会える！

彼女は昔と変わらない、やさしいまなざしをローリングに向けた。

「六か月なの？　信じられない」やわらかい笑みを見せながら、そうささやいた。「六世紀もご無沙汰しているのかと思ったわよ、フランク」

しかしナンシーは起き上がろうとしなかった。青ざめ、紙のようにはかなく白く、悲しいほど痩せ細っていた。存在が希薄になっている印象さえした。

もっとも、愛らしさだけは、決して失われていない。ローリングは思わず、こう言おうとした。

〈これまで以上にあなたを愛している、ナンシー〉

でも駄目だった。言いだせなかった。そのかわりに彼は、湖畔の少女、その面影を漂わせた女と、かつての友愛会会長、(陽気な犬というより、今日は)なぜか優雅な雄牛のニュアンスを伝えてくる男と三人で円《まる》く座り、おろかで退屈な話を交わさねばならなかった。

ただしばらくすると、どうしたことか、三人の話題はいつのまにか終末《エンズ》のほうへ移っていた。その流れをつくった責任者は、シューマッハではない。ナンシーだった。彼女はかすかな、しかし辛辣な声で、「終末《エンズ》は来るのよ。浄化のときは確かに訪れる。でも、全く別の世界の出来事だと信じたいの」と話した。

「別の世界だって?」シューマッハは割り込むように口を出した。「きみのいうその世界は、ほとんどすべての人にとって、すぐそこで扉を開けているのではないか。別の、なんて言えるのかな」

そして彼は、壁に描かれた聖なる恐怖を指差し、「いいかね、あの絵を通してわたしたちは、この世界と次の世界の両方を見ることができる」と告げてきた。「向こうへ連れ去られる罠は、わたしたちの回りにいくらでもある。自分を守れるのは、霊的な力だけだ。もっとも、そうした力を持つ者は、一〇万人に一人もいないけれどね」

「もしあなたが正しければ、ゴッドフレイ」ローリングは皮肉を込めて言い返した。「別の世界

(4) 靴を雪から守るオーバーシューズ。

に赴《おもむ》く前に、何か記憶に残るようなものを残せないか、考えてみるよ」

「たとえば？」

「正直だった者の名前。あるいは正直な子どもたちがいたことをだ」

シューマッハは激しく侮蔑するように、反論した。「病人の背中をさすってくれるような、救いの力を持つ者がいないとき、たとえ正直者がいたとして、何になる？」

「では」ローリングは尋ねた。「ゴッドフレイ、きみ自身の終末《エンズ》はどういうものなんだい？」

「精神の勝利だ」シューマッハは確信に満ちたまなざしを彼に向け、身を乗り出してきた。ローリングは不安げに身を引いた。「わたしはヘブライ・キリスト教の神話にはまったく与《くみ》しない。わかるか、フランク。わたしの関心はいつだって現実——最も危険な分野だ——にある。そこで精神のたたかいを仕掛け、勝利する喜びを得る——現実のものとしてね！　精神のたたかいの場には、時間がない。霊的世界は時間などにしばられない。だからたたかいは永遠に続く。きみは常に警戒しなければならないのだ。そして、たたかいに勝ち、敗北者を踏みつけにするのだ」

シューマッハは、外の暗闇に広がるセントルイスの街全体に手を伸ばす仕草をした。「それがすべてだ！」と言いながら。

それから、こんどはブリューゲルとボッシュの絵に向かい、何か合図するような身ぶりをした。

「ここで描かれているものは覆《ヴェール》いにすぎない。真実の存在が背後にある。厳しい現実世界のただなかにいるきみは、勝利し、征服することによってのみ生き残り、進歩する——それこそが真実だ。ああ、その次元に到達するまで、きみは、わたしが言うことのほんとうの意味を、理解できないんだろうな。きみは征服し、支配すべきだ。たたかって、敵を粉砕するのだ」

そこまで言うと、シューマッハはなぜか突然、態度を翻《ひるがえ》した。先ほど来《らい》のごくカジュアルな雰囲気に戻ったのである。そして陽気に話題を転じた。

「そうだ、コーヒーの時間ではないか。特製のやつを挽くとしよう」

彼は台所へ向かい、その場を立ち去った。

ナンシーは、半分訝《いぶか》しげで、半分チャーミングな表情を浮かべて、ローリングを見上げた。

「ねえ、フランク。ゴッドフレイのことをどう思う?」

答えにくい質問だ。でも、だまっているわけにもいかない。「かつての彼を考えれば、神秘主義者への転向は思いも寄らない。そう言うしかないよ」

「どうしてそうなったか、わかる?」彼女の声は相変わらずかすれていたが、不思議なほど穏やかだった。「それはね、失望からなの、フランク。夫は自分が望んだように立身できなかった。遠くまで行けていない、それを成し遂《と》げる男になれなかった——自らそう認めるしかなくなったとき、彼はすがったの。神秘主義のアイデアにね」

「失望? ゴッドフレイは、うまくいったほうじゃないのか」

「フランク、あなたは彼を知らないのよ! 夫は大王《アレクサンダー》にさえなれると自惚《うぬぼ》れる、自信満々の若者だった。でもいまは一介の語学教授よ。彼の努力はことごとく無駄になった。せめて学部長を目指したけれど、それさえ到底、無理だった。学部長なんて、ちっとも勝利なんかじゃないけれど、それだって彼には、高望みもいいところ。神様はよくご存じよ」

「きみを花嫁にした男は——ぼくはたたかわず、身を引いた——成功する人間だと思っていたよ。きみをより幸せにできるやつだと」

「確かにゴッドフレイは、体格がよく頭もよく、ハンサムでよく働いたわ。でも何かが足りなかったの。彼は前に進めなかった。あらゆる努力を費やしたにもかかわらず、彼を好きな人は、まるでふえなかった。やがて彼は、自分のほうに決定的な問題があることを、知るしかなくなったのよ。望みが叶《かな》わないのは自分のせいだ、という点もね」

ナンシーは静かに言葉をつないだ。

「それ以来、彼は日常生活で努力するのをやめたの。ねえ、フランク。結局、彼は自分以外の誰も愛したことがない。そしていま、彼は全世界を憎んでいる。なぜなら、人びとをわがものにすることを、誰も彼に許さなかったから。彼のほうは、〈よし、それならば〉となった。何か別の方法で人びとを支配し、勝者となる道を目指そうとしたわけ」

「ナンシー、彼はあなたを憎んでいるのかい?」ローリングが自分の質問箱から、無理矢理、引っ張り出すことのできた質問はそれだけだった。

「そのとおりよ」彼女は答えた。「でも、それ以上に彼は、わたしを所有し、わたしからいろいろなものを奪い取り、自分のなかに閉じ込めてしまいたがったの」

ナンシーの語りは途切れなかった。「彼は実際、間違った種類の女を妻にしたのよ。おとなしくて、従順で、限りなく愛に満ちた女性を選ぶべきだったはず。わたしにはたぶん愛があります。でも柔和な心はないわ。できることなら彼に身をまかせたいけど、それはわたしのやり方ではない。……わたしはまだ生きている。フランク、わかるでしょう。骨だらけになっても、まだ生きているのよ。ゴッドフレイに同化するには、まだ生気がありすぎるの。だから彼にまるごと呑み込まれはしない。それで彼はわたしを憎んでいる。一〇年前から彼は、わたしを呑み込もうとしたがったのよ。そんな彼をこちらは愛していた。フランク、あなたはそんなナンシーに、ブーイングを出す勇気はなかったわよね。それに、いい？　わたしはある意味、いまでも彼を愛し続けているの」

ローリングは自分の椅子をナンシーの長椅子に近づけた。彼女は以前からスリムだったが、今夜は、かすかな風でも舞い上がりそうなほどだった。

「どうしたらいい、ナンシー？」彼女の青白い顔を間近に見て、彼は唇を噛《か》んだ。

「フランク、あなたは良い人です。すべてを終わらせたいと思ったわたしが、影のような存在になったとは考えないでほしいの。生きることは重要よ。何が悪いのかもうわからないし、これからもわからないと思うけれどね。お日さまにあたるのも、食事をいろいろ変えたことも、睡眠――どうにかこうにか眠れるようになったことも、結局、何の役に立たなかった。ゴッドフレイはわたしを助けるために、金銭を惜しまなかったわ。彼は意地悪なんかじゃない。とりわけ妻に対してはね。……運命なの。もうどうしようもないのよ。終わりはまもなくかもしれないし、まだちょっと先——来年あたりかもしれない。でもそう遠くはないわ。フランク、わたしはもう、何も恐れてはいない」

「最愛の人よ、ぼくのほうは恐れている」ローリングは彼女に応えて言った。「死の話をぼくにしないでほしい」

「だったらほかに、誰に話せばいいっていうの？　ほかの誰をずっと信頼してきたっていうわけ？　わたしはこれからどうなるのか。ゴッドフレイとは話をするけど、彼は笑うだけ。話すだけ無駄だといわんばかりにね。どこか冷たい態度で、夫は死にゆく女を、知恵なきあわれな者として眺めている。それに彼は、おそろしい姿かたちになったわたしのことを、みんなに話しているのよ。そのうちゴシップが流れてくるでしょう。いい、フランク、いまがわたしたちにとって、最後のひとときかもしれない。永遠の別れかもしれないから、言っておきます。——あなたに謝《あやま》りたいの。こんな姿を見せることになって。昔のわたしでなくなっちゃって。でも、最後にあなたに会えるなんて！　うれしかったわ、そして、ごめんなさい」

ローリングの息は荒くなった。そのとき、台所でカップが倒れて粉々になる音がした。それから、シューマッハがコーヒートレイを、改めて並べ替えている音が聞こえてきた。

「フランク、一つお願いがあるの。わたしの小さな息子を守ってほしいのです」

「守るって、父親がいるじゃないか。ああ、痛々しいナンシー」

「あなたに頼むと言ったのよ。あの小さな男の子をね、フランク」そう言って、彼女は彼に手を伸ばした。「あのいたいけなジョニーを、わたしだと思って」

「わかった」ローリングは体をかがめてナンシーにキスをすると、窓際へぼんやり向かった。ちょうどそのとき、シューマッハがコーヒーを持って入ってきた。

「お待たせしました。ナンシー、お好みの濃さにしたよ。いいか、フランク、熱すぎやしないかとは思うけど。だからって冷ましちゃ台なしだぜ。熱さが味の決め手なんだから。さあ、おかわりも充分、用意してある」

ローリングの頭をよぎったのは、シューマッハのコーヒーが、半年前よりもさらに濃く、まるでシロップのようになっている可能性だ。

そのとおりだった！

それでも、彼は口ごもりながらこう言うしかなかった――皮肉を込めて。「きみのコーヒーは好きだよ。苦手なきみの哲学に比べればね」

「つまり、不服があるというんだね？」シューマッハは急に狂信者のまなざしとなり、じっと彼を見つめた。

「ぼくにはきみの、霊的な力の教義がわからない」対決のときが来た――ローリングはそう思った。「まるでちんぷんかんぷんだ。その力による精神の勝利？　つまりそれは、徳義《モラル》をふみにじることではないか。人間間《にんげんかん》の自然なつながりを築くものを、だよ。きみの話は、ふみにじっているのを正当化する理屈にすぎないのではないか」

「モラルだって？」シューマッハは大きく手を振った。「その題目を持ち出すつもりか？　だったらきみは、ウィリアム・ジェイムズがモラルについてこう言ったのを、知らないわけはないだろうな。〈一匹の哀れなゴキブリが報われぬ愛の苦しみを感じている限り、この世は、モラルが成り立つ世界ではありえない〉。モラルとは結局、獲得し、満足してこそ得られるものだ。そうではないか？」

「まさか！」ローリングは言い返した。「泥棒は成功すればするほど、ましな人間になれるというのかい？」

ナンシーはいくらか目が覚めた様子になり、落ち着いて微笑んだ。——夫のぶっきらぼうな態度にはもう慣れたといわんばかりに。

「モラルは自制心よ」と彼女は言った。

「そうは思わないな」彼女の夫はすぐに対応した。「自制は精神的な弱者のためのものだ」

さらにシューマッハは主張した。

「強さこそ真実だよ、ナンシー。肉体的・物質的な面でもそうだし、精神的・モラル的な面に関しても同じことだ。強さと、求め続ける意志、常にそれが試されている」

そして、こんどはローリングに向き直り、そのカップにおかわりを注ぎながら、こう言うのだった。

「きみだってそれを認めるのに、さほど時間はかからないはずだ」

ローリングはその夜、品位を保った別れができるぎりぎりまで、シューマッハと論争を重ねた。やがて、ほかにすることがなくなる。別れのときが来たのだ。

彼はナンシーの手を取り、二人は長らく視線を合わせた。

「フランク、わたしを忘れないで」ナンシーは蒼ざめた顔で言った。ローリングは自分を必死に抑えていた。

彼女は彼と一緒に玄関まで行くことができず、ローリングを見送ったのはシューマッハだけだった。二人は階段で握手を交わした。

「フランク、今日の彼女を見て、もう長くはないとわかっただろう」シューマッハはしかめッ面《つら》でそう話した。「逝くのは明日なのか。来週かもしれない。それが言えることのすべてだ。その意味で、きみが今夜、訪問してくれたのはよかった」

ローリングはシューマッハを見つめながら言った。「よかったら、明日の夕方、またうかがいたいと思う」

「明日だって?」相手は応えた。「ああ、そうだな。できれば立ち寄ってみてくれ」

ローリングは通りに出るため、煉瓦壁の門のほうへ歩きだした。数歩進んだところで、彼は振り返った。シューマッハがまだ階段の上から、まるで全身全霊を傾けるように、彼を見つめているのが見えた。ぞっとするような、固い表情だった。

ローリングはつい睨《にら》み返すことになった。どうしても、そうなってしまった。

シューマッハが右手を上げ、ぎこちなく振った。

「では、さようなら……」

母音を延ばす物憂げな調子で、彼は最後の言葉を、ローリングに投げかけたのである。

ローリングはその奇妙な人物を背後に残し、夜の闇のなかへ入って行った。

＊　＊　＊

足の裏に鉛《なまり》が付着しているようだった。ローリングは眩暈《めまい》さえ覚えた。いったい何が彼を襲ったのだろう？　前へ進むには、一歩一歩にいっそうの力が必要だった。体を使うたびに痛みが走る。雪を踏みしめる音だけがざくざく響いた。

旧市街の壊れた長屋に近づくと、新雪が激しく降りはじめた。風が吹きつけ、それは、空の窓から嘆き悲しむ声が流れ出すかのごとくであった。白い雪の礫《つぶて》がローリングの視界を覆いはじめる。通りの向こう側はもう幕がおりたようだ。

まぶたが重く、脈が乱れた。呼吸も荒い。彼は改めて気づいた。ひどい寒さのなかに一人取り残されていることを。

〈いや、一人ではない〉まもなくローリングは、そのことにも気づいたのである。前を歩く者がいるではないか！

ローリングは追いつめられた心理に陥り、精神的な余裕を失っていた。そのせいで彼は、荒廃した孤独な世界のなかで、仲間を求める一種の人懐かしさに囚われていた。ただ何かが彼を押しとどめてもいた。前をゆく「仲間」に追いつくことを、何かが躊躇させたのだ。

その人物は歩みを緩めた。それでローリングは彼に近づくことになった。が、その者の姿かたちは、降りしきる雪のなか、はっきりしないままだった。二人はファサードが無残に崩壊した家の前を通りすぎた。一分後、ローリングは、その者の横に並んだ。

ローリングは彼の顔をちらりと見た。大きな顔。微笑んでいる。しかしその表情には、死の装《よそお》いと翳《かげ》りが宿っていた。まるで幽鬼だ。

そして……。

あろうことか！　彼はシューマッハだったのだ。

ローリングは叫びながら飛ぶように身を引き、混乱のはずみで、右側にあった路地へ入り込んだ。滑《すべ》っては転び、道をさえぎる廃物をかき分けながら、彼は進んだ。やがて、廃墟の家々に面した、悪臭を放つ小さな中庭へと辿りつく。かつて一度、来た場所だ。

彼にはまだ振り返る勇気があった。しかしその勇気を発揮しても、気になるものは後ろに見出せない。姿はどこにもなかった。

だんだん気を取り直してきたローリングは、こんどは正面を向いた。ある廃屋の塀の庇《ひさし》が目に留《と》まる。不思議な引力を感じて、彼は中庭を横切り忍ぶように近づいた。

そこで、彼は見たのだ――塀内の窓から、ある顔が覗《のぞ》いているのを。

シューマッハだ！

ローリングは雪のなかへ、前のめりに倒れた。しばらく意識が途絶えた。それで幽鬼さまよう廃墟の中庭にいる事態も忘れた。ただすぐに、ぞっとする感情が襲ってくる。よみがえってきた彼の意識は、異常な世界――異形がうごめく悪しき夢や、絶え間なき苦痛の幻影を経巡《へめぐ》りだした。混沌の恍惚境《こうこつきょう》も合わせて、彼の意識は、危険な界隈をぐるぐる駈け回った。世界は奇怪なアラベスク模様と化し、その隙間《すきま》のあちこちから、シューマッハの目がたえず覗き込んでいた。

もはや残骸というしかないローリングだが、かろうじて自分にこう言い聞かせた。

〈じたばたするな、じっとしていろ〉

〈暗黒のなかに身を横たえるんだ、隠すように〉

い、い、い、慈悲深い暗黒は、確かに彼の神経を包んでいたのである。

グロテスクな恐怖に囚われ、夢うつつの状態に陥っていた彼の耳に、一篇の古いスコットランドの墓碑銘が、狂おしい執拗さで鳴り響きだした。

あたかも黄昏《たそがれ》どきの意識を通すようにして――。

最後のラッパが鳴り響くとき、

死者たちはよみがえるだろう。

汝レッド・ラブ、じっと身を横たえていよ。

汝が賢明ならば。

この碑文に従うがごとく、ローリングは横たわっていたのだ。

やがて地獄のアラベスクの隙間から、別の目が現れた。ナンシーの眼《まなこ》だ。

「あなたは本気でたたかおうとしなかった。決して、たたかわなかったのよ」

その言葉はアラベスクのなかを当初《あてど》なく飛び交った。そこに、シューマッハの目が再び覗き込んだ。ローリングは必死の意識のなかで考えた。

〈レッド・ラブとともに身を隠すのだ。漆黒の闇、死の闇のなかへ！〉

しかし、闇へ向かう彼を何かが押しとどめた。恐怖のアラベスクにあらわれ消える、かの夫婦の異様な表現の演目が、突然止《や》んだのである。

入れ替わってあらわれた光景は、長椅子に横たわるナンシーだった。

「わたしの小さな息子よ……」と彼女はささやいた。

別の恐怖がローリングに襲いかかった。

しかし、そのなかに一つの思考、意識の断片が割り込んできた。それは何がしかの意志だった。野性的な闘志といってもよい。長い時間のように思えたが、実際には数秒しか続かなかった。しかしそれで役割は果たしたのだ。勇敢さが勝《まさ》るきっかけをつくったのだから。

フランク・ローリングは正気を取り戻した。雪のなかで半身を起こし、ようよう目を見開いた。異常な意識の旅を経て、彼は、廃墟の家々に囲まれた中庭へと戻ってきた。

塀内の壊れた窓には、シューマッハの顔がまだあり、不気味に静止していた。ローリングは悲痛な叫び声をあげた。ただし幽鬼のシューマッハから、もう目を離さなかった。離してはいけないと彼の意志が告げていたからだ。

やがてシューマッハの顔は、周囲の構成原子に溶《と》け込むかのように、うっすらしてきた。まもなくローリングは、からっぽの窓枠を見るだけになったのである。

廃物に囲まれた庭で、彼は立ち上がった。強い痛みと困難を伴いながらも、彼に勇気を与えてくれたもの——ナンシーの記憶こそ、それであった。

〈あなたは、手間取りすぎたのよ。公正でありすぎた……〉

手遅れかもしれない。ただ、まだやるべきことはある。そこへの意思がはっきり目を覚ました。

彼は煉瓦の壁伝いに手探りで、よろめきながら歩き、ついに通りへ出た。

〈わたしの小さな息子……〉

雪のなかに長いあいだ横たわっていたローリングは、もはや冷たい幻のようであり、生きるうえであわれな存在だった。

信じられないほどの眩暈が彼を襲っていた。言葉を発するのも困難だった。しかし行動を続けることはできた。かろうじて。ああ、ナンシー……。

ローリングは持てる力を振りしぼって、四ブロック先の警察署まで歩ききった。行き交った数人は、彼のことを、負け試合あとの、ぼろぼろになった二流ボクサーだと思った。まさにそうだ！

彼はよろよろと警官詰所《つめしょ》の扉を押しひらいた。そこにはタフだがダルなセントルイスの警察官が四人おり、暖房を効かせたなかでくつろいでいた。

そのうちの一人がローリングを見て、「ひどい目にあったな」と言いながら近づいた。相手の身を支えようとしながら、興味がなさそうな口調でこう訊いた。

「何があったんだい？」

ローリングは答えた。

「毒を盛られたんだ」

彼はシューマッハの名前と住所を告げると、その巡査部長の腕のなかに、死んだように倒れ込んだ。

＊　＊　＊

警察が家の門扉を叩いたとき、ゴッドフレイ・シューマッハは二階へ上がり、おのれに銃身を向け、撃った。これで警察は夫に尋問する機会を、永遠に失った。

階下の部屋にはまもなく医者が入り、その夜に亡くなったナンシー・シューマッハの死因は心不全だと見立てた。しかしこの診断は、ローリングが検死官と話し合った結果、変更された。〈かなりの期間にわたって、次第に量を増やしながら投与され続けた、ストリキニーネ製剤による中毒〉という表現に。

ローリングも医師も、それ以上のことはわからなかった。

ただローリングはこう考えていた。「ストリキニーネ」は正答とまではいえない。近しい、認定にとどめるべきだ、と。

〈フランク、わたしを忘れないで〉

ナンシーの声がよみがえってきた。青ざめた亡霊よ、わが記憶の座にあらんことを——ローリングはそう念じた。

それから彼は、彼女が残した小さな男の子のところへ行き、幼い者の無事を確かめた。

ローリングは子どもを見つめた。この小さき者の骨格、唇のかたち、そして茶目な瞳に、彼はナンシーの名残りを見出した。おのれが最後の瞬間までたたかいに踏みだせず、結局、嘆きの世界から救い出せなかった、悲しい女の名残りを。

リトルエジプトの地下室

ある朝のことだ。

悪童の一群が通りの向こうで、この小唄に声を合わせていた——。


一〇〇年後、おれたちはどこにいるのだろう？

いまから一〇〇年後、おれたちはみな、どこでどうしている？

死んで埋められている。

そう、死んで埋められているんだ。

一〇〇年後、おれたちみんながいる場所は、きっとそこなんだから。


聞いているうちに、ぼくはふと、ジェイクおじさんとエイモス・トリンブルのことを思い出した。ニューデボンのような町には、舗装された街路とスーパーマーケットしかないと、きみは思っているんじゃないのか？　ぜんぜん。ここで年寄りになればよくわかるよ——人生はまるでパズルのようだとね。

どこの町だっていくぶんそういった面はあるけれど、ニューデボンで生きることは、どこよりも謎に満ちている。町の人びとは、子どもには滅多に言えない過去の出来事を記憶している……。そんな記憶の一つをほじくり出してみろっていうのかい？

まあいいけど、じゃあ試しに、叔父のジェイクから聞いたエイモス・トリンブルの話をやってみようか？

幼かった頃、この町には八人の靴職人がいて、工房が八軒あったんだ。もう五〇年も前のこと……ニューデボンの変貌ぶりからすれば、千年前といってもたいした違いはないけれどね。それがいまでは一軒すら残っていない。昔ながらの人びとの暮らしは、工場が立ち、自動車が走り回る時代に、すっかり押しつぶされたのさ。

現在町のゴミ捨て場があるあたりを起点に、川沿いの道を北上した一帯では、かつて何マイルにも渡って農場が続いていた。最近では郡内でも見かけないほど立派な農場ばかりだったよ。しかしこちらも、いまでは一つとして残っていない。

ミラード農場の廃墟を見たことがあるかい？　そこには昔、円頂塔《キューポラ》を持つ四角いレンガハウスが建ち並び、後ろに馬車小屋が連なって、ほかにもちょっとした規模の倉庫が並んでいたんだ。それらはみな消えゆく運命を辿《たど》ったのさ。

あと、なんなら、ゴミ捨て場の隣りを尋ねてみるがいいよ。エイモス・トリンブルが暮らした大きな屋敷が、土台だけになって、当時の跡をとどめているはずだ。

ニューデボンといえば、製粉所抜きには考えられない。古くからの町のシンボルだったからね。いまそこに行けば、南側にたくさんの煙突が立っているのを、きみの目は、ちゃんと捉えるに違いない。かつてぼくが川沿いの納屋に忍び込んで、ジェイクおじさんのプラグタバコを盗んだときに見たのと同じ光景を。

製粉所で筒形粉砕機《チューブミル》があるあたりには、かつてエイモス・トリンブルが、リトルエジプトへの近道としてサリー型軽量馬車で通っていた道がある。そのトリンブルって男だけど、右目の上に赤い傷があり、まぶたまで達していた。横目でこちらを見るときなんぞは、その傷のところに皺《しわ》が寄った。もっともそんなふうにぼくを注視することは、滅多になかったけどね。親しみにくいというのか……彼は少なくとも、男の子が親しく小づかいをねだれるタイプではなかった。

叔父のジェイクは、八人いた靴職人のうちの一人だった。甥であるぼくたち三人は、よく彼の店に入って座り込み、彼が靴底に釘を打ちつける様子を眺めたもんだ。おじさんは打ちたいところに打つ。ハンマーを持ち上げ、景気よく三回叩《たた》く。「ハム、ハム、ハム！」って、鼻唄を歌いながらね。家に帰るときは、「ハム、神様！」だぜ。

働いている姿は面白かった。ただ、それを眺めるためだけに、おじさんの工房へ出かけたんじゃない。実はわれら三人、おじさんの目を盗んで、彼のタバコをちゃっかりポケットに入れていたのさ。

あの頃、おじさんはまだ三〇歳代だったけど、ぼくたちには老人のように見えた。おじさんは実際、実年齢より老け込んでいた。酒を断つことで彼はすっかり変わったんだ。もっとも、ぼくたち一族の者にとって、酒のボトルを遠ざけるのはたやすくない。えらく神経を使う行為だったはずだ。

それでもおじさんはやり遂《と》げた。ジェイクは酒に見向きもしなくなった。リトルエジプトの階下でダン・スラッテリーが死んだ、あの日以来ね……。

当時、ニューデボンにはこうした男たちがざらにいた――〈働くか、さもなきゃ飲むか、それがすべてじゃないか！〉って手合いがね。町でも指折りの酒場、リトルエジプトに来るのは大方《おおかた》そんな連中だったよ。町にはまだ映画館はなく、行楽用のロッジもない。粋筋《いきすじ》の姐《ねえ》さんもいない。くつろぐ場所なんてどこにもなかった。あるのは仕事とウイスキーだけ。で、男たちはその両方に悪魔のようにのめり込んだってわけさ。

だからジェイクおじさんは、酒を断つと、別に打ち込めるものを求めて仕事ばかりしていた。叔父ジェイクほど自分を追い込む男は見たことがないな。彼は自分に、考える時間など一切与えないクチだった。

ずうっと前には――彼がリトルエジプトに入りびたり、くだを巻くよりさらに前の話だ――ジェイクは町の人から、「偉大なる読書家」って呼ばれてたんだぜ。ようするに、叔父さんは本に自分を追い込んでたってわけ。ただその頃にしたって、ほんとうは本など読まない愚か者でいたほうが幸せだった。だからジェイクは一方で、ウイスキーをたしなみだしたんだ。ウイスキーは彼を愚か者にできたからね。そして酔いが醒《さ》めてくるとき、彼はいつも自分がどうあるべきかを考えた。〈もはや耕すには遅すぎ、耕そうにも鋤《すき》は用をなさない〉ってやつだ。

結局、何もかも思いどおりにならなかった。かくしてジェイクは生活のすべてを、本からきつい安酒に、次に仕事へとのめり込ませた。

いま、きみもぼくも、ちゃんと地面に足を付けているよね。まあ、人生には跳躍が大事ってこともあるけど、それは例外。例外はあくまで例外さ。〈おすわりした犬は人間に聞こえない音を聞いてる〉っていうだろ？　地にしっかり足を付けてないと、大事なサインをキャッチし逃すってわけ。酒にもたれた時期のジェイクは、ぜんぜん地に足が付いてなかった。酔っぱらって、弱々しく、いつもどこかズレていた。そんな連中はほかにもざらにいたけどね。

彼らが何を見、何を感じ、ウイスキーの霧のなかからどれだけの真実を見出すか、わかるかい？　わかってたまるか、だよ。もっともジェイクは莫迦《ばか》じゃないし、嘘はついてないと思う。

スラッテリーが死んだ日、ジェイクは酔っぱらっていた。だから事態がぜんぜん怖くなかったそうだ。あとになって、とんでもないことが起きたとわかり、フリーズしてしまうんだ。それですっかり心を閉ざした。リトルエジプトの地下室での事件以来、ジェイクに腹蔵なく接することができる者は、誰ひとりいなくなった。みんな一斉に身を引いたのさ。

親戚のひとりで少年だったぼくは「みんな」に含まれなかった。で、ある日の午後、ジェイクの店で彼本人から、直接、事件の真実を聞くことができた。これから伝えるのも、その話を基にしている。

話しはじめたジェイクおじさんは、腰掛けにあぐらをかいた姿勢で、膝の上には造りかけの靴があったのを、いまでもよく覚えている。おじさんの小さな青い瞳は、大理石のように硬そうだった。その瞳で向こうの窓ばかりを見つめていた。誰か覗《のぞ》き込むんじゃないかって感じでね。それから、念のためいっておくけど、ぼくに話をしたその日、ジェイクはすっかり酒を断っていた。何年もシラフでいた。充分に冷静だったんだよ。

叔父のジェイクは、ニューデボンで最初にエイモス・トリンブルに会った男だった。最後に会ったのも彼だと思う。

「ある秋の朝のことだ」とジェイクは話しだした。「デトロイトからの列車がニューデボンに着き、がっしりした体格の髭面《ひげづら》男が駅に降り立った。四〇歳に届くか届かないかの年格好で、やつは駅舎のそばにあった燃えかすの上に、自分のバッグをでんと置いたんだ」

ニューデボンは、当時からして、沿線のなかで決して美しい場所とはいえなかった。ジェイクは駅舎のあたりからでも多少見栄えをよくしようと努めた——その労力は虚しいものだったと、ぼくは思うけどね。

ともあれ彼はその日も駅にいた。いつものように駅舎の壁に寄りかかり、ラフな格好ながら髭はしっかり剃《そ》っていた。

そこに男がやってきた。列車から降りてきたトリンブルは、「おれならすぐにでも、ここをきれいさっぱり整頓してやる」とでも言わんばかりに周りを見渡し、それからジェイクを見やった。ジェイクは、たとえ全能の神様に会ったとしても、お辞儀をするような人間ではなかった。それゆえ、寄りかかった姿勢のまま男に相対《あいたい》した。

ジェイクおじさんは当時の印象を、店にいたぼくにこう語ったよ。

「ロイ、あの男は、深い緑色の瞳を向けてきた。まるで、こちらの呪われた、腐った心を覗き込むようにな」

とはいえ初対面のさい、かのよそ者《ストレンジャー》は、まずもって丁重だった。

「おそれいります」彼はジェイクにそう切りだした。「エイモス・トリンブルと申します。デボンハウスをご存じですか」

ジェイクには別段、対応の義務はなかった。が、壁から身を離しつつ、うなずいた。まずもって機嫌よくね。

「トリンブルさん。何ならこれから案内しましょう」

まもなく二人はデボンハウスに着いた。揃《そろ》って入店すると、トリンブルが「一杯おごりましょう。御礼をしたい」と言いだし、酒を勧めてきた。エイモス・トリンブルはどうやら結構な酒飲みらしかった。もっともその日、ジェイクのほうはしらふを決めていたけどね。

「やつはたいてい、おっかない顔をしていた」とジェイクはぼくに言った。「笑いを取ろうとする時以外はね」

「笑い？」

「そう。あの男は見かけによらず、はらわたがよじれるほど相手を笑わせることができた。誰であろうと、ぴったりのユーモアをくり出せたんだ」

トリンブルはそれなりに社交的だったわけだ。だからジェイクはすぐに打ち解けた。まあジェイクはもともと、他人に神経質ではなかったけどね。

さあて、これから先は、ジェイクの証言をもとに事件のいきさつを語るとしよう。

＊　＊　＊

不意にやってきたこのよそ者《ストレンジャー》は、遠からずニューデボンになじみ、居着くことになった。そもそも彼はどこの人間なのか。西部から来たというが、西部生まれなのかどうかは皆目《かいもく》わからない。彼は何も言わなかったし、そのような質問をトリンブルにする者もいなかった。トリンブルは何時間でも話すことができた。ただし自身の過去の話は滅多に出さなかった。おしゃべりの延長で軽く語れるような過去は、持ちあわせてないぜってやつさ。彼は自分の人生を生きた、ただそれだけだ――幸せなものでなかったとは思うけれど。

その点を除けば、トリンブルはむしろ裏表《うらおもて》がない人間だった。ダーティぎみの取引だって、〈やるか〉と言われれば平気で乗ってきた。彼は以前、材木商であり、土地投機家であり、また遺言検認の裁判官の経験もあることが、どこからか洩《も》れ伝わってきた。

そんな彼はニューデボンに居つくと、自分のために農場を買い、他人の農場をいくつか売買しはじめたんだ。トリンブルは金持ちとして堂々と行動したが、実際に動かすよりもっと多くのカネを所持している感じだった。

いまではゴミ捨て場となり、地下室への穴が当時の跡を残すだけとなった地所に、かつて町内で最も古い、大きな家があったなんて信じられるかい？　アダムス・プレイスと呼ばれていて、トリンブルがニューデボンに来たときは立派な建物があったんだ。彼はすぐにそれを購入した。そして彼がいなくなった後も、火災で燃えるまで、その屋敷はエイモス・トリンブルの家であり続けた。別に購入した農場は、道路を隔てた向かいに住む小作人が面倒を見ていたけれど、アダムス・プレイスは誰にも関与させず、トリンブルはたった一人でそこに住んでいた。

エイモス・トリンブルは自分の存在を屋敷のあらゆる場所に深く刻み込んだ。屋敷はだんだんトリンブルその人に似てくるようになった。がっしりとして、毛むくじゃらで、そして誇り高い……ほんとうにそう見えるまでになったんだ。

当時の少年たちにとって、トリンブル本人に出会うには、リトルエジプトへ行くしかない。もっとも、その酒場では、ダン・スラッテリー、ジャック・ケイン、レッド・フェローズなど決まった顔ぶれがいつもとぐろを巻いており、トリンブルだけでなく、彼らとどう付き合えばいいのか、少年たちにわかるはずもなかった。

常連のうちケインは自分でも場を仕切るタマとは考えていなかったし、みんなからも臆病なやつと見られていた。ある日の午後、常連組のうち二人がその点で言い争いを加熱させ、ミセス・ジョンストンのおかんむりを買った。彼女はリトルエジプトのオーナーだった。店でモメごとが起きると、いつものように箒《ほうき》を手に上階からガタガタ降りて来て、モメた双方を容赦なく外へ追っ払うのだ。

ただその日の騒動はおまけつきで、ようやく二人を戸口から突き出したとき、派手な立ち回りのせいでミセス・ジョンストンの黒いかつらが落ち、薄くなった頭を店内の連中に見せつける始末となったんだとさ。

ホテル・ピューリタンがいまある場所、そこには六〇年前、州内でも指折りのきれいな社交場《サルーン》が建っていた。当時を映したスナップショット——そこが最終的に解体される年に撮ったもの——を、ぼくは一枚持っている。階下には立派なバーラウンジがあり、その上には六つか七つもの寝室があった。通り沿いの二階部分に並んだ柱は印象的で、名所ミラード屋敷とよく似た優雅なたたずまいをかもしていたよ。しかし、ミセス・ジョンストン、すなわちマダム・バルディが経営する時代になると、不潔な穴蔵というしかないところまで落ちぶれた。

その建物は社交場《サルーン》時代、ザ・マディソンと名づけられていたが、マダム・バルディのもとミステリアスな魔窟となってまもなく、シカゴの博覧会を見に行った少年たちによって、「リトルエジプトの酒場《サルーン》」と呼ばれるようになった。どうしてかって？　そこは一八九三年のあの踊り子[(1)]の

(1) 同年開催のシカゴ万国博覧会に登場し、腹部や腰をくねらせて踊るダンスで人気を博した女性ダンサーを指す。その愛称がリトルエジプト。

ように自由だったからさ。

リトルエジプトには長いオークのバーカウンターがあり、バーテンのスラッテリーがいつも奥に陣取っていた。ブラッディ・ダン《血まみれのダン》。ぼくたち幼い兄弟はダン・スラッテリーをそう呼んでいた――本人に聞かれないよう、路地裏まで、彼がいるかどうか確かめてからだけどね。身長一八三センチの体格よい男で、肉屋の仕事を楽しくやっていたが、いつしかリトルエジプトの裏手でタダ酒を煽《あお》る酔っぱらいになっていた。

彼は牛の眉間《みけん》を殴ったり、豚の喉を切り裂いたりするのを仕事としていたが、マダム・バルディに雇《やと》われた後も気が向くと食肉処理をしていたので、ときに血まみれ《ブラッディ》だった。リトルエジプトでは、バーで働く者が少々血をまとっていようがいまいが、誰ひとり気にはしない。気にするのは危険だと誰もがわきまえていた面はあるけどね。前歯の抜けた、虚ろな顔からは想像もつかないほど、彼は狡猾だったよ。スラッテリーは野性の素早さと疑心暗鬼を持ち合わせた男だった。

それでも店に来る連中の幾人かは、スラッテリーと普通につき合った。第一、リトルエジプトでは粗暴な男なんてちっとも珍しくないんだ。たとえばレッド・フェローズ。やつはある晩、ポーカーで負けた腹いせに、二発の蹴りで母親をいためつけたほど乱暴な男だった。そして、そのフェローズやスラッテリーとよく連《つる》んでいたジャック・ケインのほうは、盗みを働き服役していた男で、こちらも筋骨隆々の体をしていた。もっとも、叔父ジェイクは彼らと付き合うのも平ちゃらだった。よくカードで遊んでいたよ。

エイモス・トリンブルは——変わった行動だとは思うが——幾日にもわたって、リトルエジプトに「出たり入ったり」をくり返していた。よく来店するが、長居はしない。彼もまた、荒っぽい連中との付き合いにすぐ馴染む手合いだった。もっとも一方で厳粛なところがあり、からかうスキを与えなかった。ポーカーが得意で、ブラッディ・ダンも彼に負けた時はちゃんとカネを出していた……ただしダンが彼を好きだったとは思えないけどね。

「出たり入ったり」はあったにしても、リトルエジプトでトリンブルを見かけるのは、主として夕方のひとときだけだった。ほかの夜の時間、彼は古くて堅牢な自分の屋敷にこもり、灯油ランプを一晩中でも灯《とも》し続けながら、本の世界に没入していたのだ。彼は確かに読書好きだった。ただしジェイクはこう考えていた。〈トリンブルには、日没から日の出まで、革張りの高い椅子に座り、動かず、読まず、じっとどこかを見つめていた夜もあったに違いない〉と。何を考えていたのか……。聞き出せるはずはない。トリンブルは、からかいすら憚《はばか》られるタイプの男だった。それはこれまでのエピソードからも、わかってくれると思う。

ある晩のことだ。葬儀屋のブライスが、緊急の用事でトリンブル屋敷を訪問した。部屋で対面したとき、トリンブルは姿勢よく、泰然と座るばかりだったという。両目は見開いており、瞬《まばた》きさえ控えるかの厳粛さだった。ブライスはトリンブルを二、三回揺さぶらなければならなかったくらいだ。

やがて彼は意識を取り戻したようになり、話をはじめた。態度にいつもの礼儀正しさはあったが、白目に怒りが宿っており、ブライスは彼に触れたことを後悔した。屋敷はとびきり立派であり、住人の彼はとびきり奇妙な人物だったというわけさ。——もっとも屋敷にしたって、陰鬱でどこもかび臭かったというから、こちらも奇妙といえないことはないけれど。

訪問の日、ブライスは単独じゃない。ジェイクと連れだっていた。それにもう一人いたんだ。ジェイクおじさんが家のなかを見たのは、そのときが初めてだった。

当夜のことをもう少しくわしく話そう。

一月になれば、町は深い雪に覆《おお》われる。ニューデボンの冬はずっと退屈だった。しかしその年は違う。ジンゴ事件のせいで退屈など吹き飛ばされたのだ。事件を知ってまもなく、ブライスとジェイクは、ジョージ・ラッセル副保安官と一緒にエイモス・トリンブルの屋敷に急いだ。それが当の晩だったのさ。

トリンブルは頼りになる男だと、ラッセルは認めていた。泰然自若としており、裁判官時代もあって経験豊かだからだ。トリンブル屋敷の玄関に続く石段は厚く雪をかぶり、一同はそれをのぼって扉を叩いた。

彼らは二階の応接間に案内され、まもなくトリンブルに、ジンゴが殺されたようだと切りだした。トリンブルはいつもの泰然とした姿勢を崩さなかった。不思議なことに、彼はその後、想念の世界へ入ってしまい、ブライスは揺り起さねばならなかったんだ。おっと、この一件は、すでに語ったよな。

ジンゴ・クリミニーの本当の名前が何であるかは問題ではない。狒狒《ひひ》としたその老人自身、〈ふうん、そうかい。だったら、ジンゴ・クリミニーでいいじゃないか〉と言うんだからね。賭け事にいくらドルをつぎ込もうが、強い酒のせいで目線をとろんと落とそうが、ジンゴのそんな言い草は変わらない。名前なんぞ当の本人でさえ、かまいやしないのだ。

ジンゴは川の向こうの小屋に二〇年以上、単身で住んでいた。ぜいたくに興味はない。ドル貨は少しずつ入ってきて、彼はコツコツ隠し貯めていた。二〇年も経てば、銀貨の山は箱いっぱいになる。

ジンゴの小屋は町中から三マイル隔てた寂しい場所にあった。貯まった彼のドル貨について、ちょっとばかり悪しき考えを抱いた者は、ニューデボンにけっこういたはずだ。そのなかで三人の男が、ちょっとどころか、あくどい考えをさんざっぱらめぐらせていた。

どうやって三人組だとわかったかって？　それはあとで話すから待ってくれ。いちおう言っとくけど、ジェイクはその一人ではない。犯罪をするには思いやりの心がジェイクにありすぎたんだ。ただ三人についての情報は仕入れていた。事件を起こしたのは確かに彼らだったのさ。

事件があった晩のこと、三人の大男が、切断器《カッター》を持ち、氷のような硬い表情をして街路にいた。通りには誰もいない。外に出るにはあまりに寒い夜だった。彼らは雪を踏みくだきながら、小走りでジンゴの小屋へ向かった。そしてドアを壊した。ジェイクがどこからそんな具体的情報を仕入れたかだって？　それものちほどだ。

さて、ジンゴのようなイカれた年寄りは、マッチの火でおどされる程度では喋《しゃべ》らない。けれど、ストーブにくくり付けられれば喋っちまうこともある。たぶんジンゴ・クリニミーは何か言ったんだろう。もっとも、床の隠し穴はジンゴの助けなしでも見つかったらしいけど。

男たちは切断器を使って床板を破り、なかにあったものをすっかり持ち去った。彼らは目的を果たして逃げるとき、ジンゴ・クリミニーをストーブにくくり付けたままにしておいた。数日後、小屋のドアが開いているのに気づき、なかを覗いて見た者がいた。

それはジェイクおじさんだった。つまりジェイクは第一発見者だというわけさ。

どうも死体らしいので、ジェイクはまずブライスに伝えた。ブライスは腕利《き》きの遺体処理屋で、死体の扱いに慣れていた。彼には助っ人が要《い》るときがあり、ジェイクはうってつけの人物だった。鉄の肚《はら》の持ち主で、何を見ても動揺しなかったからだ。で、二人は相棒になったんだ。

その二人は事件性をふまえ、ただちに保安官補のジョージ・ラッセルへ通報した。

まもなくラッセルを先頭に三人は現場入りした。検分がはじまる。ラッセルの指示で二人はジンゴの死体をストーブからはずした。

検証めいた作業が一応済むと、一同はトリンブルの屋敷へ向かうことにしたのだ。この時点では犯人と犯罪のやり口、事件の経緯について、まだ何もわかっていない。ジンゴの家は日あたりがよく、寒い季節でも屋外では根雪にならなかった。事件があったとおぼしき日の雪は一度解《と》けており、当夜の犯人の足跡は大方消えている。ほかにも、犯人逮捕につながりそうな事実は見つからなかった。

犯人像について適切な見通しを話せる人物がいるとしたら、それはトリンブルしかない——ラッセル保安官補はそう睨《にら》んだ。〈彼なら何か摑《つか》めるものがあるはずだ〉とね。トリンブルは経験豊富なうえに、独特の霊的直感力があると人びとの噂《うわさ》になっていた。ラッセルは噂を半ば信じていた。その点もまた、事件解決のため、三人がトリンブルのもとへ行く理由となった。

当時スピリチュアリストの存在感は、いまよりずっと大きかったんだ。保安官補として現実を見据えなければならないラッセルでさえ、あらゆる心霊的なものを信じて不思議はない時代だった。そして、スピリチュアルな能力に長《た》けた（と噂される）トリンブルを、その点では、誰も変人だと思わなかった。

もっともジェイクの言うところによれば、トリンブル自身は霊的現象について、さほど厳密に考えていたわけではない。遠くにあるものや過去の出来事を本当に視ることができるのか、と問われると、トリンブルはよくこう応じたという。〈まあ、ときにはね〉。その〈まあね〉の認識をもとに、彼はよく霊視をやっていたのさ。

ジンゴ事件のときもそうだった。

一同は二階の応接間の暗がりに座り、テーブルの上に指を強く押しつけた。ジェイクはトリンブルの向かいにいた。ジンゴの気配については、ジェイクの髪の毛一本すらふるわせることもできなかった。もっとも、ロウソクの炎ごしに二フィートの向こうで光るトリンブルの緑の瞳は、ジェイクが好きになれそうもない不気味な風情だった。

一同は五分ほどそのまま座っていた。やがて暗がりのなかでトリンブルがささやいた。

「男たちが、ジンゴの顔をした老人をストーブにくくりつけた」

「そのとおりです、トリンブルさん」ラッセルは小声で言った。「で、犯人はどんな顔をしていますか?」

エイモス・トリンブルは急に立ち上がり、ガス灯に火をつけた。部屋が明るくなった。ジェイクは彼の額から汗が流れるのを見た。

「霊視など証拠として採用されないでしょう」とトリンブルが言った。「捜査のヒントということでしたら、別に何か探ってみます。……ちょっと気になることがあり、これからリトルエジプトへ行くつもりです」

その後、ジェイクたちがコートを着ているあいだ、トリンブルは何かを書き留《と》め、それをどこかへしまい込んだ。「今夜また会いましょう、ラッセルさん」と彼は言った。しかしそれは実現しなかった。

トリンブルは信頼されるにふさわしい行動をとるつもりだった。ただその夜だけは、何かがつまずいた。ジェイクはしばらく、その理由を知る由《よし》もなかった。トリンブルは過《あやま》ちをしでかしたのだ。

二度めが考えられないほど、滅多にない過ちを。

その夜、トリンブルは確かにリトルエジプトへ行った。ジェイクはのどが渇いていたし好奇心もあったので、彼に付いて行くことにした。

入店すると、フェローズとケイン、そして数人の流れの客――鉄道転轍手《てんてつしゅ》らしき男たちが、バーカウンターの近くでたむろしていた。カウンターの後ろにはスラッテリーとヘルプのバーテンが立っている。その日、経営者のバルディ（ミセス・ジョンストン）は、二階で病に伏せっていた。

転轍手の一人がジェイクに一杯おごると誘ってきた。

トリンブルのほうは、バーを半周歩きながらスラッテリーをじっと見やった。エイモス・トリンブルに見つめられないですむ男など、いったいどこにいるだろうか？

「なんのつもりです？」とダンが聞いた。何も起こらなかった。「いったいどうしたんだ、トリンブルさん？」

トリンブルはダンにとって町で唯一、だんな《ミスター》というべき人物だった。ただそれゆえに、トリンブルを面白く思わなかったこともあったはずだ。

「今日は何を焼く？　スラッテリー」とトリンブルが尋ねた。ダンの額に血管が浮き出てきた。口を大きく開けたが、言葉は出なかった。

レッド・フェローズは、このときばかりはダンより早く考えた。それで、「トリンブルさん、どうです、勝負しませんか」と言いながら近づいたが、彼の右まぶたにある赤い傷跡を横目で見ると、こんどは後退《あとずさ》った。

「いいですよ。ゲームに参加しましょう」とエイモス・トリンブルは応じた。

「それじゃ、奥の部屋へ行こう」ダンは息を荒くしながら、そう唸《うな》った。

トリンブルはうなずき、三人のゲーム相手に対し、先に入るよう合図した。ジェイクは立ち上がりはじめた。その彼に向かって、トリンブルは左右に首を振った。

最後に部屋へ入ると、トリンブルは自ら後ろ手で扉を閉めた。ジェイクは、扉のところに立ち、なかの音を微細なものまで聞き取ろうとした。椅子がテーブルを擦《こす》る音がした。なかでもジェイクは、数分おきに洩れてくるダンの声を聞き取ろうとした。——最初は小声、だんだん嗄《しゃが》れた声になってゆくのだった。

しかし、ジェイクには気にしなければいけないことが、ほかにあった。流れの転轍手の一人からおごられて、いま酒を飲んでいる。だから、よそに気を取られてばかりはいられなかった。それにジェイクにもウイスキーの限界があり、その量を超えだしていた。判断力が鈍くなるのが自分でもわかった。そして意識も……。

突然、何かがジェイクを眠りの世界から引きずり出した。ある音がして、それで目が覚めたのだ。テーブルの上に頭を乗せ、いつしか寝入ってしまったらしい。いつからだろう。わからない。彼は頭をひねった。

流れの転輸手たちはもうおらず、酒場のメインルームには明かりがない。しかし、奥の部屋では扉の下から光が洩れ出ているのが見えた。彼はそこへ向かい、ノブを回した。しかし扉には閂《かんぬき》がかかっている。ジェイクはドアを蹴ってみた。なかからは誰の声もしなかった。

「ちくしょう！」

ジェイクは毒づき、壊しそうな勢いでドアパネルを拳《こぶし》で打った。

まもなくドアが少しひらき、スラッテリーの険悪な顔が現れた。ジェイクは彼を押してなかへ入った。勢いあまって、床の真ん中に設けられた地下室への仕掛け扉の上に、もう少しで倒れるところだった。スラッテリーは悪態をつきながらジェイクの体を支え、どぎまぎしている彼を落ち着かせた。

部屋にはダン・スラッテリー以外誰もいない。ダンの体のあちこちには、洗剤の泡と水しぶきにあたった跡《あと》が付いていた。どうやら彼は床を洗い拭《ぶ》きしていたらしい。そのことにジェイクは少々驚いた。〈石鹸を使う〉なんていう行為は、ダンのふだんの行動《ラインナップ》からは想像もつかなかったからだ。

「トリンブルさんや、ほかの人は？」ジェイクは彼に問いただした。

スラッテリーは「とっくに帰ったよ」とだけ言い、地下室への入り口に当たる床の跳ねぶたを踏みつけ、その上にぐっと立った。

ジェイクは何がきっかけで目覚めたのかまだわからなかった。何かの音がした。でもそのことは忘れてもいいと思った。頭がぼんやりしてきて、もうどうでもいいと思った。酒が欲しくなった。それでダン・スラッテリーに追加のボトルを求めた。「どうぞご勝手に」とスラッテリーは言って、彼をバーフロアへ押し戻した。ジェイクは素直に応じた。まもなく彼はフロアテーブルの上に頭を乗せ、再び寝入る始末になったのだ。

どれくらいの時間が経ったのだろう。ジェイクは改めて目を覚ました。こんどは寒さにうちふるえて。彼は雪の降るリトルエジプトの外ポーチに自分が横たわっていることに気づいた。そんな酔い覚めはジェイクにとって珍しくない――寒中でなければ、だが。

時刻は早朝らしい。空は明るくなり、星はもう見えなかった。

ジェイクは歩くことができたが、そんな気分になれなかった。スラッテリーのせいなら、のちほどやつを問いつめることで運試しをしようじゃないか。問題は自分のベッドまで半マイルだということだ。

そのとき、リトルエジプト裏の馬小屋から、一台の軽装馬車《バギー》らしきの出て来る音が聞こえた。まるで、ジェイクのための半マイル・ドライブがはじまるかのように。

ジェイクは階段を滑《すべ》り降りた。スマートな鹿毛の馬に引かれたエイモス・トリンブルのサリー型軽量馬車が、ジェイクの視界に入ってきた。

「乗せてもらえませんか、トリンブルさん」とジェイクは声をかけた。

馬車は止まらなかった。見ると、御者は全身敷物にくるまっており、姿がわからない。

「ねえ、トリンブルさん。ジェイクですよ」

そう叫びながら、彼は馬車を追って線路脇の道路のほうへ走りだした。それが無謀な行為であるほどにはまだ酔いが残っていた。ジェイクはけつまずき、足もとを失った。

何とか立ち上がったとき、馬車は彼方の角を曲がるところだった。送ってもらう手立てはもうなくなった。

「トリンブルは反応してくれなかった。おれは前の夜、彼に何をしたっていうんだろう」

そうジェイクは思った。歩きでの半マイルはやたらに寒かった。


翌朝、ブライスが新たな仕事を頼むためジェイクをベッドから引っ張り出したとき、外の寒さはまるで和らいでいなかった。

「今朝早く、テカムセの踏切で汽車に絡まれたやつがいる」そうブライスは言った。「どんなふうに列車にやられたのか、わかるはずはないけど、被害者の男は歩いて踏切を渡ったに違いない。馬は使ってないようだ。情報はそれだけで、肝心の被害者が誰だかわからない。ジェイク、現場は混乱している。被害者の遺体と所持品は、ばらばらになって、一〇〇ヤード先まで散らばっているそうだ」

テカムセの踏切は、ニューデボンの停車場とトリンブル農場の中間地点にあった。ジェイクがのちに言うには、男、あるいは男だったものは、雪のなかにぽつぽつとあるだけだった。ジェイクはバスケットを持って慎重に進み、あらゆる残骸を拾った。彼とブライスは一箇のブーツを見つけた。ブライスは「トリンブルのものだ」とうめいた。

ジェイクは口数が極端に少なくなり、「ありえない。トリンブルのとは違う」と言うだけだった。まもなくジェイクはもう片方の靴を見つけた。「彼のじゃない」とまた口にしたが、もはやブーツをよく見ていなかった。

続いて頭の部分を見つけたのもジェイクだった。黒いあごひげは硬くなり、汚れと血にもかかわらず、右目の傷跡はまだ鮮明だった。その日、以後にジェイクが口にしたのは、「ああ、神様。トリンブルさん、あなたではないですよね」という一言のみだった。

茫然《ぼうぜん》とするジェイクをほうっておき、ブライスは一人で仕事を続けなければならなかった。彼は丹念な作業を通じて、親指一本を除きすべてを発見した。

で、ジェイクの証言はどう扱われたのかって?

サリー型軽量馬車はリトルエジプトの馬小屋に残されていた。それに、トリンブルは運転できるほどしらふでいたわけではないようだ——町の人びとはそう噂した。だったら踏切まで自分で歩いて行ったことになる。

だいたい、雪降るリトルエジプトのポーチで病気の豚のように横たわっていたジェイクの証言に、信頼に足るものなんてあるだろうか。人びとの見方はそんなところだった。

＊　＊　＊

何が起きたのか？　真実を追求しようにも、結果ははかばかしくなかった。捜査を重ねても、わかりきったこと以外、何も出てこない。

もっとも、怪しいのはスラッテリー・ダンである。ラッセルも当然、そう睨んだ。ただ尋問してもダンには彼なりの言い分があった。証拠なく問いつめても無駄に終わる。ラッセルは寒さに閉ざされたこの町で、ただ一人の警官であり、単身では捜査に限界があったのだ。

ジェイクのほうは酒と結婚していなければ、もっとましな協力ができたかもしれない。しかし事件を機に進んだ酔いへの傾斜がそれを遮《さえぎ》った。

真相究明のためリトルエジプトを調べるなんて、もはや彼にやれることではなかった。

子どもだったぼくは、実は事件に小さな関わりを持っている――当時、まさか関わっているとは、気づかなかったけれどね。

その年の春は早くやってきた。温かくなったある日、ぼくとサム・ジョンストン（マダム・バルディことミセス・ジョンストンの息子）は、洞窟から出てきた二匹の子熊のように、リトルエジプトの裏庭の泥のなかで格闘ごっこをはじめた。そこは子どもたちの格好の遊び場だった。

サムのほうが太っており、ぼくは力負けして倒された。サムは跳ねるように乗りかかりぼくを押さえた。そこへジェイクがやって来て、ぼくたちを見た。

「どうしたらいい？　ジェイクおじさん」下になったぼくは彼にそう尋ねた。

「もしおれがおまえさんの立場なら、ロイ」ジェイクは答えた。「自分のやり方で噛《か》みつくね。いいか、サムの鼻は目の前にあるぞ」

サムはぎゃッと叫び飛び降りた。ジェイクはすたすた歩いて行った。

ぼくたちはもうたくさんだったので、こんどは一緒に、庭にいたマダム・バルディの老いた猫をかまいだした。その猫が何かで遊んでいる。サムは尻尾を引っ張った。ぼくは猫が地面に押しつけていたものを掴んだ。最初、それが何なのか、てんでわからなかった。ひっくり返してみたら、爪があった。縮んで乾いていたが、それは人の親指だった！　びっくりして投げ捨てた。

サムは母親を呼んで泣いた。彼女が出てきて、それを見た。マダム・バルディはそんなくらいで動揺するタマじゃないはずだが、彼女は恐怖の叫びを発しようと一度口をひらいた。それからテーブルクロスのように白くなって、どうにか自分を抑えたのち、かわりに「ダン！」と金切り声で言った。

酒場のメインルームからダン・スラッテリーが出てきた。悠然としたさまで。

事情を聞いても、彼の表情は変わらなかった。「忌々《いまいま》しい猫め。地下室に出入りしていたんだな」それが彼の言ったすべてだった——ぼくが聞き取れたのはそれだけだ。それからスラッテリーはもっと低い声で、バルディに何かをつぶやいた。

「なぜ確認しなかったんだい！」マダム・バルディは怒り狂ってそう言った。

「心配するな」スラッテリーは彼女を諭《さと》した。そして、「ストーブは熱いよな」とうそぶきながら、土のなかにあるものを拾った。

バルディは震え上がり、「ダメよ、ダン」と言った。「シャベルを持ってきて。埋めるのよ」

彼女とスラッテリーはぼくたち二人をじろり見て、威圧した。

察するものがあって、ぼくたちは、だまってその場から立ち去った。

マダム・バルディは息子サムに、ここで見知ったことは絶対しゃべるなと教え込んだ。事態をよく理解できずにいたが、ぼくのほうもこの件では口を閉ざすことにした。子どものぼくには、ちゃんと相談できる相手がいなかったし、このときばかりは何だか異様に怖かったのだ。

猫がもてあそんでいたものは、かつての事件に関する証拠になったのかもしれない。けれど、そこにいた者以外、誰にも知られないまま闇に葬られた。

証拠はもう一つ、たぶんどこかにあったはずだ。ラッセルは、前回リトルエジプトに行く前、トリンブルが自分の家で書いていたメモを思い浮かべた。ラッセル、ジェイク、ブライスは、そのとき彼が何かを書くのを見た。

彼はそれをどこに置いたのだろう？　線路沿いで見つけた服にはなかったし、家のなかを探しても見つからないままだ。それでトリンブルが何を書いたのか、誰も分からず仕舞《じま》いになった。

ラッセルは、真相に迫るのをあきらめた。

それから月日が流れ、ジェイクはさすらうようにリトルエジプトに舞い戻り、マダム・バルディの未精製ウイスキーで酔い潰れるという悪しき習慣に、再びもたれるようになった。

ある七月の午後、ジェイクはフェローズをはじめ三人の酒飲みとポーカーをしていた。荒っぽいゲームで、たくさんのカネがテーブルの上を行き交った。ケインはバーカウンターでスラッテリーと話していた。

ジェイクにとってそれは幸運な日だった。三つの勝負手を経て、ゲームはすべて彼の思いどおりになった。普段の彼は下手くそだが、この日は誰かが彼の肩越しにヒントを与えてくれるように思えた。ギャンブラーが時どき抱く奇妙な感覚である。

その日のリトルエジプトには、何か謎めいたものが漂っていた。ジェイクはその空気をずっと感じていた。スラッテリーも何かがおかしいとわかったようで、たたかいの準備をするかのように、バーカウンターの後ろを行ったり来たりしていた。

レッド・フェローズはカードでの負けを認めることができなかった。それでジェイクが札を切ると、つい吠え立てた。「それでいいのかい、この小心者めが。おれはすでに次の切り札を出したぜ」

悪い気配が広がった。フェローズとジェイクは、ぶつかるきっかけをめぐって、準備を整えていた。二人のぴりぴりした神経がリトルエジプトの店内に張りめぐらされた。

「もう決まりだ。地獄でくたばりな」ジェイクが言った。そして椅子を押し戻し、卓上の金銭をぶん取ろうとした。

「ふざけるな、おれの番だぜ」フェローズは卓上にあったビールの大ジョッキを握ると、ジェイクの頭めがけて投げつけた。

上背のないジェイクは、一方で頑丈かつ敏捷《びんしょう》だった。飛んできたジョッキは、彼がかぶる赤い帽子をかすめることしかできなかった。

ジェイクは腕を伸ばしてフェローズをぐっと持ち上げ、引きずり出したうえで、窓のほうへ投げ飛ばした。フェローズの体は、そこにあった半ダースのボトルビンをバリバリ割った。

「殺し合いをするんなら、ここ以外でやってくれ!」スラッテリーがバーカウンターの向こうから怒鳴り込んだ。ジェイクはそんな彼にうんざりしていた。

彼は次に、その〝ブラッディ〟・ダン・スラッテリーに向かって椅子を振り下ろした。椅子は彼に当たらず、火のついたランプにぶつかって床に叩きつけられた。スラッテリーはジェイクに摑みかかろうとする。ジェイクは素早く横っ飛びで逃げた。フェローズが這《は》い出て来て、ズボンからガラス片を引き抜いているあいだ、二人は床の上でとっくみあいの喧嘩をはじめた。

やがて二人は揃って咳《せき》込みはじめる。倒れたランプがリトルエジプトを燃やしだしたのだ。煙が立ちこめてきた。二人は、ここではたたかえないことに気づいた。

フロアの片隅から炎が上がり、まもなく部屋は煙でいっぱいになった。ゲームに参加していた他の二人は、ドアを出て助けを求めて走った。ケインはポンプから水を取りに行き、ジェイクとフェローズ、スラッテリーの三人はボロ布を何枚か使って、火を叩き消そうとした。しかし、リトルエジプトは古い木造で、火の回りは早い。炎と煙はたちまち建物を包んだ。

突然どこからか、畏怖の念を呼び起こすような悲痛な声が聞こえてきた。

「おお神よ、あれは誰ですか？」ジェイクは激しく咳をしながら、炎のなかで問うた。スラッテリーは振り向いたが、はげしい煙でジェイクの顔を見ることはできない。

また声が聞こえた。声は奥の部屋からする。誰なのかジェイクにはわからなかった。出て行ったままのケインなのか？

「さっさと火を消せ。地獄で怖がっているのは猫だけだぜ」

フェローズは箒で火を煽りながら、唸るようにそう言った。彼は部屋の一番奥におり、こうも叫んだ。「早く水を持って来い、ケイン！」

しかし、ジャック・ケインは入ってこなかった。

奥のドアがひらき、煙のなかで再び誰かの声がした。こんどは内容がわかった。

〈どうして地下室から出してくれないんだ、スラッテリー〉である。

それからドアの閉まる気配がして、もはや何も聞こえなくなった。ジェイクは敷物《ラグ》の処理に夢中で、声の質まではよく聞き取れない。ただその声はケインのものではなかった。

「ダン！」とフェローズが叫ぶ。彼は箒を投げだし、壁に寄りかかっていた。不気味な声に驚いて、もう罵《ののし》ることはできなくなった。「ダン、あれは誰だ？　あれはまるで……」

「だまれ、この野郎」スラッテリーは応じたあと、ぶつぶつ言い続けた。そして、炎を無視するかのように床の真ん中でしゃがみ込み、奥の部屋に通ずる扉を見つめた。「はっきり見えないけど、おおかたジャックだよ」と言いながら。

ただもうドアはひらかず、あやしい声もしない。

「早くしろ、ダン！」ジェイクは吠えた。炎が広がってきた。「燃え移らないよう、敷物をつかめ！」

しかしダン・スラッテリーは相変わらず茫然《ぼうぜん》としたまま、閉まったドアのほうを見つめていた。ジェイクが火を叩いた。火事を知った線路工夫たちがバケツに水を汲《く》んで駆け込んで来た。

リトルエジプトは、内側の壁がほぼ焼け落ちたが、それ以上の被害はなかった。

煙でかすんだ視力を回復させたとき、ジェイクは真っ先に、スラッテリーとフェローズを探した。二人は外のポーチに魂が抜けたようにして立ち、他の者に火の始末をさせていたのだ。

ややあってフェローズが「ケインはどこだ」と声をあげる。一同は奥の部屋を探したが、ジャック・ケインの痕跡はどこにも見つからなかった。

それ以来、ニューデボンでケインに会った者はいない。午後二時頃、リトルエジプトで火災が発生した。二時一〇分、デトロイトからの汽車がニューデボンに入ってきた。切符売り場のロウソンによると、発車の汽笛が鳴る直前、ケインは駅舎に走り込んで切符を買った。彼はロウソンの肩越しに、グズグズするなと悪態をつき、切符をつかんで汽車に飛び乗った。

彼は荷物を何ひとつ持っていかなかったという。なぜ急にニューデボンを出て行ったのか、誰も知らないいし、聞く機会もなかった。

二週間後、ケインはシカゴの下宿屋で死んだ。ある者は悪酔いと言い、ある者は石炭酸を飲んで自殺したと言った。理由は誰にもわからない。

ダン・スラッテリーなら、ケインが汽車に急ぎ乗った理由を知っていたかもしれない。スラッテリーは火災事件からの一週間、口を閉ざしたままだった。母親を守るように過ごし、頭を横に振る仕草——まるで自分に「ノー」と言うかのように——がふえた。

それから彼は、とある古いバーの裏手で、デポ・ストリートを見下ろせる場所に立つようになった。デポ・ストリートはリトルエジプトの前も通っている。彼はそこでしばらく、日がな一日通りを眺めていた。何のためかは誰にも言わなかった。

「いったいどうした、ダン?」気になったジェイクは、思い切って彼に尋ねた。「ラッセルが来るのを用心してるのか。それともケインを待っている? そうでなけりゃ誰だ?」

「だまれよ」とだけスラッテリーは言い返した。

ずっと通りを見続けていた彼は、ジェイクが別の場所に目をやった一瞬、頭を横に振った。まるで自分自身の問いに答えるように。

＊　＊　＊

ブライスはトリンブルの遺産執行人になった。トリンブルが抱えていたいくつかの問題を解決するのには、長い時間がかかった。彼はほぼ週一日のペースで、陰気なトリンブル屋敷の図書室にとどまり、領収書や伝票、メモを調べることに努めた。もっとも彼は、滞在自体を好まなかった。ブライスは何かを語ろうとする遺体には慣れている。でも、いまにも過去を語りかけてきそうな古屋敷の雰囲気には、どうにも慣れようがなかったのだ。

こうしてリトルエジプトの火事から、ひと月ばかりが経過した。

そんなある日、ジェイクはたまたま通りを歩いていたとき、向かいにブライスの姿を見つけた。反対方向に歩いていた相手もジェイクに気がついた。そして声をかけてきた。

「ラッセル事務所へ行くところだ。仕事があるかもしれない。一緒に来てくれないか」

ジェイクは何のことかわからないまま、ブライスに付いて道を急いだ。

ラッセル保安官補は慌てぎみのブライスの顔を見て、「また縁起でもねえことがあったのか」と訊いた。

ブライスはベストのポケットから紙切れを取り出し、ラッセルに手渡した。

「これを見つけたんだ。トリンブル屋敷の聖書のなかからね」

ラッセルは紙を受け取ったが、しばらく見ようとせず、皮肉を込めてまずこう質問した。

「ブライス、おまえさんは聖書に関心を持つ人間だったのか。知らなかったよ」

そのラッセル自身は、聖書に親しむ者だった。

「いいか?」ブライスは、自分を嘘つき呼ばわりしている相手への弁明であるかのように、先んじてこう語った。「聖書を棚から取り出したのは、わたしではない」

そして、「誰かがそれを、トリンブルの机の真ん中に、ページをひらいたまま置いたんだ。わたし自身はあの家で、それまでこの本に触れたことはない」と告げた。

ラッセルは不審に思い、尋ねた。

「だったら、先週、おまえさんが屋敷に調査に行ったあと、誰かが屋敷に入ったとでもいうのかい?」

ブライスはただちにこう答えた。

「その点については、〈さあ、知らない〉と言うしかないね」

ラッセルとブライスは一瞬顔を見合わせた。

それからラッセルは尋ねるのを再開した。

「ふうん。じゃあ聞くけど、この紙は聖書のどの位置にあった?」

「質問の意味がわからないな。まあいいだろう」ブライスは答えた。「考えてみれば奇妙なことだが、本のなかにこれを見つけたとき、わたしは真っ先に章と節を書き留めた。エゼキエル書第七の章の第八韻文だ。その箇所をまず調べてみてくれ」

ラッセルは隅に置いてあった自分の聖書を取り出し、ブライスとジェイクに音読させた。

わが怒りをこれより汝に注ぎ、
わが怒りを成し遂げよう。
汝の行いに従って汝を裁《さば》き、
汝の忌まわしきすべての行為に対し、
汝に報いを与えよう。

「これでいいだろう？　こんどは、挿まれていた紙のほうを見ようじゃないか」とジェイクが言った。

ラッセルはようやく紙に目を遣《や》った。それは真新しい印象だった。

「しばらく聖書のなかにあったとは思えないほど、フレッシュな状態に見える」ラッセルはブライスにそう話した。

「何が書いてあるかは知っているけど、読んでみてくれ」とブライスは二人に言った。「あの場所で見つけたのでなければ、死にたいくらい、わけがわからん」

ラッセルが読みあげた。

「ジンゴはストーブ。背中を向けた男が二人。ドアの前にもう一人。マッカンの切断器」

「誰が書いたのかな?」とブライスが訊いてきた。

「トリンブルのようだ」とラッセルは応じた。「よし、行動しよう。わたしはラリー・マッカンに会いに行く。お二人さんは何人か仲間を引き連れて、リトルエジプトの周囲でぶらついていてくれ。店のドアから目を離さずにな」

ラッセルは馬を走らせ、マッカンの家に向かった。ジェイクはトラブル対処のためさらに二人の仲間を集め、ブライスと一緒にリトルエジプトへ向かった。

ラリー・マッカンは疲れ切っていて、自分の影に怯《おび》えていた。ラッセルは彼と長く話すのは無理だとわかった。ジンゴ・クリミニーが死んだ日、マッカンのいとこのレッド・フェローズはマッカンから馬と切断器《カッター》を借りた。フェローズやケイン、スラッテリーは若いマッカンが断れるような相手ではなかったし、またマッカンは、起こった事実をすぐベラベラしゃべるような、口軽でもなかった。

観念したマッカンはラッセルに知っていることをすべて話した。ラッセルは彼を解放し、ブライスたちを追っかけるように、リトルエジプトを目指した。

ラッセルは事件解決のため、さっそく店に踏み込んだ。

酒場《サルーン》は火事の名残りそのもので、燻《いぶ》された状態のまま放置されていた。扉はガタピシだった。

ラッセルはこれほど薄汚く、それでもここまで頑丈な場所を見たことがない。そこにはフェローズを除けば誰もおらず、半分眠るようだった。

店内に入ったラッセルはしめたと思った。フェローズの向かいに座り、〝ブラッディ〟・ダンの居場所を尋ねた。

「肉屋にいると思うよ」とフェローズは答えた。

「あんたは（刑を受けて）吊されないだろうよ、レッド」とラッセルは言った。「マッカンは証言したんだよ。お前とスラッテリーだと。ただしダンのやつは吊すに充分だ」

フェローズは青ざめた。そしてたちまち観念し降参した。ケインが逃げだしてから、何かが彼を蝕《むしば》んでいたのだ。

彼は年老いた猟犬のように哀れっぽくすすり泣いた。「ダンが仕組んだことだ。ダンがジンゴを仕留めたんだよ。トリンブルを後ろから襲ったのもダンだ」と言いながら。

フェローズは話を続け、ラッセルはたびたび、うなずいた。それから突然、ラッセルは誰かが酒場に来たことを知った。裏口のドアが開いたのだ。ラッセルはフェローズの肩越しにそちらを見た。

〝ブラッディ〟・ダン・スラッテリーが入ってきた！　手に肉裂き用の刀を持って。

ラッセルは椅子を倒し、玄関ドアに向かって逃げるように走った。

フェローズは身をひねりながら悲鳴をあげた。動こうとしたが体がいうことをきかない。〝ブラッディ〟は彼に迫り、その身を引き裂いた。

ラッセルはダムが放出する水流のごとき勢いで、玄関への数段を下った。ジェイクとブライスは、出てきた彼を抱きかかえるようにした。他の連中は揃って玄関ドアを見張った。

騒ぎを知って町の人びとが集まって来る。男たちは知った顔ぶれが打ち集《つど》いだした。女性や子どももいる。

「いいか、頼むぞ」リトルエジプトの裏手で、ラッセルは男たちに呼びかけた。「ダンを逃がすな」

男たちはひとりひとりうなずいた。

「よし！」ラッセルはさらに告げた。「やつを逃がさないようにしよう。もう二度と、われわれの目の前に現れてほしくなければ！」

「〝ブラッディ〟、さあ、かかって来い」とジェイクが声をあげた。

人びとは一斉にジェイクの動きを見た。彼は鍛冶屋のハンマーを手にして、玄関の段にとりかかる。銃を持った男たちが続いた。

一気に店内へなだれ入る。まず眼に飛び込んできたのは、フェローズの無残な姿だった。バーカウンターの前で、頭が割れこと切れていたのだ。

「ダンはトリンブルさんにも、その肉裂き刀を使ったんだな」ジェイクはそう言った。

〝ブラッディ〟、いったいどこだ？

姿は見えなかった。奥の部屋にも、キッチンにも。二階の部屋は、銃を持った四人の男たちが隈《くま》なく見て回った。そこにいたのはマダム・バルディと小さなサムだけだった。

捜索メンバーはみな肉裂き刀のことで頭がいっぱいだった。リトルエジプトは暗く、〝ブラッディ〟の逃げ足はことのほか速い。

「地下室だ」とジェイクが判じた。一同は奥の部屋の床にある、跳ねぶたの周囲に集まった。地下室への入り口にあたる扉だ。「彼は間違いなくこの下にいる。地獄にいるようにね」

もはや誰も、小声以上ではしゃべらなくなった。

「そういえば、地下室には小さな窓があったはずだ。建物の北側だったと思う」とラッセルが言いだす。「そこから地下に降りられるか、確かめてみよう?」

彼とブライスはジェイクを見た。ジェイクは唾《つば》を吐くと、もう片方の足に重心を移し行動態勢を取った。そのうえで、「ダンは肉裂き刀と、それから、たぶん銃も一挺《ちょう》持ってるぜ」と二人に訴え、「スカンクを焼き払え、っていうのもあるんじゃないか」と言い放ち、かまどの扉に手を伸ばした。火を取りだそうとしたのだ。

「駄目だ。それは合法的ではない」ラッセルは断じた。「われわれの役目はやつを追っかけ、捕まえることだ」

「わかったよ」ジェイクは素直に応じた。「おれはここから堂々と入る。梯子《はしご》におれの足がかかったのを見た瞬間、北側にある窓のガラスを割るがいい。それから、いいな、おれがなかへ入ったら、こちらが丸見えにならないように、すぐ跳ねぶたを閉ざすんだ」

ラッセルは外に飛び出した。ブライスは地下室への扉――下に降りる跳ねぶたを開けた。ジェイクは梯子に足を引っかけたまま、しばらく待機する。

やがて窓ガラスの割れる音がした。それを合図にジェイクは暗闇の底へまっすぐ降りて行く。跳ねぶたが閉じられた。そのとき、一同は奇妙な叫び声を聞いたのだ。声は床板を揺さぶり、すべての人の心を凍らせた。

「スラッテリーじゃない。わたしの知る〝ブラッディ〟の声とは違う」ブライスがそう言った。

鈍い音がした。不気味な声はまた、梯子を半分降りたあたりにいたジェイクの足を滑らせ、底まで落下させたようだ。

一同はジェイクの様子を知るために、跳ねぶたを少し開けた。

ジェイクのほうはすぐに態勢を立て直し、底に身を寄せながら、ダンの肉裂き刀と、叫び声の正体を探りだそうとしていた。

そこは古い石造りの地下室で、クモの巣と割れた瓶でいっぱいだった。

ジェイクは当初、何も見えなかった。だんだん目が暗さに慣れてくると、コーナーにぽっかりスペースがあるのを認めた。貯水槽のようである。

〈まさか！〉ジェイクはおののいた。〈トリンブルはここにいたのだ〉

かつて、トリンブルの残骸はそこに置かれていたのかもしれない。それから馬車に乗ったように偽装し、テカムセの踏切まで運んで、死体を置きこなごなにした。馬車は戻した。これで証拠は消滅。事件は迷宮入りでおしまい。そういう段取りだったのだ。

そして、主犯の男はいまこの闇のなかにいる。ジェイクは〝ブラッディ〟が持つ肉裂き刀の気配に意識を集中しながら、部屋の端《はし》まで這いつくばって移動した。

……　……

追跡劇はまもなく、すべてが終わった。ジェイクにとっては、地下室にいる二人がどういう状態なのか、落ち着いて把握できるのは何よりだ。

一人は真ん中で体を折るようにして、空となった貯水槽で絶命していた。もう一人はその死者の身を、水槽の縁まで五、六フィート持ち上げようとしている。〝ブラッディ〟の刀は奥のほうで見つかった。

ジェイクは跳ねぶたから地下の闇へ身を降ろして以来、初めてまともに深く息を吸った気がした。「やったぜ、なあ、ラッセル」と、そこにいるはずのラッセルに声をかけた。相手は窓を破って下へ降りていたはずだ。死体を持ち上げていたのもその彼のはず。

「ラッセル、ダンを持ち上げるなら、おれも手伝うから」とジェイクは言った。

暗闇のなかで、その男はスラッテリーの大きな体を肩に担ぐと、ゆっくり背筋を伸ばした。まもなく、死体の顔はジェイクの顔とほぼ同じ高さまで引き上げられた。〝ブラッディ〟の首は片方へ奇妙に曲がり、折れていた。ジェイクは死体の肩を摑み、引っ張り上げるのを手伝った。

そのときだった。

ラッセルの声が上から届いたのだ。「ジェイク、そこにいるのか？　きみなのか？　窓からは入れないんだ」

ジェイクは驚いて、ラッセルの声がするほうを瞬間的に見た。ラッセルは窓から顔を覗かせているではないか！　ショットガンをこちらに向けながら。あろうことか、彼は地下室の外だ。だいたいあいつは地下室を這うには太りすぎていると、ジェイクはいまさらになって気づいた。

だったらここにいるのは誰だ？

ジェイクはフクロウのように素早く、空の貯水槽のほうへ顔を戻した。穴のなかの男は〝ブラッディ〟の体を、ジェイクのほうへ一部押しやりつつ、その体重を背負っていた。彼は静かに顔を上げた。自然、男とジェイクは一、二フィートの距離で向き合った。貯水槽の男は黒い髭を生やし、目は緑色で、片方のまぶたに傷があった。

ジェイクは息を飲んだ。恐怖にかられ、一部を支えていたスラッテリーの体を、思わずつき放した。反動で死体は貯水槽のなかに、再び倒れ込んだ。

ジェイクは地下室を出るため、一目散《いちもくさん》に梯子をのぼった。脇目《わきめ》などする余裕はない。早く外へ！　であった。やがて跳ねぶたから身をあらわし、そこにいた仲間に引っ張り上げられた。

それからジェイクは、だまってウイスキー瓶を取りに行き、その首をひねって自分でグラスに注いだ。「どうしたんだ」とみんなが聞いた。しかし誰も彼から言葉を得られない。

「トリンブル、トリンブル、トリンブル」それ以外は。

何があったのかを知るために、ブライスとほかの二人が梯子を降りた。

彼らは貯水槽のなかでスラッテリーが首を折り、頸椎を損傷させて死んでいるのを見つけた。ほかには誰もいない。

ラッセルはまだ窓のところにいて、未だショットガンを地下室内に向けていた。ラッセルが直前に見たのは、ジェイクと思われる人物が貯水槽のそばにひざまずき、それから梯子に飛びつく場面のみだった。

話はそれだけだ。ほかに何を話せっていうんだ？　ジェイクは以来二度と酒を飲まなくなった。幽霊に会った日のウイスキーが、最後の酒だったのさ。

そしてトリンブル屋敷にはその後、誰ひとり住み手は出なかった。屋敷内のあちこちに、死んだトリンブルの痕跡が残っていたからだ。


火災事件からすでに二〇年が経つ。

ジェイクはよく、リトルエジプトの無残な形骸を見つめていたっけ。ダン・スラッテリーが一週間か二週間、煤《すす》けたその酒場へ続く道《ストリート》を見すえていたように。

もっとも、ジェイクはもっとずっと、長かったけれどね。

しかし、もう何も起こらない。起こりはしない。〈裁き〉と〈報い〉は終わったのだから。叔父のジェイクとその仲間たちはいま、墓地のなかだ。そしてこのぼくにも、いずれ、彼らの仲間入りをする日が来るはずさ――〝一〇〇年後、おれたちみんながいる場所は、きっとそこなんだから〟という、あの小唄のとおりに。

もっともぼくにはエイモス・トリンブルのような霊力はないから、結局そこで、みんなと同じように、永遠の眠りにつくしかないらしい。

まあ、たぶん安らかな眠りにね……。

影を求めて

「本は一万一〇〇〇冊になります」

コア夫人は事実に照らす粛厳な態度で話しだした。とはいえ声調にはどこか慈愛のニュアンスがあった。澄みきったその声は古埃《ふるぼこり》にまみれた図書室じゅうへ反響してゆく。そう長くゆらゆらと、なびくことはなかったけれども。

「なんなら、ほぼ一万一〇〇〇と言い変えてもかまいませんよ」老婦人はもの柔らかな調子で付け加えた。そして続けた。

「コア博士の本については、娘のサラがほとんどを整理しました。みんなのために図書カードも作りました。ただあなたが申し出た額では、それらは一冊あたり三〇セント未満の価値にしかなりません。そうでしょう？　ストンバナーさん」彼女は思慮深さをもってそう言うと、ジョージ王朝風の背表紙本『人類史』に曖昧な一瞥《いちべつ》を投げかけた。「もちろんそこまでが、わたしの……いやわたしたちの、望みうるベストだとはわかっていますが」

広大な部屋では、床の色あせた厚カーペットから一五フィートの高さにある石膏貼《せっこうば》り天井まで、壁じゅうを書棚が占めていた。コア博士の本が上から下までを埋め尽くしている。

アーチ型の通路をへだてた向こうには、ほぼ同じ広さの書庫があり、そこでは本が書棚をいっぱいにするにとどまらず、テーブルで山積みとなり、床にも積み重ねられていた。この二番目の部屋から先は荘重で冷たい廊下が続き、その左右も本で窒息しそうな状態だった。

廊下をさらに進むと、やがてコア博士の寝室だった部屋へ辿《たど》りつく。途中の角に小ぶりのホールがあって、『エジンバラ・レビュー』と『ハーパーズ・マンスリー』の製本された各巻が所蔵されていた。

ホールにはマホガニー製の手すりが典雅な曲線を描く階段があり、のぼってゆくと天窓つきの屋根裏部屋へ至る。そこは雑誌の倉庫で、未製本のまま巻ごとに束《たば》ねられた無数の定期刊行物が犇《ひし》めいていた。こうした処置は、コレクションの価値を理解していないかのごとくだったが、もっとも屋根裏の蔵書にはぱっとしない行政機関の報告者や、価値が低いとされた端本《はほん》・破損本の類《たぐい》も多かった。ただしコア博士にしてみれば——印刷が出鱈目《でたらめ》だったり書き込みがあったりするのも含め——いかに哀れな本だとしても、手放すなんて考えられなかった。「それをするくらいなら、大事な娘を先に売るような男だったよ」とハンチェット老人は言っている。

この老人はストンバナーの目録作成者を五年間務め、その前には数十年にわたって他の書店の目録作成に従事した筋金《すじがね》入りの分類編集者だったが、コア博士の心情を理解しつつも、ある日、無慈悲きわまりない判断を下したのだ。「ここにあるすべての本について、ブックディーラーのウィリアム・ストンバナーが小切手を書くのがよい」と。

その見解を受けたストンバナーは慎重に査定した。そして、申し訳なさそうに会釈しながらも、「お申し出の四分の一になります」ときっぱり言い、コア夫人に小切手を示すのだった。

「コレクションを求める買い手を事前に確保できれば、コアさん」彼は説明するように言った。「わたしなら他のどのディーラーより多くの利益をあなたがたにもたらすことができます。でもそう簡単にはいかないのです。近年、誰が本を置くスペースを充分維持しているでしょうか？本に費やす資金にしても、同じことです。第一、このスピードアップした時代、誰が悠然と読書する時間を持ち合わせていますか？――買い手がつかない可能性がある。だからこの額になってしまうのです」

　ストンバナーは折り目正しい物腰でため息をくり返した。そうした態度は意味のないものにも思えたが、本の影に満ちた谷に住んでいたこの男は、ブルジョワとしての品位とエレガントな自意識だけは忘れていなかった。

「友だちの一人が言いました」コア夫人は小ぶりの安楽椅子をゆるやかに揺らしながら、そうつぶやいた。つや出し素材の靴――四〇年近く時代遅れになったものだ――に付いた飾りボタンを気にしつつ。「聖書は古いだけで価値があるそうですね。そしてどこかに、古い聖書を集めている人物もいるようです。その友人の話では」

　本を売った小切手はいまちゃんと受け取ったし、ワークバスケット[1]のなかに押し込んだばかりだ。にもかかわらず彼女は、続けて、本が大事にされず、売り買いが頻繁に行われていることに非難がましい発言をした。ストンバナーは彼女の気持ちに配慮し、それらの言葉をだまって受け止めた。

　しばらくして、彼はゆっくり口をひらいた。

「古い聖書を集めている人は、珍しくありません」ストンバナーはコア夫人への敬意を込め、彼女自身と同じくらい淡々とした声調で、話しだした。「ですから……いいですか。コア夫人、わたしがあなたと話すべきは、むしろこちらなのかもしれません。あなたは数多くの古い聖書をお持ちですし、きちんと保管されてきました。わたし自身、多くの古聖書を在庫で確保していますが、この図書室の所蔵書は、とりわけ価値が高いのをよく存じ上げています。すばらしい蔵書です。……古い聖書は、なんならこれからも、あなたの脇に置いて保管してくださってもかまわないと私は考えています。買い手が見つかった時点で売りましょう。ただしコア夫人……」

ストンバナーは雰囲気を変え、慇懃《いんぎん》なる瞳を鋭く光らせた。

「いいですか。はっきり申し上げます。クランマーの聖書、それだけは引き取らせていただきます。あれは実際、すぐにでも高値で売ることができます。残りは当面、ここで大切にしてくださってもかまいませんよ」

そのとき、男性的ないかめしさはないが、女性的な柔和さもない、けわしい口調が会話をさえぎった。「ストンバナーさん、いったい何の聖書ことです?」

背後のドアから入ってきた、サラ・コアの声だった。彼女はしかつめらしい身ぶりで部屋を横切り、窓際の席まで移動した。そこには古い出版形態といえる二折版《フォリオ》・四折版《クオート》の聖書が半ダースほど集まっており、どの本にも露出した上端に黒い埃《ほこり》が厚くかぶっていた。ストンバナーが関

---

(1) 仕事用具を入れる籠《かご》。

心を示した聖書もそこにあった。羊皮紙の分厚い本だった。サラはその本を気まぐれな仕草でとんとん突いて、「ストンバナーさん、あなたはさぞや、たくさんのおカネを得るでしょうね」と言い、ストンバナーににこやかな笑《え》みを向けた。

サラはストンバナーより大柄で――ほとんどの男性が彼女より小柄といえただろう――どっしりした独身婦人だった。年齢は五〇か、もっと上か？　若かったときもあったのだろうけど、母親ゆずりのドレスを身にまとったいまの彼女は、時代を超越したかの貫禄の持ち主、というしかなかった。

サラから笑顔を向けられるのは、楽しいものとはいえない。ストンバナーが最初にその満面の笑顔に出会ったのは、コア博士の石造りの家を初めて訪ね、入口の質素な階段に立ったときだった。その日、おもては穏やかな小春日和ながら、コア博士の家は沈鬱なたたずまいに見えた。ミス・コアはいくらか警戒心を抱いた様子で来訪者を迎え、独特の笑顔を見せた。「あなたは電話帳に広告を出した人、本を商う紳士ですね？」と言いながら。

それから一か月経った夕べが、いまにあたる。ストンバナーは、稀覯《きこう》本をめぐってコア夫人、サラ・コア嬢とデリケートな交渉をしてきた。世捨て人の二婦人は、一万一〇〇〇冊におよぶ博士蔵書の中身をほとんど知らなかった。ただ財産を失うことをひどく怖れていたのだ。この図書館屋敷の蔵書は良質といえた。しかし図書館の存在自体は恵まれたものとはいえない。収集こそ見識あるものだったが、本は実際、その見識に見合う扱いをなされておらず、むしろ気まぐれな読み手のための存在にすぎなかった。

サラ・コアの突然の登場と不穏当な発言があっても、ストンバナーは落ち着いて対処した。

「いずれにせよ、ミス・コア。六〇ドルか七〇ドルになるはずです」物腰はあくまで柔らかい。

「クランマーの聖書だけでね」

それからこの世馴《よな》れたブックディーラーは、こう付け加えた。

「ここにある本棚をよく調べれば、それに近い金額に値する本は、おそらく六～八冊は見つかるでしょう。なぜかって、コア博士が自ら読んで、折り紙つきとした本ばかりだからです。目利《き》きの博士のことを、わたしはもっと知りたいと思っています」

「そうでしたか」コア夫人は安楽椅子を揺らしつつ、礼儀正しさを保ちながらも、悲嘆の息を洩《も》らした。彼女はストンバナーの発言を形式的な褒め言葉として受け入れただけで、夫の博士については言及しなかった。

実をいうと、ストンバナーは、最初にこの図書館屋敷を訪問したときから、失ったとされる彼女の夫のことが気になっていた。〈医師たちは永遠にここから立ち去り、博士も去った〉という趣旨でコアの二婦人は話した。ただそこには、過去形の語感が感じられなかったのだ。

疑念をふくらませたストンバナーは、先だって、ハンチェット老人に博士の消息を尋ねたことがある。ハンチェットは、今世紀中にこの市内で、大量の本を購入したすべての人について、それぞれ何者であるかを情報としてストックしており、その意味で生き字引といえた。

「コア博士はな」老ハンチェットは語りだした。「枯れ木のような男だったよ。吹き飛ばされんばかりのな」

そう言うハンチェットのほうは、無敵の恰幅と健康そうな赤顔を擁した人物だった。彼は続けた。「もっとも、博士とはもう数年来、会っていない。彼は本の虫だったせいで、友だちも次第にいなくなった。そして穴蔵にこもるような人間となって、光のなかへ出てこなくなったんだ。さて、こんどはこちらが訊いてもいいかな」

「ええ」

「あなたは博士の夫人と娘を見ただろう。どう思った?」

「そうですね。何と言えばいいのか」

「立派な屋敷に住んでいるにもかかわらず、本の購入費用のせいで、二人の女は、年に一回、あるいは数年に一回しかドレスを新調できなかった。カードパーティーの開催さえ、あきらめねばならなかったんだ。時が経つにつれ、コアの二婦人はいやでも覚らされた――自分たちの人生の使命は、博士の本のために図書カードをつくり、時どき本の埃を払うだけだ、とね」

「なるほど」

「博士は夕食を終えると、妻を一時間ほど散歩に連れだした。それから彼の図書室に再びこもった。夫人のほうは、裁縫のために居間ですごすのが常だった。そして寝る時間になると二人はそれぞれの寝室へ行く――博士の部屋は、床じゅうに本が乱雑な状態で置かれていた。それだけの日々がずっと続いていたのだ」

「お嬢さんは？」

「娘はどうか、だって？　あの女はもともと、どこか奇妙だった。ストンバナーさん、それは接してみてわかったでしょう？　彼女は自分なりのやり方にこだわる女だった。だから他人とうまくいかない。あの娘の存在は、コア博士にとって、自分を人びとから遠ざけ、本の虫へ追い込んだものの一つだったと思う。それもあって博士は余計、深く内向きとなり、家人以外の者に対してアレルギー反応を起こすまでになった――もっとも、本に関する交流は別だ。だからわしはよく彼に会ったし、掘り出し物を手渡したよ。……いやいや、それも以前のことだ。博士と最後に言葉を交わしてから、もう数年になる。干からびた老人になるなかで、彼は夕方の散歩さえ、本に費やす時間を奪う無為な行楽と思うようになったのだ」

「……」

「博士はすでに失われた、というけれど、いまどこかにいるのだとしたら、その場所で彼は、どれだけ本を所持しているのか。本の虫にとって命の源といえるものを、彼はどれだけ身近にしていられるのか。博士がどこかへ連れ去られたのだとして、第一、行き先は見当もつかない。コア夫人はわしのいとこに、健康のため博士を西に送ったと話したことがある。もし西にいるとしても、夫人と娘は、彼がここに戻ってくることは全然、期待していない様子だ。彼の状態はいま、どうなっているのだろう?」

ハンチェットはふっくらした指を額に当て、乱暴にそこを叩《たた》いた。わからない、わからない、とくり返すように。

「片道切符なんだ、ストンバナーさん。彼はもうここに帰ってこられないのだよ。療養費用もかかり、蓄《たくわ》えはほとんどなくなっているはずだ。向こうにいるはずの医者は、請求額が支払えない博士に頭を抱えているだろう。そんなとき、資産の大半を占める蔵書が売りに出されると聞いたら? 医者は悪魔的な喝采を挙げるだろうよ。その医者はたぶん背の高い白面郎《はくめんろう》で、紳士的な話し方をする男だと思う。でも結局、彼はブックディーラーにとって、格好の金鉱提示役を果たしたわけだ」


疑念は去るはずもない。ストンバナーは意を決し、ある日、二人のコアの女に、博士について問いただすことにした。しかし答えへの扉はひらかない。コア夫人は、相変わらずゆるやかに安楽椅子を揺らしながら、彼をなだめ、夫への言及をさりげなくかわすのだった。

夫であり父である博士について、二人は淡々としていた——彼に対する誇りの感情はもはやなく、恨みのようなものも抱いていない、といわんばかりに。

「本がだんだんなくなれば、家は広く見えだすでしょう。ええ、そうなるのは、しょうがありません。いずれ、がらんどうになるのかしら」とコア夫人は、独り言のように話した。「最近はいろいろな人が、住むところを探しているようですね。わたしたちのこの大きな家だって、そのうち貸すことができるかもしれません。まあ……いったい誰が、好き好んでここに住むのか、ですけどね。ここは古くさくて、埃っぽすぎる」

そしてコア夫人は繊細な笑いを小さく洩らし、サラ・コアのほうは、満足げな深い笑みを表情に付け加えた。

公平に見て、コア家の人びとは、生活知に関して明らかな衰えを示していた。古書だらけとなったその屋敷は、住人の家族を除けば、間違いなく誰にとっても汚れすぎて、住むに値しなかった。居間の天井からは、剝がれたクロス紙の一部が花綱《はなづな》のようにぶら下がり、壁を飾る金枠額縁の絵を覆《おお》い隠していた。雨漏りはコア博士のいた時代からはじまっており、屋根裏に散らばる石膏はその修復のあとだった。

コア博士は他人に修理の手を入れさせなかった。その徹底ぶりは、屋根職人や配管工、リフォーム業者にまで、博士の人間アレルギーは及んでいるとの噂《うわさ》が立つほどである。確かに、コアの屋敷は、修繕が必要な箇所であってもいつまでも放置され、手当の遅れは深刻だった。たとえば照明一つをとっても、コア博士は、古きよき美徳が遠からず戻ってくるという時代逆行の信念をもとに、三つの旧式照明システムをどうしても変えようとせず——むしろ、ひとつまみでいつでも使えるように、無理矢理整えてきたのだ。

実際、この図書館屋敷のあちこちの区画では、古式ゆかしい燭台と灯油ランプが据え置かれていた。ただそのどれもが著しく変色し、内部はぼろぼろだった。ガス供給口は石膏や羽目板から突き出たままで放置され、ガス灯はそれを通じて点灯するしかなかった。

もっとも人工の光がないわけではない。まるで重犯罪者のように天井から吊り下げられた裸電球がそれだ。これらはエジソン時代の竹フィラメントとガラス球製で、たいした骨董だった。ただコアの家族は三ないし四つの部屋しか電球を使用しておらず、そこでさえ月に二回程度しか灯《とも》されることはなかった。かくいう頻度のせいで古い電球は、なんとかまだ、役目を果たし得ていたのである。

コア博士は現実主義者ではなかった。コア夫人にしたってそうではない。もっとも夫人のほうは、生活資金を考える程度には実際的であり、それどころか、一ドルさえも妥協を許さない態度を示した。だからストンバナーとの売買契約の場でも、安楽椅子を途切れなく揺らしながら、こう確かめることを忘れなかった。

「屋根裏部屋にある本は、まだわれわれのものですね?」

そのとおりだ、とストンバナーは思っていた。確かに彼女たちのものだ、と。しかしそれらは――製本によって価値が出るかも知れない、ごく一部の雑誌類を除けば――ゴミ同然だということも、彼はわかっていたのだ。ただし現実を知らないままでいる高齢婦人に、本当のことを言うのは酷だとも感じていた。そこで、「ご家族で自由にできる本ばかりですよ」と返事するつもりでいた。

ちょうどそのときだった。扉が開いてマルカシアンが入ってきたのは。マルカシアンは会話を洩れ聞いていたようで、耳を傾ける仕草をした――その行為にさほどの意味はなく、一種のクセなのだと、のちにストンバナーは悟るのだが。

「あそこの本は、もちろん、まだわたしたちのものですよ、お母さん」

入室者はきっぱりした口調でそう言った。マルカシアンはコア夫人の実子ではない。このアルメニア風の名を持つ男は、よく見るとアナトリアあたりに住むギリシャ人風の顔立ちをしていた。実際はレバント人(2)であり、彼はコア夫人の義理の息子だった。

ハンチェットはいつかストンバナーに、こう話したことがある。「マルカシアンというやつが出て来るかもしれん。こっそりリリー・コア（家を出た娘）と結婚した男だ。結局、結婚は悲惨さ。お互い、騙《だま》されただけだったからね。ただマルカシアンは、婚姻関係から利用できるものはないかと思慮をめぐらすほどには、ずる賢かった。やつは医者がコア博士を診ているうちは、決して家に顔を出さなかったんだ。しかし博士がいなくなると、急に家族然として、やってくるようになった」

この義理の息子は、ニュージャージー州ニューアークに事務所を持つ公認会計士だった。時間の止まった古屋敷に居続けた夫人とは違って、広い現実世界をよく知っていた。それを背景に、

（2）東部地中海沿岸地方。

自信満々たるいつもの調子で彼は意見を述べたのである――本は依然、われわれのものだ、と。

ニュージャージーで味気ない世俗生活にどっぷりつかり、ありきたりの毎日をすごすだけだったマルカシアン。不義理を重ねていたこの義理の息子が、急に態度を変えたのは、コア博士の医師団が一斉に家を引き払い、家族の資産が売りに出される事情を知ってからだった。蔵書にはかなりの価値を持つものもあるらしい。それは誘惑の匂いを発した。コア家の名誉と繁栄が、いまや自分の責任にかかっていると妻を説得したうえで、彼は、子どもたちと妻を置き去りにして、ニュージャージーから離れたのだ。

コア夫人とサラ・コアは、警戒しつつも、世故《せこ》に長《た》けたビジネスマン風情のマルカシアンには一目置いている様子だった。しかしこちらも世馴れたストンバナーのほうは騙されない。この義理の息子相手に本の売却交渉をする必要を一切、認めなかったのだ。

いま、最高のスーツと最低のマナーを纏《まと》って現れたこの男に、ストンバナーは、直観的な嫌悪感を抱き、それは揺るぎないものになった。経験豊かなこの古書商はむしろ金銭づくの次元を超え、奇妙ながら魅力的なコアの図書館屋敷が、何とか住まいとして存続できることのほうを考えていたのである。

「あなたは、理解なさっているはずです」マルカシアンはストンバナーに向かって言った。

ストンバナーは努めて紳士的に応じた。「どういうことでしょう?」

「屋根裏の本のなかには、すいぶん価値のある古書もまだあるはずです」

「ではいったい……」ストンバナーは辛辣に尋ねた。「いくらの金額を引き出せるっていうんですか。取引の見込みがあるなら、多少甘い見積もりくらいはできますよ」

マルカシアンは「それは結構」と言葉尻をつかまえるように返して、こんどはサラに向かい、「あなたがいま持っている本を見せてください」と言った。

サラは易々《やすやす》とは応諾しないとの堅い態度で、マルカシアンをしばらく凝視した。そのあと長く笑顔を浮かべ、やがて突然、返事をした。「これは古い聖書で、三〇ドル相当の古書価値があるものです」

「それがまず、ありますよね」マルカシアンは小さな勝利の笑みを洩らした。

「いえ、いえ」サラは言った。「ストンバナーさんがすでに購入済みです」

マルカシアンへの不信感という点で、ストンバナーとサラのあいだに、新たな絆《きづな》な生まれていたのだ。

「何だって？　先祖伝来の貴重な聖書ですよ」マルカシアンはうめくように言った。「グーテンベルクの聖書のはずだ。家宝であり、手放すなんてとんでもない」

「いえ、マルカシアンさん」ストンバナーは平静に対応した。「申し訳ありませんが、まず、これはグーテンベルクではありません。そしてすでに、わたしの財産となっています。ともかく、当方が購入した書籍一式から、勝手に持ち出すのはやめてください。なんなら小切手を返してくれますか、コア夫人？」

ストンバナーはそう言って、夫人に向かって掌《てのひら》を伸ばした。彼は温和そうに見える小男だったが、交渉術は怜悧そのものであった。

彼女は驚いて、持っていたワークバスケットを心配そうに撫《な》でた。小切手はそこに入っている。そのうえで、断固たる調子で「交渉を破るつもりはありませんよ」と言った。「ストンバナーさん、いうまでもありませんが、買い取りリストの本はすべてあなたのものです。リスト外にある、さまざまな聖書や屋根裏にある本は残されるでしょうけれど。それから、そうそう、昨日あなたが帰ったあとマルカシアンが来て引き抜いていった本も、対象外だと確認できています」

そう言いながらコア夫人は、静かに本棚を見つめた。「本に埋もれた家でしたから、あなたに多くを引き取られたら、さぞかし奇妙な姿になるでしょうね」

そして、運命の悲しみに沈むように話を続けた。

「ストンバナーさん、あなたはひとりですべてを運び出すのですか。手助けはいないのですか。もしいるのだとしたら、見知らぬ人が二階に入るのですね。それはつらいところです。そうされるくらいなら、ぜひわたしたち家族に、運ぶのを手伝わせてください」

それは夫人とサラにとって、かけがえのないものを失った結果、迎えなければいけない事態だった。夫人はこの提案を思いのほか強い調子で話し、サラは淀《よど》んだ暗い表情をストンバナーに見せた。同席していたマルカシアンは不意を突かれてこわばった。

ストンバナーは夫人の発言にしばし当惑したが、まもなく同意を示した。彼女の提案は自然なことと思えたからだ。コアの二婦人は、自分たちの屋敷が時代の埃にまみれ、汚れがひどい状態だと知っており、見知らぬ訪問者にその様子をあれこれ検分されるのは、まず望んでいなかった。

「本はわたしが自分で、トラックを使って運び出します。効率よく運搬作業をしても、丸一週間はかかるでしょう――全部で一万一〇〇〇冊ですから、ミセス・コア。一部の二折版《フォリオ》は状態がもろく注意して扱わないといけません。重い本も少なくありません。それだけ時間も手間もかかるということです。かなり筋肉を使う作業で、すべてが終わったら、身体はガチガチになっていることでしょう。ご都合がよろしければ、明日の朝九時に開始するのはどうでしょうか?」

そう話しながら、ストンバナーはサラ・コアと一緒に二重閂《かんぬき》の正面玄関に向かった。アーチ型の巨大な廊下は廃墟の荘厳さに満ちている。クルミ材製の大時計が二箇所で据えつけられ、時を刻んでいた。サラはその通路を案内して、ストンバナーを屋外に、夜のなかに送り出そうとしていた。グレーの頭髪を男性的に短く刈り込んだ彼は、折り目正しさとともに明朗さを宿した態度を最後まで崩さなかった。

正面玄関の手前まで来たとき、サラはコア家を辞去するストンバナーに、改めて向き直った。「屋根裏部屋は見ましたね?」そしてこう尋ねた。「今日以後はもう、二度とそこへ行く必要はないのですか」

「ええ」ストンバナーは明快に答えた。「そこにある本は、わたしのものではありませんので」

「確かに」サラはやり取りをそう締めくくり、目の前でドアを閉めた。

彼は門階段の上で、彼女が門のボルトを締める音を聞いた。なぜか一瞬、彼は歩きだすのを躊躇《ちゅうちょ》した。施錠のあと、サラ・コアが廊下をゆっくり歩いて、玄関先から立ち去る音が聞こえない。どうやら彼女は、彼がいなくなったことを確認するため、ドアのすぐ内側にとどまっているのだ。

ストンバナーは肩をすくめると、もはやためらいなく、そこから歩き去った。

翌朝、ストンバナーは、約束の時間に小型トラックでやって来た。木製ラックを備えた屋根つきの特製車で、ストンバナーズ・ブックショップの持ち物だった。コア図書館の本なら一回でちょうど本棚一箇分、移動させることができる。彼はコア屋敷の玄関近くに特製車を駐車させた。

コア夫人が出てきて、ためらうようないつもの口調で天候を称賛し、そのうえで彼を認め、挨拶した。夫人は足首まで隠す黒いドレスを着ていた。現代のセンスからすれば時代遅れの旧スタイルというしかないが、品がないわけではない。

それから彼女は、よろめくような足取りで居間へ戻った。ストンバナーはあとについて入室し、こちらは静かな足取りで書庫へと向かった。

階段のじゅうたんを踏んでいると、高い階から足音が急いで降りてくるのが聞こえた。屋根裏部屋からだ。音の主はマルカシアンだとストンバナーは悟った。しかし、彼が本棚のあるフロアに着いたとき、マルカシアンの姿はどこにも見えなかった。やつは慌てて行動し、廊下から離れた冷え冷えする寝室の一つに身を潜めたらしい。ストンバナーの作業中、頭をかがめてそこですごすというのは、マルカシアンにとってより賢明な選択といえよう。ストンバナーはそう認めた。

ストンバナーは窓近くにある段から搬出の作業をはじめた。各巻上部にたまった埃をフランネルの生地で几帳面に払い、それからゆっくり本を取り出す。慎重な取り扱いが何より求められた。その後、本は運び出しの中継スペースに、次の作業がしやすいように整然と積み上げられてゆく。

気づくと、書棚に隙間《すきま》が生じている。前日には哲学者ベーコン全集がそこに置かれてあり、間違いなく彼の購入書のひとつだった。それがなくなっていたのだ。彼はコア夫人に所在を問いただした。

「マルカシアンが、自分の仕事に役立つはずだと思ったようです」

コア夫人は悪びれずにそう答えた。ストンバナーはしばし考えたうえで、この件の追及を放棄した。現時点では、そうした対処がふさわしい問題といえたからである。

ストンバナーは続いて、高い段の作業に着手することにした。おあつらえむきに小さな梯子《はしご》がある。老朽化は甚だしかったが使用に耐えるものだった。梯子を使って高い棚に達すると、彼は身のバランスを取りながら、そこでもまず、フランネルを使った埃払いを行った。

並んでいた本のなかには、コア博士お気に入りの一節があるページに、目印としてきれいな紙片が挿入されているものもあった。実際、そのページの余白には、小さなチェックマークも入っていたのである。ストンバナーはぱらぱらと本を繰《く》りながら、コア博士の関心を引いた文章を一瞥していき、次第に、患者分析のため医師がよく使う方法に夢中となった。チェックされた文章群の背後に、博士の人柄の奥底を知るヒントを見出そうとしたのだ。

ストンバナーは、ハンチェットが「高圧的な冷笑癖の男」と博士を評したことが心に残っていた。博士は本当に尊大ぶるだけの人間なのだろうか。

紙片の箇所を見ていくうちに、ストンバナーには、それ以外の博士イメージが形成されてくる思いがした。深い孤独のなかにいる男……。不機嫌な態度しか見せない妻と精神を病んだ娘、それに、腹立たしい身勝手な義理の息子に囲まれれば、心を固くし、高圧と冷笑で鎧《よろ》うしかなかったのではないか。博士は本来、無名のままながら、地方において高貴な精神を抱き続けた人間だったのかもしれない。

博士の選んだ文章を目にするうちに、ストンバナーには、畏敬の念さえ起こりはじめた。コアの家族は、誇り高き人物に対する理不尽ともいえる歪んだやっかみから、かえって下品で無遠慮な感情で博士に相対《あいたい》するようになった。博士は軽蔑でそれに報いた。この構図こそファミリーの真相かもしれない。家族は博士の生き方に隷従してきたかのようだが、博士のほうも家族に縛られていたのだ。そして家族は博士から解放されたらしい。いま、貴重な蔵書の多くが、無情にも金銭に代えられていくのだから。

ストンバナーは、トーマス・フラーの『聖なる国家と卑俗な国家』――一七世紀の上質な装幀本——を棚から取りだした。索引の「チェーザレ・ボルジア、彼の生涯」の項にコア博士は下線を引き、ページにメモカードを挿入して目印としていた。ブックディーラーはチェックされた箇所に沿って視線を走らせた。

〈王座とベッドをともによきパートナーとすることはできない(3)〉

〈彼はイタリアの土地を大きくすることも、海を小さくすることもできなかった(4)〉

〈彼はおのれの国家の状態よりも、おのれ自身の状態をいつも気にかけていた〉……

コア博士のひそかな楽しみに触れたあと、ストンバナーはその四折版《クォート》を、中継スペースに積まれた本の山へ移動させた。こうして高い棚も片づいていったが、ふと窓側の台座にあった本の列に目を向けたとき、そこにも隙間が出来ていることに彼は気づいた。

クランマーの聖書がなくなっていたのだ！

いや、いや、しでかした者は、ストンバナーがどれほど莫迦《ばか》だと思ったのだろう。気づかないとでも？　それどころか、この有能なブックディーラーは盗み行為に慣れていた。彼とよく取引していた者は誰もが、どんなに大量の本を扱う場合でも、そこから盗まれた一冊があれば、彼は見逃すはずはないと知っていた。しかもストンバナーは前日、念のためクランマーは自分のものだと、改めて、

(3) 王の位を保とうとするものは決して安らげない、の意。

(4) 王の権力をもってしても自然的条件を変えることはできない、の意。

明確に主張している。その一言を忘れるほど彼は不注意ではないし、第一、その本は盗難を気にしないにはあまりに価値が高すぎた。

ストンバナーはさすがに怒りを覚えた。

埃をかぶった本の山の処理をしているうちに、どうせ彼は見すごすだろうと盗人は思ったのか。ありうるはずはない。彼は正当な抗議を行うべく姿勢を正した。ただ一方で、ストンバナーは冷静だった。その大事な取引本は、コアの家族の誰かが、どこかの引き出しに隠したものとまずは疑い、部屋のなかを見廻した――そのやり方で完全に隠し通せるとは、思えなかったが。

そのとき彼は思い出した。一時間前この屋敷へ入ったとき、屋根裏部屋から勢いよく降りてくる足音がしたことを。コア夫人は階下におり、サラ・コアも間違いなく彼女と一緒にいた。つまりマルカシアンだ。屋根裏部屋からあわてて走り出たのは彼だったはずである。逃げた男はいまどこにいるのか。

もっとも、廊下の向こう側に潜んでいたとしても、ストンバナーは彼を捕まえるのを第一とは考えていなかった。現時点では彼と向き合う気はなかった。むしろ屋根裏部屋を静かに調査するほうを、より有益《まし》な行為として、ストンバナーは選択したのである。

ストンバナーは整理していた本棚から離れて廊下を歩き、螺旋《らせん》階段をのぼった。屋根裏部屋に通じるドアは半開きだった。階段の最後のステップに片足をかけながら、手すりに腕を置いたストンバナーは、探るような視線を内部に走らせた。

屋根裏部屋というにはよほど巨大な空間で、円頂塔《キューポラ》の天窓から太陽が鈍く差し込んでいる。フロアの中央付近では、雑貨箱や古い家具がやや無秩序に置かれていた。もっともコア博士は、壁に沿って進めば雑誌の棚へ行く着くように配慮していたらしく、その道筋を邪魔するどんな置き方もなされていなかった。

ドアの真向かいの棚には、ストンバナーの目の高さで小説がずらりと並べられている。コア博士がオークションで他の本と一緒に購入したものに違いない。ただし、先日調べたところでは、古書としての価値はもはやない本ばかりだった。これらの小説本のうち六冊または七冊が床に落ちたらしく、そのぶん棚には隙間が生じていた。ただしよく見ると、隙間は六、七冊分では足らず、さらに多くの本が棚から転がり落ちたことを示していた。

マルカシアンは、価値のない本の群れにクランマーを滑《すべ》るように差し入れて、存在をわからなくするつもりだったのか。その目的で、スペースを作る作業をまずやりだした？　でも、わたしがやってきたので、あわてて隠匿ゲームを中断し、ここから逃げ出したとでも？　ストンバナーはそう考えながら、階段の最後の段まで身を上らせ、屋根裏部屋へ入ろうとした。

しかし、行動は押しとどめられた。険しくまた抵抗を許さぬ力が、彼の腕を捉えたのである。それ以上動けぬよう、腕は欄干《らんかん》にぐいぐい押しつけられた。ストンバナーはちょっとのあいだ、神経を静めるために動きを止め、それから背後を振り返った。

サラ・コアだった。

彼女は大きな手で彼の手首を握りしめたまま、独特の奇怪な目つきでストンバナーを正視した。奇妙な笑みは顔じゅうへと広がり、それに合わせて彼女は、新たな征服地を探すかのように、ストンバナーの手首に指を食い込ませていた。ガチョウの後ろに付くイタチのように、サラ・コアは忍び足で彼を追ってきたのだ。サラの表情にはもはや、ためらいの色合いはどこにもなかった。彼女はどこまでも本気だったのである。

「サラ！」コア夫人は階段の下で低くそう言うと、ゆっくり段を上がりだした。その柔らかい叫び声で、サラは握った力を緩めた。独特の怪物的笑顔はより人間的なものとなった。が、彼女は一切、しゃべろうとはしなかった。

コア夫人は苦労して段をのぼりきり、二人のかたわらに立つと、ブックディーラーのほうを向いて、こう言った。

「屋根裏部屋に何か用があるのでしょうか。ストンバナーさん」

その口ぶりはさりげなくまた丁重だったが、老いたる女のまなざしは、おのれのひどい混乱ぶりを訴えていた。コア夫人の心を、何がそれほど乱していたのか？

「誰かがクランマー聖書を持ち出し、このなかで見ていたようです」とストンバナーは答えた。「もとの場所に戻さず、誤ってこの場所に移したのではないか、と疑っています。あなたはどうお思いですか？」

決まり悪さの吐露、あるいは恥すべき全否定——そのあたりが、ありうる反応だと彼は考えた。

しかしコア夫人の表情には別の反応が浮かんだのである。それは緊張であり、対決のニュアンスだった。

「そうですか。屋根裏部屋で、やっかいな捜し物があるようですね。こちらも至らなくてすいません」

夫人はいつものように小さな嘆きの吐息を洩らすと、「サラとわたしがお手伝いできるといいのですが」と言ってストンバナーを促《うなが》し、連れだち屋根裏部屋へ入った。

特徴的なキューポラの天窓がまず目に留《と》まり、その左下位置にあった堂々たるオーク材の机に彼は目を遣《や》った。上には古い帳簿の山が広がっている。その状態はストンバナーが以前見たときと変わらなかった。

しかし違うところもあった。容量の大きい引き出しが開けられ、手紙や書類、写真の束がそこから引き出された様子がある。これらは帳簿の横に散らばり、乱雑な状態で放置されていた。サラ・コアは深く息を吸い込み、コア夫人は視線を部屋じゅうに細かく移動させた。それらは彼女たちの狂乱ぶりを示し、一種の恐怖に襲われたことをあらわしていた。

マルカシアンの仕業だろう。あの男の貪欲さは、義母と義理の妹が何より大切にしていたものにも及んだのだ、とストンバナーは推測した。自分が屋敷にやって来たので、マルカシアンは狼狽し、カネ目当ての徘徊をあわてて中断した。その形跡がここにある。

乱雑に放り出された思い出のもの――母と娘は、それらをおそるおそる集め、もとの引き出しに戻す作業をはじめた。

ストンバナーは散らばったなかから一枚の写真を拾いあげた。白髪でくぼんだ頬の男だった。高い襟の服に身をまとい、上向きに身を横たえている。

「コア博士ですね」彼は思わず声を出した。「一緒に写っている立派な冊子は、博士の論文ですか」

母と娘は整理の動きを止め、無言で彼を見た。サラ・コアが片腕を大きくあげ、ストンバナーは、彼女が愚かしくも自分を殴るつもりだと察した。しかし何も起こらなかった。そのかわりにサラは、しッと言うかのように指を唇に立てると、彼の手から写真を取りあげ、写っているところを下にして引き出しの奥へ押し込んだ。すべては沈黙のなかで行われた。

もはやしゃべろうとする者など現れようもない——無言という作法が、しばらくその場の基《もとい》になった。母と娘はだまって一切の混乱に対処する。散らばった書類を残らず整頓し、もとあったように引き出しへ収めると、出口向こうの階段に向かい足音を忍ばせて歩きだした。

ストンバナーは彼女たちを茫然《ぼうぜん》と眺めているだけだったが、ようやく気を取り直して、周囲を丹念に見廻した。

発見はまもなくだった。「聖書だ。あそこにある！」崩れた小説本の山のなかに、クランマーを見出したのだ。彼は歩み寄り、身をかがめた。

「わが家のものだった……マルカシアンは、その本をここで読んでいたのでしょう」コア夫人は独り言のようにそうつぶやくと、ストンバナーに近づいてその袖《そで》に触れ、引っ張る仕草をして部屋から出るよう促した。

彼はクランマーを持って立ち上がった。

そのときだった。ストンバナーは気づいたのである。小説本の山と山のあいだに、深い――計り知れないほど深い空間があることを。

「穴がある」彼は思わず声に出した。「どれだけの本があの穴に落ちたのか。いったいなかには何があるのです?」

かき分けてよく見ると、穴は割合大きかった。入口こそ屋根裏だが、家の構造上、壁伝いに底深くスペースが出来ていた。古い階段のようなものも見えた。井戸底に似た黒い深淵へ降りて行く踏み段なのか? その闇の世界にも本棚はあるのだろうか。いつしか使われなくなり、ヴェールに包まれたままとなった秘密の本棚が……。

ストンバナーは黒い空間をさらによく見ようと前屈姿勢を取った。小説本の山の一角が彼の肩のほうへ崩れてきそうになる。その合間にも本が何冊か穴のなかへ落ちていった。深い暗闇のなか、四回か五回跳ね返るような音がしたのち、本は、踏み板かどこかで静止した様子である。

「もうおよしなさい!」

息苦しさを伴った悲鳴がした。サラ・コアが発したものだ。これまでストンバナーが聞いた彼女の発声のなかで、その叫びには最も女性的なニュアンスがあった。彼女は激情を抑えるため歯を食いしばっている。ぐっと無理をして、奇妙な落ち着きのニュアンスさえ、たたえていたのだ。

コア夫人は、制するように娘の腕に手を添えた。そして「ストンバナーさん」と語りかけた。「そこはかつて、メイドのためのクローゼット・スペースでした」彼女は老練なブックディーラーではなく、棚の隙間を見ながらそう説明した。「出入り口を板でふさぐようになったのは、いつからかわかりません。本の山は、その降り口の存在を隠すために必要でした。わたしたちはなるべく、あなたに関心を持たれないような価値のない本ばかりを選び、山にしていたのです。そうしておかないと、ふさぎ板のところは、とても奇妙だし、目立ったでしょうから」

そのふさぎ板がズレて、深淵が口をひらいたわけだ。なぜズレたのか……。

「まあ、何より」夫人は続けて言った。「クランマーの聖書が失われなくて、よかったですね」それから彼女は、さりげなくストンバナーの腕を取るのだった。「もういいでしょう。運び出す本の整理を続けてください。埃を払う手伝いならいたしましょう」と話しながら。

まもなく三人は屋根裏部屋から出た。

ストンバナーはコア夫人を支えて階段を降りはじめ、サラは二人の背後で、部屋の扉をしっかり閉めた。鍵《かぎ》はしなかった。この屋敷のどの部屋も、何年も前から鍵をしなくなったようだとストンバナーは考えた。

ストンバナーは運び出す本の整理を再開した。

コアの女性たちが様子を見に行ったときには、彼は大事なクランマーの聖書を、整理済みのまとまりのなかで目立つ場所に置き、積み重ね作業を一心に続けていた。コレクターにとって宝物といえるヴィクトリア朝時代の新約聖書には、醜い吹き出物が出来ており、彼をがっかりさせた。それは本の扱いに関する、おそるべき無知がつくった痘瘡《とうそう》なのだ。

古い本の所有者にはいろいろなタイプの人間がいた。経験豊かな古書商だったストンバナーのもとには、よく、ためらうような声で、売り込みの電話がかかってきた。たとえばこんなふうに。

「うちにある本を買ってくれるのですか。本当に古いものですよ。で、おいくらになるのです？認証済みの古い聖書で、一八八四年、ロンドン……」

しかし古さに見合う保管の精神を有している者はまれだった。多くは、相続か何かでたまたま自身が管理しているにすぎない。それに対して、いま取引しているコアの二婦人はどうであろう。彼女たちも他の売り手同様、無知にして警戒心旺盛の人間であることには変わりはない。しかし二人は償うという美徳に恵まれていたのだ——研究者として抜け殻のような存在になり西のどこかへ送られた、夫であり父である博士の残骸を、そのまま大事にしまっておくほどには。

残骸のなかで、本と同じくらい大切なもの——博士のかつての姿を保証する記録類が、どうやらマルカシアンによって冒瀆《ぼうとく》されたようだ。このことに二人は大きなショックを受け、すぐには気持ちを回復できない様子だった。

ストンバナーはそのことに多少気を病みながら、それでも実直に作業を続けた。彼にしても博士の残骸——名残りを追い求めていたのだ。状態のよいエドマンド・バーク全集を棚から移動させたとき、そのいくつかのページにも、博士の内面を示唆する目印が付されていることを彼は知った。鉛筆でコメントが記されており、博士のメモ書きらしい。

こうした書き込みは古書の価値を下げるものだったが、ストンバナーは文句を言う気にもなれなかった。それより、バークのどこに博士は注目したのかが、彼の関心の的となった。ページを繰っているうちに、二重に下線の引かれた一文が目に飛び込んできた。

〈われわれはみな何らかの影であり、そして、影となった何かを追う者なのである〉

確かにそうだ。老博士を典型とする本の虫——ストンバナーもその一人（一匹？）であり、読者のあなたもまた、同類かもしれない——にとって、これほどぴったりする言葉はないだろう。過去の「影」が本を通してわれわれに迫ってくる。それは神に感謝すべき充実の瞬間といえるのだ。コア博士は幾度か、それにひたることができたのだろう。

ストンバナーは、他の本の虫たちも時どきやるように、閉じた本の厚みにうっとり触れてから疲れた腕を伸ばし、しばらくの休憩に入った。

まもなく彼は、怒りに満ちた声が、遠くからかすかに流れてくるのに気づいた。声の主はコア二婦人のどちらかだった。普段は縁遠いものの、世間を知る親族として一目置いていた義理の息子が、狡猾さと怠惰な本質を持った軽薄な男にすぎぬとわかったからだろうか。

盗み聞きをするのはいくぶんためらわれたものの、ストンバナーにしてみれば、諍《いさか》いの内容を知りたいという願望のほうがよほど強かった。声のするほうへ進み、彼は聞き耳を立てた。諍う言葉はより明瞭になった。

「……領収書を探していただけですよ、お母さん」それはマルカシアンの声だった。自信家ぶりが半分消え、おどおどした調子が交じっている。二婦人からの詮索があまりに厳しく、たじろいでいるのだ。

サラ・コアは彼を問いつめた――この世からかき消さんばかりの怒りをあらわして。

「おせっかい。物事をかき混ぜるだけの、このおせっかいめ！　あなたはいったい、何に首を突っ込みたい？　それによって、わたしたちに何をもたらしたいと思っているの？　自分に帰すべき写真と本だけをお取りなさい。ほかの行為は迷惑なだけ。のぞき回りはやめるのです。それは不快な干渉以外の何ものでもない」

これに対するマルカシアンの返事は、よく聞き取れなかった。ただし、ストンバナーの聞き耳は、〈害はない〉と〈一〇〇〇マイルの彼方〉というワードを捉えていた。サラは弾丸のような詰問を再びマルカシアンに浴びせ、母親の低い懇願が彼女を遮《さえぎ》った。

不在のコア博士のことが話題になっていたようだ。ストンバナーは娘のサラがかつて、両親との暮らしについて、こう言っていたことを思い出した。「素敵な家族だった、心のこもった家庭だった」と。

さて、もう昼食の時間だ、とストンバナーは急に気づいた。三人の居場所へ行く口実はそれにしよう――彼は持ち場を離れる理由を得た。

さっそく居間へのドアを叩き、押しひらいた。なかをちらりうかがう。くすんだ室内の真ん中に三人が突っ立っており、彼の登場に全員が身を固まらせていた。

ストンバナーは部屋に首を差し入れ、声をかけた。

「お昼なので一度帰ります。午後二時に戻りますが、それでよろしければ」

彼はさっさとそこから立ち去った。そう、陽気すぎるこの家族のもとから。

＊　＊　＊

ときに大量となる引き取り書物を運び出す作業は、古書の取引過程のなかで意外に苦労するプロセスだといえる。ストンバナーの午後の仕事はそれに当てられた。二時に再開して、彼は一時間以上、忠実にそれを続けた。コアの母・娘とマルカシアンは、彼の邪魔にならぬよう、年代物の椅子――あちこち痛んでいた――がある居間へ引きこもってしまう。

ちょうど四〇個目のロットを正面玄関に向かって運んでいたときだった。ストンバナーは、何か派手な音が頭上付近に響くのを聞いた。積まれた本がどこかで崩れたのか？

彼の扱っている本なら、積み上げに安定を心がけており、崩れるとは考えにくい。それにガラガラ音はより遠くから聞こえてきた。マルカシアンとコア夫人が居間から身をのり出し、何が起きたのかとまわりを覗き込んだ。ストンバナーは彼らに声を投げた。

「おそらく屋根裏部屋でしょう。積まれた雑誌がまた倒れたのです」

「そうでしょうか」

コア夫人は扉わきの柱につかまりながら、ほとんど聞き取れない声で応じた。

マルカシアンは屋根裏部屋へと階段をのぼりだした。コア夫人は彼に向かって何か言いそうになったが、言葉は出なかった。夫人も階段に足をかけた。その表情は異様に引き締まり、ストンバナーは関与をためらった。もはやマルカシアンの報告を待つしかないと思ったのである。

しばらくしてマルカシアンが現れ、いつものもったいぶった様子で降りてきた。

「どういうわけか、三つの棚がひっくり返っていた」と彼は告げた。「閉ざされた穴の前にあった本棚です。詮索はいけないと諭《さと》されたので、わたしの出番はない。サラがもとに戻すべきでしょう」

コア夫人はその発言に一言も返さず、憔悴した様子で居間のなかへ引き返して行った。ストンバナーは運び出し作業を続けるほかはなかった。

だいぶ進んだある時、荷物を持って一度屋外に出た瞬間だった。ストンバナーは、居間のほうから、ヒステリックな調子を含んだ不気味な唸《うな》り声が走り出たのを聞き逃さなかった。声の主はサラ・コアだ。

彼は動かなかった。もはや、やれやれと思うしかない。

屋敷のホールにあった二つの時計が、同時に五時のチャイムを鳴らした。ストンバナーは未だ本をトラックに運んでいる最中である。中継スペースにあった埃まみれの本の山は、作業が終わる見通しを告げているわけではない。彼は小休憩を取り、ガタつきだした古椅子に座って、一冊の本を手に取った。

一七世紀の政治思想家ハリントンの『オセアナ』初版本である。本の見返しには「博士、ランドルフ・コア」と所有者署名が見えた。「一九一二年四月二三日、ブリストルで購入」とも。ああ、すべては過去からやってくる！　死んだ男が書き残した想念と向き合うことに、博士は人生の大半を費やしてきたわけだ。ストンバナーは改めて理解した――その膨大な軌跡がこの図書館屋敷を成すに至ったのだ、と。

そして、コアが数十年かけて構築したものを、自分は数日で解体しようとしている。博士の集めたものをあちこちに分散させようとしている。ストンバナーはもの思いに沈み込むのだった。そして、事前に博士の人間像を知らなくてよかったと考えた。人物をよく知っていたなら、このいかいか破壊の仕事は彼の良心に重くのしかかったかもしれない。

（ある者にとっては仕事の満足になることでも、別の者にとっては喪失の苦しみになる……）

そう思いながら、彼は再び作業に取り組みだす。次に運び出す本のロットを持ち上げ、両腕で抱きしめながら、注意深く歩みはじめるのだった。

歩みの途上で、彼はある臭気に気づいた。

まさか！　いや間違いない――それはガスの匂いだ。ストンバナーは階段の下にあたるところで本を床へ降ろし、早足に移動して、家族がいるはずの居間をノックした。

「誰?」なかからコア夫人が応じた。その声は震えているようだった。

ガス洩れは放置できない。彼が部屋に押し入ると、コア夫人とサラ・コアは、扉に面して二つ並んだ肘掛け椅子にそれぞれ座っていた。身を寄り添うようにして。二人は不穏な形相《ぎょうそう》でストンバナーを見つめた。マルカシアンはそこにいない。

「キッチンのレンジの栓は止めましたか、ミス・コア? どこかでガスの匂いがする」

「ガス、ガス、ガス」とサラ・コアはくり返した。しかし、彼女はだるそうに体を波立たせるだけで、行動しようとはしない。どこか頑固《がんこ》な感じ、我流を押し通そうとする様子があった。母親も立ち上がらない。動かないのは意味ありげだった。

やがてコア夫人が口をひらいた。

「マルカシアンがここから出て、いま家のどこかにいるはずです。ストンバナーさん、ガスの栓が開いたままなのか、確認してもらえませんか」

夫人のほうがそう訴えるだけで、二婦人は立ち上がることも、助けを求めることもせず、ストンバナーのいるドアのところまで来ることさえしなかった。

やむなく彼は独り、行動を開始した。廊下に出て急ぎ足でまず厨房へ向かったのである。

しかし、キッチンのガスレンジは異常がなかった。考えてみれば、かすかなガス臭は彼が一階にいたとき感じたもので、それは上から漂ってきているように思われた。そして、書庫での作業中のほうが匂いは強かったことも思い出した。書庫に近い上階――ガス臭は屋根裏部屋から発せられているのだ！　そうでなければこれらの現象に理屈が通らない。

ストンバナーは屋根裏部屋に通じる階段を一気に駈け上がり、部屋へ入った。

夕闇が近づき、不気味な薄暗さが室内を覆いだしている。あちこちに本が散らばっていた。それらは例の「穴」――小さな階段もある狭い深淵――をめぐって並び立つ書棚から、転がり落ちたものばかりだった。

匂いは？　確かに強い！　この部屋が臭気の発生源だというのは、もはや歴然である。

暗さに目を慣らしてどうにか調べると、部屋には三つのガス栓があった。うち二つは素手では動かせないほどしっかりねじ込まれており、確実にオフ状態である。しかし三つ目は違った。栓は開かれ、ガスが出ていたのだ！

ストンバナーは急いでその栓を閉め、これ以上の噴出を押さえた。彼はほっと息をつき、喫煙していなかった幸運を思った。

誰がこんなことを。マルカシアンはここに来てガス灯を点灯しようと栓をひねり、閉めるほうは忘れたのか。器具自体が充分古めかしく、しかもガス灯の覆い《マントル》にある小さなノブ栓だから、不慣れで不注意な男なら失敗するかもしれない。それでも疑問が残る。なぜマルカシアンは、天窓近くからぶら下がる電球のスイッチを入れるほうを選ばなかったのか。なんという風変わりな家政夫《メナージュ》だろう！

そのとき、ストンバナーは確かに聞いた——ささやく声を。誰かがいる。「いったい、誰なんだ」彼は叫ぶように言った。本が二、三冊、落ちる音がした。落差のある感じで、彼はぎくんとした。部屋が小さく揺れるようだった。しかし、それだけ。あとは静寂。誰もいない。いるはずがない。ささやき声は幻聴だったのか。

時間差でさらに何冊かの本が落ちていった。奥底に向かって落ちる様子がある。ストンバナーは、小説本の山のなかにある「穴」の存在に意識を集中させた。音の説明を求めるなら、もはやそこしかない。

暗がりのなかで、彼は本の山に手をもぐらせ、床をさぐった。

深淵が口を開けていた。本はここから手の届かない奥底まで落ちたのだ。彼は不意に思い描いた——半ダースの本が底へと降りていくとき、一冊が背綴《と》じを中心に羽根を広げるような格好を取り、別の一冊はページをパラパラ捲《めく》らせながら落下していったのだ——そんなありさまを。ストンバナーはつぶやくように言葉を洩らした。「なんてこった」

では、深淵からの声はいったい何だったのか。狡猾で支離滅裂なささやき？　彼にそんな語りかけを行った者など、これまで誰一人としていない……。ストンバナーは不安そうに肩をすくめると、立ち上がり、ズボン膝の埃を払った。もはやここに居残る必要はないのだ。やるべき仕事はまだ済んでいないし、夜が迫っている。深淵も闇からのささやきも、詮索はもう無用だ。現在の運び出しを粛々と進めればいいのだ。彼はそう心に決めた。

ストンバナーは小走りで作業中の書庫に戻り、大事なクランマー聖書を守るべく、まずはそれだけを持って一階の廊下まで達した。

途中で開きっぱなしの扉から居間のなかを見ると、コアの母と娘はまだ例の古い肘掛け椅子にじっと座ったままだった。ストンバナーは彼女たちを安心させようと、一声かけることにした。

「誰かが屋根裏部屋のガス栓を締め忘れたようです。もう締めたので大丈夫ですよ。ちょっと夕食に出ようと思います。いまの整理と移動作業は、七時頃には再開できる見通しですが、できるだけ急ぎますので。あんまり遅くなると、みなさんに迷惑をかけますから」

サラ・コアは例の笑みをたたえたが、これまであったふてぶてしさが消え、どこか暗かった。

――すると彼女は、唐突に変化を見せた。激するようにこう言いだしたのだ。

「呪われた老人。白い顔の、不気味な悪魔!」

コア夫人が娘をなだめ、サラの感情の爆発はまもなく収まった。母親の老獪な賢者ぶりの対応は、娘を落ち着かせるのに大いに効果があったようだ。ともかく、サラはストンバナーに対し丁寧《ていねい》にうなずいた。

「今晩、またお会いできるのですね。うれしいです」

ただし目つきはすさんで、厳しいままであり、ストンバナーを見送ることはなかった。それでストンバナーのほうも、コアの二婦人を、かび臭く、薄汚れた居間にとり残すしかなかったのである。

＊　＊　＊

約束の夜七時はすぎ、八時近くになって、ストンバナーはようやくコア屋敷の門にある変色した呼び鈴を鳴らした。

ガランという音は響いたが、応答はない。どうやら呼び鈴は形だけで、もとから機能していないようだった。だとしたら、それを使ってこれまで彼が招じ入れられたのはどうしてか。おそらくサラ・コアがどこかの窓から覗いて、彼の到着を知ったからなのだろう。

呼び鈴はもう頼れない。彼は来訪の知らせをドアノックに代えた。ノックし、またノックした。駄目だ、誰も迎えに出ない。

彼は改めて屋敷を眺めた。家全体が夜よりさらに暗く、いわば黒さの塊であることに、いまさらながら気づいた。どこの窓にも明かりはない。寝るには早すぎる時間だ。コアの家族はどこかへ出かけたのか。

ストンバナーは門扉を開けようと試みた。どうしたことか、そこはロックされていなかった。彼はおそるおそる屋敷内へ入り、後ろ手に扉を閉めた。そしてまず、古い裸電球のスイッチを探した。しかし見つからない。コアの屋敷内にあるものは、まるで闇がすべてを隠すかのようだった。

しかし、彼はまもなく思い出した。〈階段のところに明かりのスイッチがあったはずだ〉と。それはこの図書館屋敷のなかで、彼が知っている確実な光源だった。手探りでそこまで進むと、ストンバナーの指はさっそくスイッチを探り当てた。昔ながらの旧式電球が点《とも》り、廊下を照らす。彼はその明かりをたよりに、作業中の書庫へと敷居を超えようとした。

そのとき、屋根裏部屋に続く階段の支柱のうち、ある二本のあいだから、見覚えのない何かが突き出ているのが、目の端《はし》に入った。

悪寒が襲ってきた。

それは手であった。たるんだ手。誰かがいる。暗い階段の踏み段で誰かがうつ伏せに横たわっているのだ。ストンバナーは小男だったが、充分機知に富んでいた。彼は咄嗟《とっさ》に、キーホルダーに取りつけたミニチュアの懐中電灯を使うのだと、自身に言い聞かせた。コートからそれを引っ張り出し、階段に足を踏み込みながら、光線を上に送った。

手の主はマルカシアンだった。ならば怪奇現象とはいえない。その会計士の男はつまずいて倒れたかのようで、意識のない顔を下に向け、斜めに横たわっていた。オリーブ色の頬の片側に血がついており、倒れた当時の状態が推定された。よく見ると、彼は気絶していたが、呼吸はまだあった。

ストンバナーは近づいて彼のわきにひざまずき、じっと状態を観察した。そのうえで、改めて周囲を見渡した。何の音もせず、何も動かない。外の騒音を遮る石の壁のせいもあって、万事がしんとしていた。

コア夫人とサラ・コアは？　その名を呼ぶことを、ストンバナーはあえて抑制した。

まもなく彼はマルカシアンのもとを去り、カーペット敷きの段々を無類《むるい》の注意深さを発揮しながら踏み進み、それでもできるだけ素早く一階まで降りた。古い階段板の軋《きし》みがさまざまな妄念を呼び込み、彼の神経を苛《さいな》んだ。壁伝いに彼自身のうすぼんやりした影が動き、その背を丸めた姿は気味が悪く、彼にとって一種の脅威だった。

二婦人を訪ねて、彼は居間の扉のところまで来た。

閉められた扉の向こうは静寂の世界だった。二人の存在がわかる音は聞こえない。彼が聞き取ろうとしたのは、しッという不快な静止の声ではなく、ヒュウという衣擦《きぬず》れの風流な音でもなかった。それどころか、人間が発するごく穏やかな気配音でよかったのである。しかし何ひとつ、彼の耳は捉えていなかった。居間のドアノブを回したくなかったのは、これが理由だった。

とはいっても、そこでじっと立ち止まっているわけにはいかない。彼は思い切ってドアを押し開けた。ガスの臭気が鼻を突いた。彼の入室で空気に流れが生じ、溜まっていたガスが波状に動きだしたのだ。ストンバナーは息を止め、照明のスイッチを手探りする。運がついてきてくれた！　まもなく暗い電灯がぽっと点灯した。

コア夫人は先ほどと変わらぬ姿勢で、肘掛け椅子に座っていたが、サラ・コアは敷物の上へ移動したらしく、そこで倒れている。

二人の顔はなぜか揃《そろ》って入室した彼に向けられ、動かなかった。恐怖がストンバナーを貫いた。二婦人は紛《まぎ》れもなく死んでいたのだ。夢のなかを漂うような表情をして。

＊　＊　＊

ストンバナーの電話から一〇分後にコア屋敷へ到着した警察署長は、マルカシアンの過去に関するかんばしからぬ事実をすでに知っていた。

結婚によってコア家とつながったこの男は時折、不可解な行動をしており、深刻な精神上の問題を抱えていると見なすしかない。彼はいくつかの事件を引き起こしていたが、どれも裁判による決着になじむ類ではなく、彼を精神病者の保護施設へ収容することでしか解決できない性格のものだった。

事件に関わった人間で、次の結論を疑う者は誰もいなくなった——ストンバナーを除けば、ということになってしまうが。コア夫人とサラ・コアが椅子から立ち上がってガスの栓を止めなかったのは、マルカシアンが与えた深甚なる恐怖によるはずだ。そう見なさない限り、コア屋敷の事件は説明ができない。こうした結論である。

まもなく、重要な情報が捜査陣にもたらされた。

二時間にわたる屋敷の現場検証のなかで、警察は、普段は使用していない屋根裏部屋の「穴」——かつてメイドために使われた狭いクローゼット・スペース——の底で、一体の遺体を発見した。死者はコア博士だった。西に行ったというのは、もはや比喩的な意味にすぎない。実際は、穴蔵のようなクローゼットに閉じ込められていたのだ！

「穴」のなかにはガス栓もあった。警察署長は、まだ生きている老人が拘束された状態でそこに長期間、押し込まれ、最後にはガスをつけたまま数時間放置されたと推定した。

遺体の状態から見れば、コア博士は、元気な老人だったに違いない。かれを拘束するにはかなりの力が必要だったろう。そして何か月も「穴」に閉じ込めておくには、暴力行為が伴われていたことは間違いない。博士は何年にもわたってくすぶっていた家族の憎しみを、一身に引き受けるという悲劇を迎えたのだ。

マルカシアンは警察官つき添いのもと、医療施設へ移送されていた。そこで彼は、奮い立つような態度で、博士の死について別の知識を開陳するのだった。警察はひとまず彼を信じるしかない。鉛色《なまりいろ》になるまで激怒したマルカシアンは、一悶着《ひともんちゃく》のすえ、ようやく診療所のソファに憮然《ぶぜん》として座った。

しばらくして――そのあいだ、彼は閉ざされたドアをずっと見つめていた――マルカシアンは、反抗的な態度で警察官に告げたのである。屋根裏部屋へ行かせてくれ、その机のなかに遺言状があるはずだ、と彼は訴え出た。マルカシアンの虚栄心は一貫しないものだった。が、いま彼は、それをはっきりよみがえらせていた。

「わたしの妻には、結局のところ、コア家の財産を相続する権利があります」

続くマルカシアンの言い分は、次のとおりだった。

「西へ行ってしまい、もう戻ることはないコア博士は、相続に関する証言を残したはずです」

もっともコア屋敷に連れ戻され、そこで捜査の内容を知るに及び、ハゲタカなみの気勢は一気に削がれる。彼はあわれなまでに青ざめた。

マルカシアンはよろめきながら、意味もなく階下を走り、派手に横転した。そしてついに、こう言いだす始末となる。「この家で何が起きたか、わたしは知らない。ひとつも知らないのだ」

虚勢はすっかり張りを失い、みにくく垂れ下がるばかりだ。

警察署長は落ちぶれたマルカシアンに尋ねた。

「事件があった当時、あなたは屋根裏部屋から出て、踏み段のところに倒れていた。だいぶ急いでいたようですね。いったい何があったんです？」

マルカシアンはソファのアームをぐっと握りしめ、叫ぶように答えた。

「あの部屋のなかで、何者かが出てきたんだよ。本の後ろからね」

男の恐怖心が伝染してくるようで、いささかたじろぎながら、警察署長は「どう言う意味ですか？」と訊いた。

「はっきり覚えている。本の崩れ落ちる音が響くなか、うす闇のなかに人間の口があらわれ、そして長い髪が、埃まみれの手が！」

マルカシアンはそう言うと、すすり泣きながら床へ倒れ込んだ。

そのとき本棚の高い縁から、何かが降ってきた。

革製の背表紙本——上質な装幀で抜きん出た存在感があった——を飾っていたリボンが、本から離れて煤《すす》となったものだ。

古いリボンのすすは、しばらく降りそそいだ。それは泣いている男の頬にも、落ちて行ったのである。

ロストレイク

＊本作は小説でなく、カークによって〈実録〉と位置づけられている。
くわしくは三〇七―三〇八、三一六頁参照。

歴史的な建物や戦場跡ばかりでなく、貧しい人びとが暮らす無名の一域にも——そこには短く単純な年代記しかないはずだが——数知れぬ宿命がまとわりついている。ミシガン州メコスタのわが古屋敷の背奥《はいおう》にあるロストレイクもまた、そうした場所の一つだった。荒れ果てた原野と人手の及ばぬ森林に囲まれ、地図にあらわれないかの寂しき湖沼……まさしく失われた湖《ロスト・レイク》であり、あたりは、悪意抱く地霊が支配する領分ともいわれた。

ロストレイクは暗い湖面をたたえた小さな湖である。カエデ、オーク、白樺、松に囲まれ、ウォールデン大池(1)とたたずまいがよく似ていた。もっとも広さはおそらくその二倍あったし、湖畔に哲学者・隠遁者などはおらず、それどころか、定住する者すらいまは誰もいなかった。

所有者についてはみな首をかしげるばかりだが、登記まで辿《たど》ると、湖畔のほとんどの権利は、デトロイトのおしゃれな郊外に住む一老婦人が有していた。もっとも彼女がこの地を訪れることはなく、気づいた人が手紙を出しても返事は来なかった。

遠き曾祖父の時代は二〇〇〇人が暮らしたが、その後の衰退でいまや二〇〇人の寒村となったメコスタから、曲がりくねった砂の田舎道を二マイルほど行ったところに、ロストレイクはある。わたしは自宅からロストレイクまで続く、迷路のような小径《こみち》が好きだった。滅多に人と出会わない孤独の道で、砂地や低木オークの林を抜けながら進むその行路には、〝先住民の絵筆《インディアン・ペイントブラシ》〟の花に彩られ、ハゼノキが群生する可憐な一廓《いっかく》もあった。

しかし、安らかな気分は、目的地に着くとまもなく雲散する。当惑せざるを得ない事実に行き当たるのが常だったからだ。それは水面からのささやきである。〈ロストレイクのそばに落ち着こうとする者は、誰も長生きできない〉というやつだ。ささやきはスイレンの葉の群れを揺らして湖面を渡り、製材業者が回収を怠り湖岸に放置された古丸太の端《はし》にまで伝わる。そう思えるほど確かに湖畔ぜんたいを包んでいた。

実際、湖のほとりには底がとても深い流砂があり、家畜が引き込まれて死ぬことは珍しくない。人間もまた数多く命を落としていた。

冷ややかで黒々としたこの湖には、あちこちから湧水が流れ込んでいた。決まった河口は持たないが、雨の多い四月を迎えると、たまった湖水は湖を囲む砂州を越えて流出する。水は先住民のパイプ《インディアン・パイプ》やこけもも《ハックルベリー》の茂み、腐った幹のあいだを縫《ぬ》って、リトルマスケゴンの支流へ流れ込むのだった。ちなみに、ロストレイクには釣り船が置かれておらず、冬になって分厚い氷に釣り用の穴が開けられることもまずない。なぜかって？ そこは人と同じくらい魚も少なかったからだ。

死にゆく村と死せる湖は砂と氷の荒涼たる土地にあり、その光景は如何なるアメリカ的楽観主義も打ち砕くものだった。わが家もまたその地にあるが、デトロイトからは陸路で二〇〇マイル、グランドラピッズの家具工場からわずか六五マイルしか離れておらず、その意味で辺鄙な場所と

（1）デイヴィッド・ソロー『ウォールデン 森の生活』に描かれる湖。ソローは実際湖畔に住み、質素な生活を送った。

はいえない。しかし荒涼は容赦なく忍び込んでいた。

もっともメコスタが特別というわけではない。ミシガン州の南部半島《ロウアー》を東西に、だいたいサギノー湾からマスキーゴンまで線を引くと、その線より北は、いくつかの経済的な拠点や製造業がさかんな地域を除けば、どこも人口がまばらな貧しい農村ばかりだった。夏は乾燥し冬は極度に冷え込む、人を寄せつけない土地が広がっていた。近年になりようやく良質の樹木を取り戻しつつあるにせよ、七〇〜八〇年前には森がすっかり伐採され、一度「切り株の地」にされた地域だった。なかには耕作に全く向かないところもあり、荒涼とした土地柄はこの事情も一役買っていたのである。アメリカの多くの地域で人口が爆発的に膨れ上がった時代であっても、ミシガン州の北部《アッパー》半島と南部半島の北半分は、スコットランドのハイランド地方と同じように過疎化が進んでいた。

その一区画を占め、「切り株の地」南限近くにあるメコスタもまた、忘れられた貧しい村というしかなく、実際、耕作している農場は二つを数えるのみだった。白いフレームの建物が並び、西部劇セットのような広い通りが一キロメートルほど続くのが、地域の特徴といえば特徴になる。かつては賑やかな時代もあったようだが、いまでは、メインの通り沿いでさえ建物より空地のほうが目立っている。加えて最近、大きな店が火災で焼失したばかりだった。

ダウンタウンと丘陵地帯《ザ・ヒル》を分ける小さな川をさかのぼった一帯は、一六マイルに及ぶ杉の湿地で、冬になれば鹿の群れがやってくる。またヒューズ沼をめぐるあたりには何頭かのクマも住んでいた。メコスタの周辺には、松と広葉樹が混在する深い森林があり、三〇近い氷河湖と二〇、四〇、八〇エーカー単位の居住地が点在し、さらに、われわれ地元民が「スカイベリア」と呼ぶ広大な荒れ地が広がっている。

その痩《や》せた土地と近隣地帯には丸太小屋やタール紙貼《ば》り小屋が点在し、自給自足のための農業はともかく、販売できる作物はせいぜいキュウリと豆類くらいだった。裸地や低い草地が広がる郊外は、一見アイルランドのコナハトに似ていたが、緑はそれほど多くない。物価が安く、のんびりとした暮らしができる反面、若い世代には仕事がなかった。

何世紀も前、この土地はすべてツンドラだった。その後、最初の森がゆっくり育ってゆく。やがて木々のあいだで、ポタワトミ族、チペワ族、オタワ族、オジブウェイ族などネイティブ・アメリカンが住むようになった。メコスタの名は、この地を白人に割譲したポタワトミ族の族長にちなんで付けられたもので、「小さな子どもの熊」を意味する。ときにわれわれはこう考える──族長のメコスタ老ときたら、われらが先祖との取引で実にうまく立ち回ったようだ、と。土地は吹きさらしの砂で出来ており、その上に一、二センチの腐葉土が不安定に堆積しているだけの荒蕪地《こうぶち》にすぎなかったのだから。

なおこのあたりには現在まだ、ネイティブ・アメリカンが住んでいる。彼らのなかにいた〈最後の籠《かご》編み職人〉は、数年前、プリティレイク近くの沼地で人知れず死んでいった。いまでは三、四人を残すのみだが、彼らは近隣の白人や有色人種の生活にすっかり同化している。一方、地域の有色人種や白人のなかには、ネイティブ・アメリカンの系統を持つ家族もある。

黒人住民は、一八五〇年代から六〇年代にかけてオンタリオに避難していた逃亡奴隷や解放奴隷のうち、南北戦争末期、大型幌馬車《コネストーガ》でこの地にやって来て、ネイティブ・アメリカン集落のそばで平和に暮らすようになった一群の後裔だった。今日では白人住民より高齢化が進んでいる。ただし古くからの黒人コミュニティの一つは、独自の教会、有力な家系、独自の伝統を維持し続けており、ミシガンではきわめて珍しい存在だといえよう。その内容は友人リチャード・ドーソンのすぐれた記録の書『ミシガン・ネグロ・フォークロア』がくわしい。

ちなみに今日、この地の有色人種のほとんどは、非常に明るい肌をしている。毎年夏になると、「古き移住者の日」(奴隷解放日の婉曲表現)を祝って、デトロイト、シカゴ、グランドラピッズ、ランシングに移住した親族が、スクールセクションレイクのほとり——最初の黒人農場があった場所へと戻り、ピクニックやダンスを楽しむのだった。

メコスタの近くには、有色人種が来る数年前からラインラント・カトリック教徒が農場を開拓していた。彼らの集落の中心は、いまは無きビンゲン郵便局あたりだったらしい。なお現在、メコスタとその近隣地区の住人は約半数がカトリック教徒であり、多くはアイルランド混じりのドイツ系である。

こんどはメコスタの原生林について語ろう。この原始の森林こそ、一八七〇年代から八〇年代にかけて、白人たちを呼び寄せる主たる対象だった。彼らの多くはフィンガーレイク群地帯から来たニューヨークの製材業者で、中心メンバーにわたしの母系曾祖父エイモス・ジョンソンとその叔父がいた。グループにはまた、カリフォルニアのゴールドラッシュに参加した曾祖父アイザック・ピアース（同じく母系）もいたのである。彼らは原生林に踏み込み、目についた樹木をすっかり「掃討」したのち、良い木がなくなると、そのほとんどが太平洋岸に向かって「進軍」して行った。

「掃討」がもたらした疲弊はメコスタを不況に陥れ、そこへ一八九三年恐慌が襲いかかった。グループのなかで曾祖父ジョンソンは「進軍」せずメコスタに根を下ろし、当初は銀行を経営していたが、破綻し苦境に陥った。まわりでは同業者の自殺が相次ぐほど、状況は深刻だった。借金のカタとして、残った木材のほとんどは切り出され、わずかな市場価格で売られたのである。曾祖父や他のニューヨーカーたちは必死に持ちこたえたが、メコスタは一八九三年以降、もはや好景気を知ることはなかった。

二〇世紀に入ると住民の人種構成に変化が起こる。ポーランド系やウクライナ系の自作農がふえ、夏になれば、畑地や村の広い通りでメキシコ系やプエルトリコ系の農業労働者が目立った。かくして一帯は奇妙な住人層を持つ奇妙な土地柄となってゆく。

わが家は丘の上にあり、白くて角張った旧式ブラケットを特徴とする。その丘は、敬虔さのかけらもないダウンタウンの連中（昔の西部酒場に屯《たむろ》していたやからと、たいして違《たが》わなかった）

によって、皮肉を込めて「信仰心の丘」と呼ばれていた——わたしはその嘲《あざけ》りの言葉を憂慮するけれども。

家の高い窓からは、森が三方に広がった見事な眺望が楽しめる。ただよく見れば、朽ち果てた小さな農場に森の力が忍び寄っているのもまた、わかるはずだ——農民が減っていけば、彼らから餌場《えさば》を得ていたプレーリーチキンは、森がその「餌場」を取り戻すことで絶滅に瀕《ひん》するだろう。新しい森ではまずポプラ、白樺が勢力を増し、次いで松、カエデ、オーク、ニレがふえてくる。一方、沼地の一廓には二〇〜三〇エーカーにわたってヘムロック[2]の群生地があり、それは原生林の最後の姿だった。

つい最近まで、メコスタには、乳牛に呪いをかける魔女がいると信じられていた。それは——ハリウッド的センスとは別種の——女性のグラマー[3]がこの地に漂っていたことを示し、不毛の地を開拓していった当時の雰囲気を伝えている。

大叔母の話によると、ある道の奥に建つ、薔薇に覆《おお》われた簡素なタール紙貼り小屋では、怨霊除けのため一晩中灯油ランプが灯《とも》されていたそうだ。白人の入植がはじまった頃、メコスタでは、神秘体験を重んじるスピリチュアリストや、霊界の存在を疑わないスウェーデンボルギアンがさかんに活動していた。白い尖塔がそびえるスピリチュアリスト教会が村落を睥睨し、わたしの先代家族や親しいジェームズ一家は、その不思議なビジネスの真っ只中《ただなか》にいたのである。わたしの本棚にはいまでも、曾祖父が持っていたスウェーデンボルグの著作集が、同じく蔵書だったマコーレー『歴史』とともに並んでいる。

わが古い家には幽霊が出ると信じられており、交霊現象、墓場からの声、テーブル浮遊が実際あると幾人かが認めていた――わたし自身も信ずる者の一人である。

かつて応接間で奇妙な事件が起きたことがある。曽祖父の叔父ジャイルズ・ギルバートはこのあたりの材木王で、甥たちと一緒に商売をしていた。そのうちの一人、わが曽祖父エイモス・ジョンソンの弟は、木材キャンプで働く荒くれ者たちに賃金を支払うため、毎週土曜日の夜になると、バッグに現金を入れ、ポケットにちゃんとピストルを忍ばせながら森を回っていた。ある土曜日の夜、彼は出かけたきり帰ってこなかった。翌朝、みんなで行方《ゆくえ》を探したが、形跡はどこにも残っていない。

まもなく、わが家の応接間で交霊会が催されることになった。雨戸が閉められ、ランプが消された。曾祖父は赤ひげの大柄な男性で、テーブルを前に深々と座り沈黙していた。やがてエイモス・ジョンソンは、暗闇のなかで「彼が見える」とつぶやきだし、弟が森のとある場所でうつ伏せになり倒れていると話した。さっそくわれわれはその場所へ向かった。弟は頭を撃ち抜かれて

（2）大きなシダのような葉と白い花をつけるハーブ。
（3）ここでは神秘的で蠱惑《こわく》的な魅力の意。

おり、所持金もすっかりなくなっていた。当時は世の中がどこも不穏で、治安の悪い時代だった。ただそれを差し引いても、この事件にはいまなお謎が残っている。

真夜中に人里離れた農家の戸を叩《たた》くと、返事はなく、銃丸の撃ち込まれる音が響きわたるのは、いまも珍しくない。なぜ知っているのかって? 魔女が出るといわれる時刻に外を散策しているうち、わたしは孤独な道に迷い、森の奥で家を構える農民に助けを求めたことがあったからだ。返答は確かに銃声だけだった。

こんなことは驚くに及ばない。メコスタの治安判事を務めていたとき、判事権限を行使するなかで、わたしはほかにも、驚くほど風変わりで好奇心をそそられる事件に、たびたび遭遇してきたのである。

＊　＊　＊

メコスタはそういった土地柄なのだ。だから、ロストレイクにまつわる運命的出来事は、ここではたいして不思議なことではない。ロストレイクでは、土地の守護精霊が少しばかり憂愁に囚《とら》われていたと思うしかなかろう。

松やトウヒの植林地を縫うように小径が続いている。それを辿りながらロストレイク目ざして歩を進めるとき、もし分かれ道で主筋に見えるルートを選んだなら、森往《ゆ》く者はやがて、目にも見事なハックルベリーの湿原に行き着くはずだ。それを経て目的地へ、というルートになるのだが、実はマイナーと思える「痕跡の道」のほうがロストレイクへの行路は短い。ただ行く手を見失いやすく、ついそちらを選んだとき、わたしは何度も道なき道に戸惑い、荒れ地をさまよう結果になったのである。

森のなかには湖沼が点在している。しかし鬱蒼とした林道ゆえに、知らないで通りすぎてしまうことは珍しくない。もっとも、うまく見つかったら、逆に神秘の湖沼を独り占めできる確率は高い。アヒルがいて、おそらくハシビロコウにも出会うだろうし、ほかにもさまざまな小動物との遭遇が可能だ。界隈は陰鬱ではあるが、かえって心地よい孤独を感じるはずで、気持ちのよい寂しき場所といえよう。

ロストレイクの東岸近くにある日あたりの良い空き地に、家の基礎が残っている。ここではかつて、「古き黒人移住者」の一人であるジョージ・ワシントンが居を構え、砂地の耕作に励んでいた。彼は隣人に土地の一部を取り上げられる不幸に見舞われ、すっかり貧しくなった。落ちぶれ老いぼれた身で、独り住まいをしていたのである。

ある夏の日、親類縁者が彼を訪ねてきて、門を叩いた。しかし返事はない。一同がおそるおそる扉を開けてなかへ入ると、ジョージ・ワシントンは寝台に横たわりすでに硬直していた。飢え死にしたらしい。その夜、親族は死体のそばに座り、明日の埋葬について話し合った。すると不思議なことが起きた。真夜中をすぎた時分、不意に死体が、シーツの下からもぞもぞ起き上がったのだ。親族は金切り声をあげて、みんな逃げ出した。そして夜が明け、次の昼になっても、貧しいワシントンの家には誰も近寄らなかった。翌日にようやく、おそるおそる戻ってみて、親族一同はびっくり仰天した。ジョージは何食わぬ顔をして、耕作に従事していたからである。

奇妙な出来事に首をかしげるばかりだった親戚たちは、年を越し一月になって、改めてジョージを訪ねることにした。前回同様、そのときもノックをしたが応答は帰ってこない。同じように一同は室内へ入った。びくびくしながら。底冷えする冬の日だった。こごえるような寒さのなか、ジョージ・ワシントンは前と同じく硬直状態にあり、今度という今度は間違いなく死んでいた。彼は病床についていたらしく、家の近くにあった丸太や枝を引きずって部屋のなかへ集め、ストーブの開口部に突き刺して火を保ち、燃えればさらに次を押し込みながら、何とか暖を取っていたようだ。しかしついに最後の丸太が燃え尽きてしまい、ジョージ・ワシントンはまもなく凍りついた。

ワシントン農場はもともと、ジャガイモ栽培を目的とした男が手に入れたものだった。男は種芋を大量に入手し、加えて害虫対策として殺虫剤のパリスグリーンを相当量準備した。もっともジャガイモムシはパリスグリーンに免疫を持っており、薬剤の効果は現れなかった。虫の勢いは強く、すべての植えつけは害虫に食べ尽くされてしまった。一年後、ポテトマンはジョージ・ワシントン同様、家のなかで死んでいるのが発見された。彼のほうは、自らパリスグリーンをあおったのである。

奇妙な二つの死を迎えたロストレイク東岸のこの不運な家は、いまから数年前に取り壊された。新たな小屋を建てる猛者《もさ》など誰もおらず、跡地だけがぽつんと残っている。

ロストレイクへ向かう自然道は湖に着くと道筋が東にカーブし、別ルートとなって、メコスタ市中へ戻る道に変わるのだった。その小径を進んでゆくと、時折、ブルーレイクへ向かう自動車が作る轍《わだち》を目にすることができる。その轍の通路をわたしたちは砂の道《サンド・ロード》と呼び、自然歩道《ロストレイク・トレイル》と区別していた。

砂の道にはかつて農場が並んでいた。いまではその場所を示す標識だけが数枚残り、あとはポプラの切り株とライラックの群生が続くだけだ。もっとも、自然歩道《ロストレイク・トレイル》と砂の道《サンド・ロード》が交差する一地点には、いまでも一軒の家が建っており、急勾配の板葺《ぶ》き屋根とコンクリートの壁が遠くからでもよく見えた。この家のそばにはスズカケの木があり、十数年前、家の最後の住人がこの木に首を吊っているのが発見された。ロストレイクをめぐる地で起きた最近の異常な出来事といえ、わたしはこの事件を題材に、のち短編小説「オフ・ザ・サンド・ロード」を書いた。読者となった少年少女が興味を持つので、作品の発表後、そうした子どもたちと一緒に近くを通るとき、わたしは、子どもたちが「恐怖に満ちた喜び」を得るように、廃墟となったその一軒家を「死の家だ」と指し示すようにしている。

砂の道《サンド・ロード》をそこからさらに進み、市中へ近づくところに、古い外壁の遺物が風雨にさらされたまま残存している。それは二世代前に起きた有名な事件を人びとに記憶させる、最後の痕跡なのだ。この土地にはかつて、悪名高いヴァン・タッセルが家族と住んでいた。人の道を外した他の悪漢どもがやるように、ヴァン・タッセルもまた、不法行為に手を染めていた。密猟である。しかし当時を知る者たちによると、彼はいつも狩猟ばかりしてたわけではなく、毎週日曜日にはリーマスにある神の集いに参加していた。

ある日曜日の朝のことだった。集会で熱弁をふるっていた伝道牧師は、会衆に向かい、おのれの罪を公の場で告白するよう勧めた。すると会衆のなかから突然、顔を輝かせたヴァン・タッセルが現れ、こう叫んだのである。

「言ってやるとも、言ってやる。それでやつらがおれを、州刑務所に送りこむというのなら！」

すべての顔が彼のほうを向き、牧師と会衆は息を呑んで次の発言を待った。しかし待っても無駄だった。異様な沈黙が訪れ、ヴァン・タッセルの髭《ひげ》のない顔から次第に熱気が消え失せていった。彼は神のもとでの兄弟といえる参加者たちに、わざとらしいほど冷たい態度を見せたのち、座り込んでしまったのだ。告白など一切しないままで。

ヴァン・タッセルは定期的に教会に通っていたが、服装を整えることをせず、いつも汚れた古いオーバーオールを着てやって来た。数か月我慢したのち、とうとう牧師は教区民タッセルに言った。

「ヴァン・タッセルさん、こう考えてくれませんか？　主の日にはよりましな服を着て教会へ行ったほうがいいと」

ヴァン・タッセルは気難しそうに彼を見つめながら答えた。

「イエス・キリストは上等な服を着ていなかったではないですか」

返答に困惑した伝道師は何日かこの問題について考え、やがて街角でヴァン・タッセルに会ったとき、議論を再開するように、こう問いかけた。

「ヴァン・タッセルさん、あなたはジョージ・ワシントン（メコスタ版ではなくオリジナルの）が良き人だったということに同意しますか？」

「そうですね……はい」

「ジョージ・ワシントンは、上等な服を着ていましたよ」

しかし、ヴァン・タッセルはこうした教義上の論争に、簡単に引き下がる人物ではなかった。

「そうでしょうよ」と彼は言った。そして、「最近の時代のワシントンがどうしたっていうんです。地獄は、キリストのいた時代よりも、さらに前からあるはずです」と応じた。

ヴァン・タッセルの運命は、結局こうであった。いつも虐待していた出来の悪い息子と一緒に、ある日彼は木を切り倒していた。すると大木が落ちてきてぶつかり、彼は横転して息を引き取った。そんな話がまことしやかに伝わったのである。

ヴァン・タッセル家には何人かの子どもがいた。うちの一人リリーは、わたしの大叔母たちと同じ学校で一緒に学んでいた。ある日学校でみんなが、互いの好きなことについて話し合っていた。リリーは名乗りをあげて、「わたしはパンを焼くのが大好き」と言った。そしてみんなに向かい、「あなたたちの手のひらは、とてもきれいで白いわね」とも。

数か月後のある日、ヴァン・タッセルの子どもたちは、クラスメート数人を家に招いた。新しい人形で遊ぼうと誘ったのだ。冬の寒い日だった。ゲストが家に到着したとき、ヴァン・タッセルの子どもたちは、出迎えのため、新しい人形を持って向こうの丘から駈け降りてきた。よく見ると、その新しい人形は人間の赤ん坊だった！　ヴァン・タッセルの末子が死んで、硬く凍っていたのだ。赤ん坊は前の週に死んで、霜が降りたら埋めようと薪小屋に保管されていた。他の子どもたちは、末っ子スーザンを人形にしてもいいかとヴァン・タッセル夫人に頼み、夫人はそれを拒まなかった。

この恐るべきヴァン・タッセル夫人は、ハンター族の有力な一派の出身だった。ハンター族はここでは、「砂丘の野蛮人《サンドヒル》」とも呼ばれている。彼らはスカイベリアの奥にある集落に住み、ドゥーン族と同じように暴力をふるったり、盗みを働いたりしていた。彼らの特殊な犯罪的行為のなかに、集団で家を借りて、家じゅうを滅茶苦茶にしてしまうというのがあった。

一族の長であるハンター老は、髭《そ》を剃り、サンデーブルーのサージスーツを着れば、かなり身なりが良く見える。彼は近隣の村で貸家――大家不在の空き家が出たと聞きつけると、身なりを整えて交渉の場に赴《おもむ》く。そして、引退した裕福な農民が住まいを求めていると偽り、まずは所有者の大家を探し出す。大家と交渉が成立すると、ハンターの一族は総出でたちまちその家へ入り込むのだった。そして、薪にするため間仕切りをとり壊し、窓ガラスを割り、床を汚したうえで、家具やカーテンを持ち去った。事態に驚いた大家が立ち退《の》きを迫るが、とき遅しである。すでに家の価値は大幅に目減りしていたのだ。

夫の早すぎる死後、ヴァン・タッセル夫人は、老いさらばえた守銭奴ジョーンズ――ロストレイクとブルーレイクの中間にある小屋住まいだった――と仲良くなり、頭の悪い息子を連れて、彼のところに間借りするようになった。

しかしこの関係は長く続かなかった。ある日、近隣の者がジョーンズの小屋を通りかかると、ドアが開いたままになっており、なかを覗《のぞ》くと小屋の床に血まみれの斧が転がっていた。ジョーンズを探したが、どこにもいない。以前の住まいへ戻っていたヴァン・タッセル夫人は、ジョーンズはどこかに迷い込んだのだろう、と言った。警護団が周囲の小川や湖をさらいもして、ほうぼうを探したが成果はなかった。

まもなく、人びとのあいだで、こうしたささやきが交わされるようになった。〈保安官の正当な業務のためにも、「デッドストリーム」と呼ばれる深くていびつな水路《クリーク》を、もう一度さらってみたほうがいい〉と。ハンター一族のメンバーが親族のヴァン・タッセル夫人を助けに来て、捜索隊に先がけ死体を隠し穴から隠し穴へと運んだのち、「デッドストリーム」へ沈めたのでは、という疑いが広まったのだ。捜索は実施され、泥のなかから、頭蓋骨の潰れたジョーンズの遺体が発見されたのである。

ヴァン・タッセル夫人は司法の場に引き出された。村の者はほとんどがその証言を聞きに行った。検察側は「ヴァン・タッセル夫人はジョーンズ氏を始末して財貨を奪おうと、意図的に寝食をともにした」と主張した。ヴァン・タッセル夫人は、長い単語の最初の音節を省略する特徴的な話し方で、「ジョーンズ氏が自分に惚れ込んでいるのを哀れんで、一緒に暮らしただけよ」と弁明した。

検察官は重ねて、「夫人が故ジョーンズ氏に交際を強要した」と主張した。ヴァン・タッセル夫人のほうも重ねるように、「ジョーンズがあたしに夢中で、あまりしつこく懇願するので、ついに降参したのよ」と反論する。さらに、「何度も何度も逢ったが、結局は別れたのです」とも話した。

陪審員名簿は、貧困救済の手段として、一部が困窮者の名前で構成されていた。わが地域では、法を犯すことと困窮に陥ることに顕著な一致が見られる。したがって、偽りの判断を生みやすい同情心が、一部の陪審員と被告人のあいだに、疑いなく生じてしまうと言われていた。

この裁判に関してもそれが生じたようだ。夫人の息子がジョーンズへの暴行加担を自白したにもかかわらず、息子は知能が低く証言能力がないと見なされ、陪審員は、検察側主張の裏づけ証言として認めなかった。そして評決となった——無罪の判断がなされたのだ。

ヴァン・タッセル夫人は足取り軽く法廷の後方へ走り、裁判官、陪審員、検察官、傍聴人を鋭く睨《にら》みつけると、法廷に来ていた人びとに向かって鼻を突き出し、そして泣いた。「取り残されたのは、あなたたちだ」そう捨て台詞《ぜりふ》を放った彼女は、まもなくメコスタから忽然《こつぜん》と姿を消したのである。

ヴァン・タッセルの一族はまもなくこの地域からいなくなり、砂の道《サンド・ロード》沿いには誰も住まなくなった。一帯では野生の生き物でさえ、住み続けるにふさわしからぬ、それぞれの面倒ごとを抱えていたのだ。

ロストレイクから市中に戻る道を行くと、やがて右手に浅い沼が見えてくる。ここもまた失敗の現場だった。土地の持ち主はこの沼沿いでジャコウネズミを飼うことを発案した。しかしその年八月の干ばつで、沼はほとんどが干上がってしまった。

持ち主はへこたれなかった。こんどは井戸を掘り、その上に風車を設置して水を汲《く》み上げ、その水を使ってジャコウネズミを飼うことにした。これも駄目だった。いつまで待っても風は吹いてこない。風車は回らず水は汲み上げられず、沼は干上がったままで、ついにジャコウネズミは死ぬか逃げるかして、事業は潰《つい》えたのである。

……ロストレイクにまつわる、人間の呪わしい運命と望みのはかなさの物語は、尽きることがない。ただもう、このくらいにしておくべきだろう。

さてわたしは、メコスタに四〇エーカーの森と牧草地を所有している。わたしはそこにアカマツやシロマツ、トウヒを育てようと努めた。努力は虚しかった。まず野ネズミに根をかじられ、続いて干ばつで被害を受けた。何とかそれらを切り抜けても、こんどは早すぎる春の雪解けとその後の寒波で、植えてまもない小さな木々は、どれも希望の樹液を凍りつかせてしまうのだった。

数年前の夏、わたしはデトロイトの英語教授である友人ピーターと一緒に、四〇エーカーの乾燥したわが土地に生き残った苗木《なえぎ》について、調査をしたことがある。

その日の天気は、こちらの読みが哀れな過《あやま》ちになったと、躍起になって証明したがっているかのようだった。天候は予期せず不穏になったのだ。ロストレイクへの道筋を往く者に対して、天気を司る精霊はいつだって企《たくら》みを秘めている。

調査の日にわたしたちが荒涼とした野原を歩いていると、強い風が吹いてきて、サトウカエデやニレの古い木立をひどく軋《きし》ませた。すると、どこからともなく巨大なグラウンドホッグ（友人ピーターにとって、見たこともない奇異な動物）が飛び出して——まるで悪魔が巣穴から身を顕《あらわ》すように——木々のあいだを走り抜けたのである。

立ち止まったまま、ピーターは用心深く周囲を見廻した。この荒れ果てた原野でなら、そのうち妖女ウィアード・シスターズを一瞥《いちべつ》する機会だってありうる、と思ったからだ。

「どうだろう？」彼は几帳面に、しかし断固としてこう言った。「もう、車に戻るのが一番ではないかな」

わたしは理解した。われらはただちに、荒れ地から去るための行動をとったのである。

解説

闇はわれわれのものだ

横手拓治

【凡例】

＊解説の執筆にあたっては、Russell Kirk, *The Sword of Imagination: Memoirs of a Half-Century of Literary Conflict,* Grand Rapids, Michigan: William B. Eerdmans Publishing Company, 1995. *The Conservative Mind: From Burke to Eliot,* Seventh Revised Edition, Washington,D.C.; Regnery Publishing, Inc., 1986. Compiled and edited by Charles C. Brown; *Russell Kirk: A Bibliography,* Second Edition, Updated and Revised, Wilmington, Delaware: Intercollegiate Studies Institute, 2011. を参照したほか、*The Conservative Mind* の邦訳『保守主義の精神』上下（中公選書、二〇一八、改訂七版対象）と同書訳者解説、中岡望『アメリカ保守革命』（中公新書ラクレ、二〇〇四）、会田弘継『増補改訂版 追跡・アメリカの思想家たち』（中公文庫、二〇一六）を参考とした。

＊伝記的事実は主として『想像力の剣』*The Sword of Imagination* に拠った。

＊引用は〈　〉とし、引用中の注記は〔　〕である。

＊本稿の引用・参照部分は、「幽霊譚についての但書」（第Ⅰ節）で寺下滝郎氏の助力を得たほかは、解説者（横手）が訳出のすべてを手がけている。――加えていえば、本書収録作品は、小説本文だけでなく各編中のエピグラフや引用箇所（有名な一節を含む）もまた、文章の統一感を念頭に翻訳者が新たに訳し下ろした。

＊第Ⅰ節は『ひらく』第二号（エイアンドエフ、二〇一九年一一月二五日刊）掲載文（筆名・澤村修治）を先駆形としたが、続く第Ⅱ節以降はほぼ書き下ろしである。

われわれはみな幽霊で満たされている、と、ラフカディオ・ハーンは言った。「生者であるわれわれは、人生のさまざまな季節のなかで、感情、思考、願望のかずかずを変化させ、成長させていく。しかしそれらはみな、他の人びと――多くは死んだ人びと――が経験した心情の波立ち、深慮のあれこれ、そして欲望や希望の、再構成や捉え直しにすぎないのだ……」。その意味で、死者はいない、と聖アウグスティヌスは私たちに示したのである。ラッセルの先祖はそれを文字どおりに受けとめた。

（ラッセル・カーク『想像力の剣』第一章「死者だけが私たちにエネルギーを与えてくれる」）

I　語り部としてのカーク

ラッセル・エイモス・カークはアメリカのミシガン州プリマスで、鉄道技師を父に、食堂のウエイトレスを母に生まれた。一九一八年一〇月一九日のことである。ささやかな勤労世帯の一夫婦は、この日、待望の長子に恵まれたのだ。

時代は第一次世界大戦の終戦時にあたっていた。ドイツと連合国による休戦協定締結（一一月一一日）は目前である。ハプスブルク体制が崩壊し、ロシアではボリシェビキが一年にわたり政権を維持していた。赤子はいわば歴史の転換点に生を享《う》けたことになる。カークは後年（七五歳での逝去翌年に上梓）の自伝『想像力の剣』において、生まれたのは〈社会的、道徳的秩序の古い殻にひびが入る頃〉だったと記している（同書からの引用は横手訳。以下同）。リベラリズムが圧倒的優位の戦後社会において、孤独な思想的営為を以て伝統と倫理に基づく社会の再建をめざした彼は、生誕時の歴史的状況に、生涯へ通じる象徴的な意味あいを認めたのかもしれない。

出生の地プリマスはデトロイト近郊にあり（フォートストリート駅から西へ鉄道で二〇マイル、とカークは説明する）、一八二〇年代、ニューイングランド人によって建設された。ミシガン州では比較的年輪を刻んだ地域といえよう。もっとも、カークの幼少年期までは人口三〇〇〇程度のごく小さな町であり、〈ハンサムな古い家々と木陰の道、ニューイングランド様式の広場がある静かなところ〉だったというから、まだ〈古い殻にひび〉は入っていない。

§

清貧のうちに思索を開始したとき、青年期の彼が抱いた問いは難題といえた。時代状況が彼の思想的方向性を利するものではなかったのは上記回想のとおりであり、加えて、生誕の国アメリカの事情が問いを複雑にしていた。人びとが個々に自由と機会を求め、社会的流動性の高い国アメリカ――その意味で「保守」の基盤が成立しにくいアメリカにあって、守らなければならないものとは何か。そこへの問いかけは安易な回答を拒絶する。

しかしカークは怯《ひる》むわけにはいかなかった。戦争や革命の惨状を目の当《ま》たりにして――そこにあらわれた人間の狂気を前にして、人類という精妙で神秘的な「複合体」（エドマンド・バーク）の危機が、到底看過できないものとして彼に迫ってきていた。もはや怯むことはできないのだ。そしてカークにとって、危機は大文字のものばかりではない。人びとの小さな暮らし、その日常性のなかにある「生活の流儀」や「精神の基調」をどう守ってゆくのか。この問いも同じくらい切実だった――カークが幽霊物語という、地域や家族に伝えられた「小さな話」に関心を抱いたのは、こうした心性と無縁ではない。

大文字と小文字を往還する姿勢こそ、近代保守思想の「ゴッドファーザー」ラッセル・カークの基底であり美質である。そして「反射し屈折する残光によってのみ知りうること」（コールリッジ）への想像力こそ、彼にとって、たたかいのための「剣」であった。本書が日本の読書人にカークの幽霊物語を届けんとする意味は、これらの事情と深く繋がっている。

ラッセル・カークは、エドマンド・バークの遺産が、リベラル陣営とのたたかいに「たえず敗北しながら」（彼の主著 *The Conservative Mind*〔邦題『保守主義の精神』、会田弘継訳、中公選書〕は、同書改訂第七版への序文でカーク自身が述べているとおり、原案が *The Conservatives' Rout*『保守主義の敗走』だったことは重要である）、アメリカにおいて、伏流水にも似た静かな流れを成していたことを跡づけつつ、併せて自らの保守思想を整序提示したことで名高い。カークは思想展開を通じて、〈リベラリズム、集産主義、功利主義、実証主義、個人主義、プラグマティズム、社会主義、資本主義〉と、およそ近代が生んださまざまイデオロギーへの批判を行い続けた（George H. Nash, *The Conservative Intellectual Movement in America Since 1945*）。完全な人間、無限の進歩という教義、規制や制約を憎み、目新しさや手っ取り早さを好む態度が、どのような荒廃をもたらすのかについて、深甚な考察を怠らなかった。そして、人間と社会の繊細な構成を度外視する「漠然とした一般化」に対しては、警鐘を絶やさぬ鐘楼守《しゅろうもり》であり続けたのである。

この過程で形成された彼の保守思想は、実は近年の「保守」潮流とも対立する内実を含んでいる。ネオコンがカークを目ざわりな、しゃくのタネ扱いしていることからも、両者の肌合いの相違は一定、推しはかれよう。政治的に台頭してきた新時代の「保守」とは、カークにしてみれば、結局はモダニズムの一異型にすぎないのだ。その潮流がもたらそうとするのは、画一化され標準化された「あきあきする世界」であった。そこには精巧さなどみじんもないし、退屈だとさえ彼ははっきり述べている。

カークは少数派を自覚し、またその位置にとどまりながら、地方の小村で思索を続けた。それは、くつがえし、破壊し、勝利を求め、熱狂するという、多数派志向者の火のような力の所産、それ自体から距離を取ろうとする在りようにほかならない。カークの思想は通常われわれが持つ保守主義のイメージとは趣を異にする。「故郷」を愛する保守陣営の一人として、その意味ではまぎれもない「愛国者」でありながら、彼は真珠湾攻撃後の日系アメリカ人の強制収容に怒りを発した。広島・長崎への原爆投下に衝撃を覚えて「文明の弔鐘《ちょうしょう》が鳴らされた」とまで言い切り、アメリカは蛮族になったと非難した。反戦主義者に投票したこともあるし、また湾岸戦争には明確に反対した。祖先の拓《ひら》いた孤村で生の大半を送り、その地に木を植え続けたすがたは（後述する）、こうした彼の「態度」と呼応するものがあろう。どちらも、合理と便宜がもたらす粗暴なありようが、時間をかけて形成された「繋がり」「豊かさ」を打ち壊すことへの、静かな、また本質的な抗議とみてよいのである。

§

カークの保守思想は、新保守の華々しさともリベラル系の賑々《にぎにぎ》しさとも離れた孤独な思索の道筋として、声低く語られ続けている。それがカーク逝去後の現在でもアクチュアリティを失っていないのは、たとえばマイク・ペンス（第四八代アメリカ副大統領）が、カークから深い影響を受けたと述べていることからも一端が知れよう。とはいえ本稿「闇はわれわれのものだ」の主たる関心は、彼の保守思想でもその現代的意味でもない。彼が世にあらわした、もう一つの側面のほうである。

ラッセル・カークは幽霊物語の作者として長短の小説を著し、少なからぬ読者を集めてきた。保守思想家が文学・美学・古典への深い関心を抱くのは、洋の東西に例示を事欠かない。推理小説家チェスタートン、詩人T・S・エリオットはもとより、「保守思想の父」エドマンド・バークにしても当初の活動拠点は文壇であり、事実上のデビュー作は『崇高と美の観念の起源』であって、彼は文学・美学者として歩みをはじめている。わが国においても、本居宣長、小林秀雄、福田恆存、江藤淳らが文学を主たる耕作地として筆業を続けたことは、いまさら指摘するまでもない。

カークもそうした一人であった。彼が『保守主義の精神』の大部分を書いたのは、〈セント・アンドリュースの幽霊が出る界隈やファイフ各地にあった古い邸宅で〉だと、同書一九八六年版の序文にある。一九四八から五二年にかけてのことだった。かくして誌されたこの主著は初版刊行が一九五三年であり、一方、幽霊物語の作家カークのデビューは一九五〇年六〜七月、『ロンドン・ミステリーマガジン』に発表された「切り株の背後」なのである（後述）。保守思想の思索と構築の時期は、幽霊譚「語り部」活動のはじまりと重なっている。

カークはまた、ミシガン州立大学のアカデミック・ポストを辞し（一九五三、三五歳時。学業基準をめぐる大学当局との意見の相違が機になった）、メコスタで在野の著述家としてすごすなかで、保守思想書の著作とともに、幽霊物語の創作を作者活動のメインフィールドの一つにした（作品リストは本稿V節）。これらの点はカーク思想にとって、存外、重要なことだと思われる。晩年に書かれた三人称形式の自伝『想像力の剣』でカークは、〈彼は啓蒙主義者でなく、その気質と精神構造は中世的なゴシック・マインドに基づくものだった〉と自己分析している（この認識は、陸軍人としてユタ州ダグウェイ化学兵器性能試験場に勤務したとき、実験による砂漠の惨状を前に示されたことは注意を要する。合理の冷酷が耐えがたい荒涼をもたらす現実がカークに迫っていたのだ）。そしてこう続ける。〈彼が追い求めたのは多様性であり、謎であり、伝統や由緒であり、畏怖の念を起こさせるものだった〉と。人間社会が豊かに抱いていた、魅力的で愛らしい、それぞれの「特殊性」。これらを進歩、平等、効率を合言葉に踏みつけにしていったのは、〈冷たい心と自惚れた頭〉を持つ啓蒙主義者たちだった。彼らは抽象的なものを全世界に押しつけ、時を経てつくられた精妙な文明の構造を打ち砕き、人間の心を荒廃させた。そのおそるべき様相に比べれば、かの惨憺たる砂漠は〈明るい場所であろう〉とさえカークは述べている。

こうしたカークの精神性こそ、バークを継ぐ伝統保守の大樹を育んだ深き豊饒の井戸だとみられる。そして彼の精神性が織りあげた稠密《ちゅうみつ》なる帰還の森こそ、死者と生者が織りなし幽霊譚の題材をもたらす世界なのであって、その森にたえず響き流れるカークの語りは、伝統主義者の思慮深い憧憬《どうしょう》なのだ。

ラッセル・カークには小論「幽霊譚についての但書」があり、自身の短編選集 *The Surly Sullen Bell*（一九六二、後述）の巻末に付載されている。そこでカークは、心霊研究文献や幽霊小説を横断的に紹介し、コメントを寄せながら持論を展開している。同論文は〈霊魂を自覚しなくなった大抵の現代人にとって、幽霊話は時代遅れのものとなっている。とくにアメリカではそうだ〉と書きだされる。古い信仰を捨て去り幽霊を奪い、代わりに科学を求め普遍を信じた人びとは、光り輝く甘美な現実に至るのか。闇の力や超自然の神秘を打ち捨てるのは、賢明なことだろうか。そうではない。なぜなら敬虔さを失った放縦は、抑圧的で単調な妄想、戦慄すべき〈質の悪い領域〉を招く可能性があるからだ。

摩訶不思議を軽んじた時代が、〈生首と血まみれの幽霊話よりも恐ろしい〉グロテスクを呼び込んだことは、〈ガウライターとコミッサール〉が行った事実を以てしても呈示できる。前者はナチスドイツの地方長官（「大管区指導者」と呼ばれた）であり、後者は主義逸脱の発見を厳密に実施した共産主義国の役人だった。光り輝くはずの世界に見出されたのは彼等の冷血であって、それを考えると、カークが描くように、〈底知れぬ深淵が口を開けつつあるこの時代、われわれは本物の恐怖を久しく晩餐に食し〉ながら、暮らしているというべきなのだ。

かくしてカークの批評精神は、近代のイデオロギーが生み出した〈底知れぬ深淵〉と対峙するなかで獲得した広範な知的関心を背景に、敬虔さへの回帰をめぐり幽霊譚の意味を再設定する。そして彼のナイーブは、それを文芸という方向に向かわせる。〈幽霊の出現が持つ意味を推測するためには、なおも文芸作品、すなわち、フィクションに訴えなければならない。結局、芸術は人間の本性なのである〉とは、幽霊譚のすぐれた語り部カークの、端的かつ決定的なマニフェストである。

哲学者ジョージ・サンタヤナが説明するごとく、心霊現象によってわれわれは〈過去の出来事の影やあらわれを読み取る〉のだし、そして、作家ジェラルド・ハードがいうがごとく、〈良質の幽霊物語には、その基本に、人間存在のあり方に関する明確な前提、神学的な仮定がなければならない〉――すなわち道徳的、神学的な目的を宿す必要が求められるのだ。こうした観点は、「伝統主義者」カーク〈なおこの言葉は、ネオコンがカーク流の保守主義を否定するさいにも使われた〉の正統というべきであろう。

ただ一方で、ラッセル・カークは次のように読者へ告げることも忘れていない。それは幽霊譚実作者の真骨頂ともいえる立言なのである。

〈フィクションの幽霊話は、「事実の記述」と違って、プロットやテーマや目的を持ちうる。ゆえにあれこれの幻影や祟り、千里眼の事例が仄めかしていると思われる数々のヒントを、一定のパターンにつなぎ合わせることができる。過ぎ去った悪の現実に、また不条理やむくいに、鋭く触れることができる。そして、実証主義的心理学者が見て見ぬふりをする人間の行為や欲望のさまざまな側面を、明らかにすることができるのだ。加えて言えば、極上の物語となりうるのである〉

カークは作家生涯を通じて、人間の〈さまざまな側面を、明らかにする〉、〈極上の物語〉をめざし幽霊譚を紡ぎ続けた。そのいくつかが〈極上〉たりえているのは、それらが、すぐれたヒューマン・ドキュメントだからにほかならない。

§

幽霊物語作者カークの存在は、保守思想家カークに寄り添っている。本書はその意味を探る一書となることを望んでおり、本稿「闇はわれわれのものだ」もその目的を意識して綴られる。前記しまた後述もするように、幽霊譚作者の初発と成長は、彼の思想的揺籃・進展と時期的に重なっており、双方のいきさつは切り離して語ることができない。ゆえに本稿は向後、『保守主義の精神』（以下 *The Conservative Mind* と表記）が産声をあげるまでの事情もまた、紙幅の許す範囲で追ってゆくことになろう。

II 想像力を育んだもの

ラッセル・カーク誕生の家はプリマスの駅前にあった。バンガロー風のプレハブ住宅で、シアーズ・ローバック社がラッセルの母方祖父フランク・ピアースに販売した家屋である（すなわち、元はフランクの住居だった）。美しいオーク材で組み立てられ、煉瓦製の暖炉と高い煙突を持っていた。室内には鉛ガラスを使った本棚と食器棚、そして、居間には重いオーク一枚版の椅子が据えつけられてあった。駅のそばというのは、「昼も夜も、十数メートル先で蒸気機関車がシュウシュウと音を立てていた」という幼子《おさなご》の記憶からも知れよう。庭には巨大なハコヤナギの木が三本、まるで家を守る砦のように立っていた。

ラッセル・エイモスがまだ幼少の頃、一家三人は、プリマス北端にあった水車堰に面する粉屋の家へ転居している。ギリシャ復興様式の古い建物で、広い芝生の庭を擁し、裏手にはネズミが出没する薪小屋もあった。五〇年近く使われず放置された共同墓地がそう遠くない場所に広がり、不思議な墓石が並んでいた。少年ラッセルは、祖父のフランク・ピアースとともに、しばしばそこをさすらった（後述する）。それは後年のラッセル・カーク——とりわけ本書収録の幽霊物語を紡ぎ出す作者カーク——が心を込めて取り組んだ、「死者とのコミュニケーション」のはじまりだったとも考えられよう。

父方の一族はエディンバラとギャロウェイに出自を持つスコットランド人だった。新大陸に渡ってから〈一世紀半の時を経ても、言い回しや人間性の点でスコットランド系の特徴を残して〉いたと『想像力の剣』にある。父系のカーク家・シモンズ家は元来ミシガン州南東部の農民や農場労働者で、誰もが〈古い家屋や古い森、古い田舎道〉に愛着を持ち続け、古来の田園生活へのこだわりは〈ローマ的敬虔さを表現する〉ほどだったという。父方の祖父にあたるジョンとモードは、〈ものすごい白髪の眉を生やした〉老人にして〈気のきいたスコットランド人〉であり、人知れず善行を尽くすのを当然とする〈地の塩〉だった。二老人が象徴する父系の人びとは、近代工業化時代を生きるうえで、あまりにも淳朴な克己心や倫理観を抱き続けていた。それもあって一族は、〈デトロイトから押し寄せる工業主義の潮流に抗したが、うまくいかなかった〉のである。

ラッセル・エイモス・カークは人生を模索するなかで、四年間の軍隊時代を経てミシガン州立大学の教員となったが、まもなく大西洋を渡りセント・アンドリュース大学の研究生になる道を選んだ。移った地で主著 *The Conservative Mind* とともに、本書収録作を含む幽霊物語の多くを書いている。物語のなかにはスコットランドの古い街区や建築物、あるいはその地で出会ったスコットランド人のイメージが複雑に織り込まれており、本書収録作の成立にとって彼のスコットランド体験は決定的な意味を持つといえよう。その留学動機の一つに彼は、自身が父系を通じてスコットランドの家系の出身だった点を挙げている（『想像力の剣』）。カークという作者を捉えるうえでこれは重要な観点になると考えてよい。

§

カークの父アンドリューは、上記した「田舎者」の一族に生を得た人間であり、田園生活の秩序を重んずる要素はもとより、確としてあった。ただ一方で産業化が進む時代の子だったことは、その生涯にいくつかの影響を与えた。当時の庶民階級の男児が多くそうであったように、アンドリューも学校を六年間通うことなく働きだしている。若い頃は獣医、ボイラー技師、葬儀屋の見習いを経験し、それらを経て、デトロイト、トレド、エリーの操車場で貨物列車をシャトリング（短距離での往復）させる仕事に就いた。しかしそこでの規律づくめ仕事内容になじめず——父は本来、馬を扱う仕事をするほうが好きな人間だった——まもなく辞めている。その後にペール・マルケット鉄道（のちチェサピーク・アンド・オハイオ鉄道に吸収）で鉄道技師の職を得、ようやく落ち着くのだった。

長男エイモス・カークが生まれたのはこうした時期である。以後鉄道員として人生の大半をすごした父は、物腰が柔らかく、親切な男だったとカークは『想像力の剣』で回顧している。三人家族が粉屋の家ですごした時代、〈大きなオークの木陰で、幼い息子と一緒に横たわっているときが、おそらく〔父にとって〕最も幸せな時間であったろう〉とも。

母マージョリー・レイチェル・ピアース・カークはピアース家の出身で、同家の三世紀にわたるアメリカでの歴史について『想像力の剣』は、〈「貧乏人の短く簡素な年譜」とまではいかないものの、有名な人物の歴史というわけではなかった〉と端的に記している。無名の詩人や南北戦争での大佐を出しており、彼らは〈印刷物にはほとんど登場しないが、隣人に影響を及ぼす人びと〉とはいえた。一族は農民と大工がほとんどだった。もっともマージョリーの父フランク・ピアースは鉄道レストランを経営しており、彼女はそこで働いていたのである。レストランは家族の家（駅前のプレハブ住宅）と鉄道駅の中間にあった。マージョリーは優しくロマンティックな女性であり、良い詩を読む母親だったと『想像力の剣』は記している。

後年この母は、大学生へと成長し離れて暮らす息子に――電車を使い一時間で行けるミシガン州立大学に、両親は一度も行ったことがなかった。〈彼らにとって大学のキャンパスは異国の地だったのだろう〉と『想像力の剣』は書いている――おずおずと（一方で希望を込めて）こう尋ねた。妹キャロラインが生まれるまでの七年間、母子がすごした日々についてである。「本をたくさん読んであげたし、二人きりでずいぶんおしゃべりもした、あの時間を覚えている？」。しかし青年カークは情け容赦なく答えた。「いや、覚えていない」。感傷を嫌ったのだ。母は悲しく応じた。「覚えてくれていると、いいんだけど」。青年は必ずしも無事な生育をしたわけではない。三歳の頃に腎臓病で生死のあいだをさまよい、バナナ一本でも口にすると命を落としかねない深刻な病状に陥っている。その彼に献身的に尽くしたのはこの母と祖母だった。その思い出をけちらすように、ひとり立ちしようとしていた息子は、母親につれなく当たったのだ。

ただこのやりとりは、きめ細かな感受性を持つ青年自身をもまた、深く傷つけた。〈最も愛してくれた人に、彼はなんという愚か者だったのだろう〉と『想像力の剣』に見える。それから五年経ち、陸軍に入ったラッセル・カークは、遠くで暮らす故郷の母に手紙を送った。家にいるときは恥ずかしくていえない内容だったという。そのなかで彼は、六年前に果たせなかった答えもまた送ったのだ。「ママ、覚えているよ。キャロラインが来る前の日々を」と。母は腸癌でこの世を去ろうとしていた。メッセージは間に合ったのである。死の前日だった。

一七歳のとき奨学金を得てミシガン州の農業大学(のちミシガン州立大学)へ入学し、故郷を離れたラッセル・カークにとって、両親との時間的・空間的交流は厚いとはいえない。しかし両親の存在は彼にとって心の灯火《ともしび》であり宝だった。つつましい庶民の家に生まれた赤ん坊に、両親は実際、多くの愛情を注いだのだし、成長するなかで少年は、父親から〈忍耐の美徳〉を、母親からは〈想像力〉を授けられたと懐かしく回想している。

§

少年の母方祖父フランク・ピアースはレストラン経営を経て銀行家になった。少年ラッセルの精神形成に他の誰よりも影響を及ぼした人物として、彼は『想像力の剣』のなかで特記されている。フランクはミシガン州南西部の丸太小屋に生まれ、両親とともにメコスタに移り住み農場で働いた。学問はほとんど独学で身につけ、やがて銀行界に職を得る。職務に精励しついにはプリマス合同貯蓄銀行のノースエンド支店長に至った。

彼の旧宅(ローバック社が販売したバンガロー風。前記)の本棚には、マコーレー、ビクトル・ユーゴー、ディケンズ、マーク・トウェインなどの書物が並んでおり、うち全三巻のリドパス『世界史サイクロペディア』は、ラッセル少年の〈歴史認識への入門書になった〉。この祖父の書斎にはまた、『書斎人』や『文学ダイジェスト』も置かれていた。〈これらの本がフランク・ピアースの本当の友であった。というのも、ピアースは地元に多くのファンを持ったが、同世代のほんとうに親しい人はいなかった〉からだ。そうした祖父が心をひらいて対話を行った人物こそ、孫のラッセル・エイモス・カークだった。クリスマスにフランクは、ヴァン・ルーン『人類物語』やH・G・ウェルズ『歴史概説』を孫に贈った。もっとも早熟な孫は後者について、〈非常に興味深いものの、誤った考えであることを感じ取〉ったと、後年述懐している。

なお祖父の書斎テーブル上にあり、少年にとって、後年決定的な役割を果たしたものがある。先祖代々のタイプライターだった。カークはこれを使って *The Conservative Mind* をはじめ重要な初期作品を執筆したのだ。本書収録の幽霊物語の多くも、その古いマシンが文字を打ち出したはずである。

祖父フランクは小柄で丸々とした体つきをしており、何事にも物怖《ものお》じしない硬骨漢だった。町の主要産業を担うデイジー・エアライフル社に無料で水を供給する提案が議会でなされたとき、フランクはこの特別扱いに憤然と反対し、否決に導いたこともある。地元の経済界はこれに怒り、彼を銀行から追放する要求も出た。しかし銀行の頭取は公明正大なフランクを支持したのである。小さな町の銀行員フランクはまた、融資を受けられなかった若夫婦や資産のない人たちに対して、自分のポケットから無利子で金銭を貸すことがあったという。産業界には毅然とした態度に出たが、思いやりのある面も宿していたのだ。

少年カークは、人間性豊かなこの老紳士と一緒に遠方まで当所《あてど》なく散策しながら、さまざまな対話を行った。古い哲学者同士がやるように。その交流の日々を『想像力の剣』は実に印象ぶかく記している。

〈二人は、西に向かって氷河の堆石をのぼり、東に向かって鉄道の敷地を渡り、廃墟となった水車堰（第二次世界大戦中の巨大工場の建設で消えてしまった）があるひと気のない渓谷を尋ねながら、忘れがたい会話を交わした。若さや老いについて、進歩という概念、リチャード三世の不義、不死の願望、夢の意味、海はなぜ沸騰するのか、豚に翼はあるか、など話題は尽きなかったのである。そして何より老紳士は、少年に慈愛と不屈の精神を教えた。それは説教によってではない――むしろ自ら模範を示すことによってであった〉

自信と威厳の持ち主にふさわしい悠然たる祖父フランクの人生は、晩年にあたり〈唯一の敗北〉に見舞われた。マシンガンを持った二人組の強盗に襲われ、はからずも彼は、金庫を開けざるを得なくなったのだ。この事件は『想像力の剣』で比較的多く筆が割かれており、少年カークの心に刻印するものが多かったことをうかがわせる。〈〔フランクは〕金庫を開けてしまった自分を許せず（誰も彼を責めはしなかったが）、三年後、エレベーターのなかで心不全にて急死した〉と失意の最期も描かれている。自責の念を負ったせいであった。深慮のうえに築かれたフランクの生をいとも簡単に破壊したこの強盗事件は、孫にとって、〈初めて時代の混乱をまざまざと見せつけられた出来事〉として強く記憶された。少年は、時の試練を経て形成された秩序や穏当——それが壊れるときの悲しみと痛みを、深く知らされたと述べている。

傷ついた少年が向かう先はどこだったのか。文章を書くことであった。その選択には思想家カーク登場に至る道筋が含意されている。人間の摩訶不思議さを破壊する啓蒙と合理に抗《あらが》い、死者と生者とこれから生まれてくる者を繋いで公共の平穏をもたらす「古来の定め」を擁護《コンサーヴ》する。そのために、たたかいの場へ踏みだすことを意味していたのだ。保守主義者ラッセル・カークはその営為を、〈冒険《アドヴェンチャーズ》〉と『想像力の剣』に記している。

〈乱れた世界での冒険《アドヴェンチャーズ》のはじまりである。祖父が亡くなる前、ラッセルはすでに作文コンクールで入賞していた。やがて彼は、「水の詩人」(1)が残した言葉の意味を学ぶことになるのだ。「ペンは最も危険な道具《ツール》である。／どうみても剣より切れ味がよく、／鞭や棒よりよほどぴしりと相手を打つ。」〉

§

フランク・ピアースとの深い精神的紐帯は、母方ピアース家との繋がりの深さを指し示すものでもあった。それに関する挿話のなかに、幽霊譚作者の淵源の一つをなす逸話も見出せる。少年カークは小さい頃から、母親と一緒に電車に乗り、母系一族の拠点となった北方の寒村メコスタ

(1) ジョン・テイラーのこと。

を尋ねていた。メコスタとはポタワトミ語で「子熊」を意味する(本書収録「ロストレイク」に関連記載がある)。一帯ではかつて子熊を番犬扱いにして、大人の熊になると森に返す家もあった(トクヴィルの文章にこの話が出て来る)。

メコスタは母系曾祖父の一人エイモス・ジョンソンが建設した。彼の叔父でミシガンの材木王だったジャイルズ・ギルバートが開拓に着手したが、より豊かな森林を追ってジャイルズがオレゴン州へ渡ったあと、家族とともにメコスタにとどまり、村の建設事業を引き継いだのがジョンソンだった。彼は〈沈痛なまなざしと赤い髭を持つ巨漢〉であり、メコスタ村の建設者として初代村長に選ばれている。少年カークがメコスタを尋ねるようになったとき、ジョンソンの妻エステラはまだ存命しており(大女優のような風格の持ち主だったという)、二人の娘とともに白松《ホワイトパイン》材づくりの屋敷に住んでいた。

ジョンソン家の屋敷は村の西地区にある敬虔の丘《パイエティ・ヒル》(川沿いの酒場に通う飲んだくれたちによってそう名づけられた。本書収録「ロストレイク」の描写参照)に建っていた。その家には特徴的な出窓と、フランス第二次帝政期に作成されたとおぼしきマホガニー製円卓をはじめ数々の古い家具、セージとペパーミントの香りがする台所、不思議な装飾が付されたコーナーがあった。たくさんの古書とアンティークの玩具があり——エイモス・ジョンソンのニッケルメッキのピストルもあって、少年カークのお気に入りとなった。

壁に描かれた先祖の顔はまるでデスマスクだった。もっとも少年は狼狽するより、そこから

〈エネルギーのようなものをもらった〉という。高い台座にはプラトンやホメロスの胸像が、まるで周囲を見おろすように掲げられていた。少年カークにとっては屋敷全体が〈限りなく古いものに思えた〉。古人の願いや虚栄心、忘れ去られた期待、挫折した野心が混交した、奇妙な空気が確かに漂っていたのである。

この「古い屋敷」ではかつて降霊術が行われていた。ジョンソン家やピアース家とその周辺には、ニューヨークから神秘主義者スウェーデンボルグの教えや、スピリチュアリストの教義が伝わっており、パイエティ・ヒルにはスピリチュアリスト教会が建てられた時期もある（火事でまもなく失われた）。〈一八八〇年代と一八九〇年代に、ジョンソン屋敷は交霊会の中心地になった〉と『想像力の剣』に見える。降霊術はエイモス・ジョンソンが亡くなる一九〇〇年には行われなくなった。ただし少年カークが通っていた時代にも、その〈記憶と影〉は充分残っていたのだ。

屋敷で交霊会のさい使用されたものに、少年は実際触れてもいる。その一つが、あの世からのメッセージが浮かび上がる石板だった。石板は二つ重ねて使い、降霊術によって内側の面に文字が現れる。霊媒師（当時は巡回霊媒師がいた）の媒介により文字を浮かばせることで、一家はたとえば、南北戦争で行方不明になった縁者（エイモスの兄）に何があったのかを知ろうとしたという（降霊術の場面は収録した「リトルエジプトの地下室」「ロストレイク」に登場する）。

スピリチュアリズムがさかんだったパイエティ・ヒルの屋敷では、より大胆な超自然的現象も起きていた。ある日、スピリチュアリストのサークルに属する男が、弾き方も知らないでバイオリンを持ってきた。するとこの楽器は見えない手によって奪い取られ、天井まで運ばれると、そこで弓が弦を鳴らしたという。また曾祖母エステラはふかふかのソファに座ってスウェーデンボルグのテクストをよく読んでいたが、ソファと一緒に空中浮遊することもあったと伝えられる。エステラは自身が霊媒師でもある。少年カークがメコスタを頻繁に訪れるようになった頃、この老婦人は、夕食を終えるとすぐに自分の寝室へ戻る習慣があり、奇妙なことだと少年は思っていた。エステラの逝去後、ようやくそのわけを聞かされた。〈毎晩、部屋で死者と会話をしていた〉と。

パイエティ・ヒルの屋敷は村人から霊的現象に包まれていると噂され、近所の子どもたちは、夜に家の前を通ると、おそろしさから全速力で走ったという。不気味な現象は実際、家人の多くが体験していた。

実はカーク自身も八歳か九歳の頃、不可思議な出来事に遭遇している。クリスマスの夜で、家は訪問宿泊客でいっぱいだった。それで少年カークの寝場所は、玄関近くの応接室にあるソファとなった。続く場面は『想像力の剣』から引く。

〈眼鏡を床の上に置き、彼は布団のあいだにもぐり込んだ。外は雪がしんしんと降っている。部屋に面して大きな出窓があり、妙な気配がして少年はそちらに目をやった。窓の外に二人の男が立っていた。一人は長身でひげを生やし、背高な帽子をかぶっており、もう一人は背が低く、丸い帽子をかぶっている。二人は窓ガラスに鼻をくっつけて、部屋のなかをじっと見つめていた〉

真夜中である。しかもこの天候のなか、外から覗く者は誰だろう。目の錯覚に違いない、と少年は思い、眼鏡をかけ直した。でも二人の顔はまだ窓にある。だったら幻影なのか。あるいは、たまたまの自然現象が引き起こしたのかもしれない。たとえば、窓の近くにある木の枝が雪をかぶって垂れ、人の顔のように見えることで生じたとか……。

〈ベッドから起き上がり出窓まで行く。そして二人の男と鼻を突き合わせることで、この仮説は検証できるかもしれないと少年は思った。ただそれによって得られる事態について、少年には快い予感が持てなかった。もう一つの方法は、裸足で家を出て、雪をかき分け出窓の前まで行き、侵入者に対峙することだ。しかしこの方法も少年には気に入らなかった〉

仕方なく少年は眠りに就いた。ほかにどうすることもできなかったからだ。翌朝早く、少年は、怪しい男のいたあたりを調べに行った。雪のなかには足跡一つない。そして、出窓には枝が垂れた形跡もなかったのである。

この体験をカークは、分別のつく大人になるまで誰にも内緒にしておこうと思った。しかしあるとき彼は、ふとした会話のなかで、年老いた叔母フェイから似たような話を聞かされたのだ。フェイは幼い頃、出窓の外のところで謎の二人の男と遊んだという。二人はキャディ博士とパティという名前を持っていた。博士は背が高く、髭面《ひげづら》で高い帽子をかぶり、パティのほうはずんぐりしており、髭を剃りターバンを巻いていた。まさに「でこぼこ」コンビだが、化け物の訪問者とはいえ家族に害を及ぼすわけではなく、ただ小さい子どものもとへ現れ、ときに遊んでくれるというのが話の要所であろう。

ラッセル・カークは、大学教員を辞めた三〇歳代半ばからパイエティ・ヒルの屋敷に移り住み(一九五三)、以降はそこで生涯を送り、閉じている(一九九四)[2]。屋敷は彼が継承したのだ。そしてかの化け物伝説も——。カークの長女モニカは二歳のとき、第二応接室から外の芝生に向かって手を振った。「ハイ、パティ!」と呼びながら。そして幼女はこうも言うのだ。「パティは背の低いひとよ!」。〈パイエティ・ヒルには三世代にわたって妖怪が住んでいるのか〉とカークはコメントしている。もっともこの妖怪は、無邪気な者のもとにしか現れないようだが。

カークの子ども時代は、摩訶不思議と愛情に満ちた、神秘的ともいえる一族の思い出がつまったものだった。ミシガンの田舎で彼は、死んだ祖先と生きている一族に感謝しながら生育した。郷土性をおびた自然に囲まれ、人びとが織りなす鞏固な生活体への信頼が彼の心性を支えてきたのである。それは古い秩序がもたらす永遠の時間にひたりながら生きることであり、時代の喧噪、進歩という一般潮流に惑わされない質実の生だった。

死者とのコミュニケーションは、生者の息づかいにも増して、彼にとって豊かなものに思えた。そのなかで彼は、過去の残響として幽霊がいることを理解したのだ。かつて生命を宿していた存在のわずかな影、「心霊現象」の豊かさは、彼の想像力に決定的な印象を刻むのである。かくして築かれた基底は、物語作家への道程を彼に指し示した。

そしてまたこれらの事情は、富裕層とは無縁な、庶民のなかの庶民というべきラッセル・カークの肖像をわれわれに伝えてくる。保守主義がもっとも忠実な支持者を得るのは田舎である、と彼は書いたが、その意味でカークは健全な田舎者の在りようを保ち続けたのだ。先祖の土地と建物を継承し、自らの根拠地（「思想的」にも！）となったメコスタで、彼は生涯を通じて、自身の手でひたすら木を植え続けたという。その姿には、どこか哀感さえ含んだ懐かしさがある。

表現者という視点から、さらにこうもいうことができる。少年期の体験を通じて、幽霊という現象は事物の本質の一部だとカークは理解した。この把握は幽霊物語のすぐれた作家カークの登場を促したと同時に、過去と現在、人間と社会の在りようを省察し、保守の精神《コンサヴァティヴ・マインド》の検討に向かう思想家カークを準備したはずである。その意味で両者は不可分だと、改めていわねばならない。

カークは満四五歳時に結婚した（一九六四・九・一九）。パイエティ・ヒルの当主となった夫は花嫁にこう語っている――〈闇はわれわれのものだ〉。

Ⅲ　スコットランド時代

ラッセル・カークはミシガン州立大学を卒業（一九四〇）したのち、ノースカロライナのデューク大学へ進んで『ロアノークのランドルフ』*Randolph of Roanoke* にて歴史学修士号を得る

（2）四月二九日。

と（一九四一。八か月という短期間で書かれたが、後日、二度出版されることになる）、陸軍軍人として四年間の軍務に就いた。ダグウェイにあった砂漠の試験場（既述。マスタードガスなどを取り扱った）で主たる軍歴を重ね（三年間）、軍曹まで達している。

第二次世界大戦後は、一九四六年にミシガン州立大学の教員（アシスタント・プロフェッサー）に就き文明史を講じることになった。もっともこの教員時代、彼はテニュアトラックに乗る取り組みも、給料の増額を求めることもせず、ごくマイペースですごしている。友人とブックショップ（古本屋）を立ち上げ運営するなど、興味ぶかい逸話もあったが（この体験については収録作品「影を求めて」解説のなかで後述する）、少なくともアカデミーにとどまろうとする強い意志を抱いていたわけではなかった。その意味で、彼はまだ彷徨のなかにいたのである。

そうしたとき、たまたま、セント・アンドリュース大学の博物学教授ダーシー・トンプソンが自らの大学町について述べた、次の文章を目にした。〈そこは船乗りの町、織物の町であり、市場の町、戦いの前線の町であって、ほかにもいろいろな相貌がある。ただしセント・アンドリュースは、そのいずれでもない〉。続けてダーシー卿は、この古い町について、「何世紀にもわたり良くも悪しくも学者の町だったし、昔は王や枢機卿の町であって、修道士の聖徒や隠者は一〇〇〇年よりもっと前から数多くやって来ていた」と記すのだった。

記述はカークをつき動かした。彼はさっそくセント・アンドリュース大学の事務局に手紙を出すのである。そのなかで、スコットランドの家系であることに加え、ウォルター・スコットやロバート・ルイス・スティーブンソンをよく読んできたし、ジョージ・スコット＝モンクリフ（当時、現役のスコットランド人作家）の本にも親しんでおり、影響を受けたことを書き、研究生として受け入れてくれないかと問い合わせた。

まもなく簡単な書式が送られてきた。彼は文学博士の候補者として入学を許可されたのだ。論文はエドマンド・バークの思想について書くと決めた。これが主著 *The Conservative Mind: From Burke to Santayana*（一九五三年上梓。二版以降の副題は *From Burke to Eliot*）に結実したことは、改めて告げるまでもない。カークのセント・アンドリュース来着は一九四八年である。カークを同大に誘ったダーシー卿は、彼の来校前に没していた。

関連していえば、*The Conservative Mind* が出版されたとき、大学のジャック・ウィリアムズ教授（カークはこの教授に博士論文の章立ての草稿を次々と持ち込んで、見てもらっていた）は大いに喜んだ。ただし一言、〈この本はバークのキリスト教信仰をやや強調しすぎているように思う〉と付け加えることも忘れなかった。カークの思想的著作や社会批評、そして本書の対象である幽霊物語にしても、こうした批判的視点は時折投げかけられる。この問題については、『想像力の剣』に出てくる証言を次に紹介しておく。母系ピアース家の人びとについて書いたものだ。

〈［マサチューセッツ湾植民地にはじまる］ピアース家の先祖は、多くの似た立場の人びとと同様、まず会衆派教会に流れた。その後、ニューヨークの「焼け野原」滞在とミシガンへの移住のなかで、よりエキゾチックで多様性に富む宗教体験を重ねてきた。ラッセル・カークがミシガン州プリマスに生まれる頃、ピアース家の人びとは教会に通うのをやめていたが、一族は疑う余地のない道徳的習慣を維持していたし、この世を超えた世界があるということへの、漠然とした、しかし揺るがぬ理解を持ち続けていた。もっとも、ラッセル自身は四五歳になるまで、洗礼の儀式を受けていない〉

この記述を見れば、ラッセル・カークの「キリスト教信仰」(彼の保守思想と深く結びついている)は、生来の護教的姿勢に基づくものではなく、人間と社会の本来のありかたを見つめるなかから獲得していった事情が察せられる。保守と宗教という観点からもその把握は重要である。なかでも、彼の洗礼が四五歳とかなり後年だった事実からは(*The Conservative Mind* 発表からもだいぶあとだ)、思想上のさまざまな考察が生じうるはずだ。

§

さて、スコットランド時代のカークは、ファイフ地区(セント・アンドリュース大学の所在地でもある)のいくつかの古城やカントリーハウスにゲストとして滞在し、論文執筆に精励するとともに、個性豊かなスコットランドの人たちと交流した。『想像力の剣』では、中央高地《セントラル・ハイランズ》を旅していたときの体験として、気のいい地元民と大衆酒場で宴《うたげ》をくり広げた出来事——最後には取締る側の警察官も勤務外にやって来て、一緒に飲み、みんなで歌いだした一夜の経緯が、面白おかしく記されている。

一方でカークは、幽霊が出るといわれた城や屋敷を訪ね、不思議な出来事、語り継がれた伝説を集めて回った。その探索行はファイフにとどまらない。スコットランドのガロウェイ、パース、アンガス、アバディーンシャー、ロージアン、[3] ピーブレスシャーの各地、ヘブリディーズ諸島[4]のエッグ島、[5] イングランドのヨークにある牧師館、さらにはイタリア・ニンファの〈廃墟に囲まれた中世のパラッツォ・パブリコ〉[6] まで足を伸ばしたというから、パイエティ・ヒルで培った興味は、*The Conservative Mind* 執筆時にも衰えることがなかった。もっともファイフ時代は、幽霊物語の作者として実作が雑誌に掲載されだした時期とも重なる。自身の興味関心という動機を超えて、小説の題材を求め各地のオカルト現象を調査した面は充分ありうる。

カークが経巡《へめぐ》ったなかでも、やはりセント・アンドリュースを含むファイフは強い印象を残したようで、『想像力の剣』でも第四・第五の二章において、多くのページを割いて扱っている。採集した事例を紹介しながら〈お化けの町〉について生き生きとレポートしており、たとえば、第四章の冒頭付近にはこうある。

〈セント・アンドリュースはスコットランドで最も多く幽霊がおり、怪奇現象を受け入れる町だと

(3) エディンバラがある。
(4) スコットランド西岸に広がる島嶼部。
(5) そこで青ざめた王と王子を見たという。
(6) 市庁舎。

いわれる。またおそらく、世界で最も多くの幽霊に囲まれながら、人びとが普通に暮らす町といえよう。市中では、漬物にされた枢機卿、窓から放擲された修道院長、堆肥に埋められた修道士、焼かれ、溺れ死んだ魔女、苦痛のすえ殉教した新教徒……ほかにも多くの不気味な因縁が招く亡霊が、あちこちの路地を歩き回っているとされた。もっとも、司教の城にある狭い地下牢は、〈カークが来た〉一九四八年には、揺れるランタンの不気味な光によってのみ内側を覗ける仕掛けが付され、それは一連の怪しげな伝説を提供して、信心深い人びとを楽しませる工夫でもあったのだ〉
〈重厚な蔵書をほこる大学図書館はジェームズ六世から贈られた施設だが、一八世紀に階段の手すりで首を吊った管理人の亡霊が、そこには住みついていた。事件当時の大学の評議委員会は、この自殺者の骨を〈罰として〉階段の上部に吊るし、そこを永久の墓所とするように命じた。しかし、第二次世界大戦のさいドイツ軍の爆弾がその階段に落ち、階上の墓所は崩れ落ちた。これを機に二世紀にわたる仕置はもう充分であると判断され、管理人の遺骨はついに埋葬された。それ以来、亡者の不穏な精神が図書館内の議事用大ホールを徘徊することはなくなったのである〉
古き在りようを守り、古いやり方を維持してきたファイフの町――「進歩」の破壊行為に抗してきた町だともいえる――には、こうした奇怪な伝説に包まれた建物がたくさん残っていたのだ。
カークの行動は、ファイフで、古城や歴史あるカントリーハウスに住む旧家の人たちと知り合うことにも結びついた。そのうち三つの家族とは一時《いっとき》の訪問を超えた親密な関係を築き、スコットランドを去った後も続いてゆく。ケリー城のロリマー家、デュリーハウスのクリスティ家、バルカレス邸のリンゼイ家であり、セント・アンドリュース大学の研究生カークは、それらの家に数週間から数か月、ゲストとして滞在した。

ロリマー家が暮らすケリー城は大部分が一六世紀に建立され、一四世紀建造の一塔を含む三つの塔と、湾を眼下に望む高窓が特徴的な〈平和で美しい、夢のような〉場所だった。電気などの近代的な設備はなく、冬は充分寒かったが、ロリマー家の人びとは〈そのことに気づかなかった〉という。〈きわめてカトリック的な一家であって、G・K・チェスタートンがもしそこにいたら大喜びしただろう〉とカークは回想している。

クリスティ家はロリマー家と親交があり、その紹介で縁が出来たようだ。古くからの農業地帯デュリーに豪邸を構えていた。このデュリーハウスは一八世紀のアダム様式を完璧にふまえた邸宅だった。壁の石積みは初期スコットランド仕様で、水に濡れると心地よい紫色に変わる。近くの小高い丘には、古式を伝えた気品あるドゥーコット（鳩舎）があり、巨大穀物庫や他の農事舎を眺めおろすように建っていた。

リンゼイ家のバルカレス邸はケリー城から西へ数マイル、デュリーハウスから東へ数マイルのところにあった。外観の多くは一九世紀の建造で、前二邸と比べてさらに大きいがそれほど美しいものではなかった、とカークは感想を記している。ただなかへ入ると、一六世紀末の様式を伝える広間があり、家具には素晴らしい彫刻が付されていた。邸内は想像力をかき立てられる絵画と古書の宝庫で、まるで博物館だった。それもそのはずで、当主デイヴィッド・リンゼイ（第二八代クロフォード伯爵、第一一代バルカレス伯爵）は、国立美術品収集基金、国立美術館をはじめとして学問・芸術分野で高い地位に就いていたのだ。もっともカーク訪問時の当主夫人メアリー・リンゼイ（デヴォンシャー公爵家出身）は質素倹約を好み、使用人がいることをむしろ嫌ったという。

これらの古い家にもそれぞれ心霊現象の伝説があった。『想像力の剣』から次に引く。

ケリー城に出るといわれた幽霊は〈城の不気味な美しさと調和していた〉。

〈それは最も古い塔の壁のなかから出てくる一足の赤いスリッパで、かつて、建物内にあるスコットランド式螺旋階段を降りるときに使われていた。エドワード王朝時代の画家ジョン・ロリマーは、この塔の最上階をアトリエとして使っていたが、夕暮れどきに大広間へ降りるさい、赤いスリッパの化けものに出くわすのを恐れた彼は、外にいる庭師に、主人を安全に降ろすためアトリエまでのぼってくるよう、いつも叫んでいたという〉

デュリーハウスも幽霊屋敷として、数々の伝説を持っていた。

〈ダイニングルームには、〈カーク訪問時の主人〉ラルフ・クリスティの祖父にあたる〝チリアンワラ〟・クリスティの肖像画が飾られており、彼は屋敷に出る主たる亡霊として知られていた。この片腕の老領主（片方はチリアンワラの戦い(7)で失った）は、死後何十年も屋敷を訪れる人びとに幽霊として姿を見せたのである。手強《ごわ》い宗教改革者でありオカルティストのアニー・ベサント夫人も彼に遭遇したといわれる〉

不気味な現象は、バルカレス邸でも語り伝えられていた。

〈〔付近の〕岩の丘には犬も怖がる「棺桶の道」があり、その下から葬送の石棺がいくつも発掘された（「神のしもべ」[8]の埋葬棺だろうか）〉

〈バルカレスではかつて降霊術が行われていた。あるセッションの終わりに、若い女性が椅子の上で死んでいるのが発見されたこともある。また、第二六代クロフォード伯爵の遺体が、地下室にあった「頑丈な棺」から盗まれた事件があった。大方、オカルトサークルの狂信者が持ち去ったのだろう。それもあって、デイヴィッドとメアリーのクロフォード卿（リンゼイ）夫妻は、時折来る客に対応するときを除いて、一階の窓をすべて鉄のシャッターで塞いだうえで毎晩眠りについていた〉

カーク回想記のなかに出て来るこれらの話は、どれも、ふくらませれば一箇の幽霊物語に仕上げられる題材となっている。聞き書きを続けたファイフ時代のカークにはすでに、小説家としての視点があらわれていたのだ。

では、さまざまな因縁を持つ「幽霊屋敷」を訪れ、滞在したカーク自身、そこで心霊・怪奇現象に襲われたのか。――どうもそうではなかったようである。『想像力の剣』から続けて引く。

〈ロリマー一家がフランスにいる間、カークは丸一か月、ケリーの城主として一人ですごしたが、

（7）一八四九年、インド。
（8）中世ケルトの修道士をさす。

赤いスリッパに出会うことはなかった〉

〈カークは、チリアンワラが使っていた漆喰の天井を持つ大きな寝室に何か月も滞在していたが、亡霊となった旧領主の声を聞くことはなく、ましてやその姿に出会うこともなかった〉

〈バルカレスでカークが下宿していた部屋では、ドア向かいの壁に幽霊的な絵がかけられている。若いオランダ人の不吉な肖像で、奇妙な音を立てるといわれた。クロフォード卿夫妻とカークはその絵の前に二度立ち、実際鳴るときがあるのを確かめた。カチカチという比較的はっきりした断続音だった。夫妻は説明できないという。もっとも、額縁のなかにいるのは死番虫ではないのだ〔結局時計に類する機械音らしい〕。〉(9)

幽霊伝説を知り、超自然的な出来事を記録していったカークは、実体験者ではなく観察者の立場にとどまったようである。それは、彼自身が、現象のなかにめくるめくように没入する者ではなく、距離をもって事態を見つめ、物語として構築する「語り部」であることを端的に示す材料となっている。

Ⅳ 作家の起動と跳躍

ラッセル・カークがとりわけ母方の親族を通じて、少年期から豊かな読書体験を重ねてきたことは、母親や祖父フランクからの影響の項で既述している。幼児期のカークに読み聞かせを続けた母はまた、カークが七歳になると家庭教育で識字を修得させ、貧しい家計のなかからホーソン、フェニモア・クーパー、ウォルター・スコットの選集を古書購入して少年に与えた。パイエティ・ヒルに建つ家の、膨大な蔵書に接してきた影響も小さくなかろう。他にも、フランク・ピアースの妻エヴァ（つまりカークの祖母の一人。ピアースのレストランで毎日驚く数のパイを焼いていたという）は、A・ポープの『人間論』*Essay on Man* や、W・クームの『シンタクス博士絵本漫遊記』*Dr. Syntax* をよく彼に勧めていたというし、ピアース家の先祖の話を集めた本（エベニーザー・W・ピアース大佐著）を手渡しもした。同書についてのコメントが『想像力の剣』に見える。〈ホーソン『祖父の椅子』以外にまだ歴史書を読んでいなかった少年に、［この本は］歴史意識を目覚めさせた。それは世代と世代、人間と神を結びつけるエドマンド・バークの「永遠なる社会の契約」に彼の目をひらかせたのである〉と。これらは作者誕生に重要な役割を果したのはいうまでもない。文学者の伝記を繙《ひもと》けば、成長期における豊かな読書体験の記述は少なからず見出せる。ラッセル・カークもそうした経験を重ねたうちの一人であった。

よく読むことは次第に、書く作業へと繋がってゆく。祖父フランクが不遇の死を迎える前、少年カークがもの書きとして小さな成果を挙げていたことは前記したが（作文コンクールでの入賞。小学生時代）、町の真ん中にある中学校・高等学校（公立で同じ建物だった）に通う年齢になる

（9）タマムシの仲間で、木を食べるときの音が死の前兆といわれる。

と、文才の存在はより明らかになる。彼は一九三二年、ジョージ・ワシントン生誕二〇〇年記念エッセイのコンテストで『デトロイト・タイムズ』紙の金賞を受賞した。続いて一九三六年には、『スコラスティック』(高校生向け週刊誌)主催の全国コンクールで最優秀エッセイ賞を受賞する。審査員はイリタ・ヴァン・ドーレン、フレッド・ルイス・パティー、ロバート・コルテス・ホリデイ、チャールズ・ジョセフ・フィンガーなど当時の著名な作家、文芸編集者ばかりであり、その目に適《かな》ったことになる。作品「メメントス」*mementos* は『スコラスティック』に掲載され(一九三六)、一般媒体へのデビュー作となった。これらの実績は彼に、おのれの筆力を自覚させる役割を果たしたはずだ。

なおカークは一〇歳の頃から『デトロイト・タイムズ』『デトロイト・ニュース』『デトロイト・フリー・プレス』といった新聞を熱心に読みはじめている。政治ニュースにとりわけ関心を持ち、その点では早熟だった。一〇歳代の時期に世界恐慌があり、不況の波はカーク家にも押し寄せてくる。鉄道の貨物量減少に伴い一家の収入は減り続け、平穏な暮らしは打撃を受けた。家族の状態はそれでもまだいいほうだったが、若きカークは社会の矛盾に無頓着ではいられなくなる。トロツキー『ロシア革命史』やM・ロストフツェフ『ローマ帝国社会経済史』を読んだのは高校生のときで、授業とは関係なく個人的に勉強したかったからだ。

当時、急進的な考えを持つ者が周囲にも増えだし、カーク家にも鉄道同胞団の新聞『労働』が毎週、郵便受けに投げ込まれるようになった。父親はほとんど目を通さなかったが、若いカークは熱心に読んだという。ただし、対象はジョークコラムだった。〈それはなかなか良かった〉と『想像力の剣』でコメントしている。

なお、のち修士論文の対象とし、*The Conservative Mind*でも南部保守主義の章（第五章）を中心に重要な位置づけを行ったジョン・ランドルフの著作に触れ、〈その燃えるような精神をもっと知りたいと思った〉のも高校時代である。こちらは教科書に載っていたのが出会うきっかけとなった。

§

高校卒業後、カークは奨学金を得てミシガン州立大学へ進む。一九三六年、一七歳のときである。大学生のカークは社交的にすごしたというが、一方で相変わらず本の虫だったことは、当時の学友が彼の部屋を訪れたとき、蔵書があふれているのに驚き、「きみは人生で何百冊も本を読むんだろうな」と語った逸話からもうかがえる。

カークは典型的な貧乏大学生だった。奨学金は年間九〇ドルの授業料が対象にすぎず、生活費は別途用意しなければならない。貧しい実家から経済的支援を望むべくもない彼は（父親が鉄道員でフリーパスが使えたので、毎週洗濯物を持ち帰り、母親に洗濯してもらうという「支援」は得られたが）、食事は一日一食に切りつめ、一年生時にはいたく痩せたこともあった（窮乏からだけではなく、体育の授業でボクシングとレスリングをしなければならない「苦学」も原因にあったという）。芝刈りやサクランボ摘み、壁塗り、そしてタイプライター打ちのアルバイトは生きるためにも欠かせなかった。

当時の自身を振り返って、『想像力の剣』はこう記している。

〈〔ヒュームのように、彼は〕貧しさをマントのようにまとい、部屋でピーナッツバターとクラッカーを食べ、また、〔大学がある町〕イーストランシングのジョージ・ギッシングを自認していた〉

デイヴィッド・ヒュームはエディンバラの長屋で一日六ペンスにて生活していた。ギッシングは、貧しいなかでも本代を犠牲にしなかった。そのため交通費がなくなり、ロンドンのポートランド・ロード駅からイズリントンの自室まで、ギボン『ローマ帝国衰亡史』四部作を携え歩いて帰ったという話がある。これらを承けた記述である。

生活費の工面に追われていた若きカークが、実績もあった文章表現の才能を使えばいいと気づくのに、そう時間はかからなかった。彼はエッセイや短編小説、演説、即興のスピーチなど、賞金が出るコンテストには積極的な行動をとった〈演説やスピーチはいつも壇上にて早口でまくし立てたが、準備書面はきちんと作成した〉。「汝は勝たねばならない」との低いささやきをいつも聞いたというから、賞金獲得は切実だったようだ。それは達せられ、文才を恃《たの》みとするこの賞金稼ぎは、成果を得て〈なんとか生き延びてこれた〉のである。もっともこの体験は、金銭面以外にも、文章力を磨くという点で作者カークの修業時代にうってつけだった。

頭角をあらわしたカークは、文芸評論・評論史の講座を受け持っていたジョン・クラークのすすめもあり、こんどは季刊誌への寄稿を開始した。「悲劇と現代人」*Tragedy and the Moderns*

（『カレッジ・イングリッシュ』、一九四〇）、「ジェファソンと信仰なき者たち」*Jefferson and the Faithless*（『サウス・アトランティック・クォータリー』、一九四一）が当時の発表作品として上記 *Russell Kirk: A Bibliography* に記されている。

その *A Bibliography* にはカークの雑誌掲載初期エッセイ・評論としてこの二作を含む計八点が記録されており、セント・アンドリュース着校年の一作を除くと七点となる。初作にあたる高校時代の「メメントス」（既述）を別にすると、発表活動はミシガン大学終年から本格化し、デューク大学、陸軍時代が中心だった（ミシガン州立大学教員着任年を含む）。軍務中の一作「あるミシガン兵士の日記、一八六三」*A Michigan Soldier's Diary, 1863* は一九四四年、『ミシガン・ヒストリーマガジン』に発表されたものだが、南北戦争のさいアンティータムやゲティスバーグの戦いに参加した、カークの先祖ネイサン・フランク・ピアーズの日記を紹介した内容である。すぐ次に挙げる二作も七点のうちに入るが、発表こそ記述年ながら執筆はデューク大学在校時にあたる。

軍歴を終えてミシガン州立大学の教員となった時期、カークは書き手としてひとかどの存在になっていた。そこへの自負は、〈二八歳のとき〔彼にはすでに〕、終身教授の大多数よりも多くの既刊出版物〔掲載雑誌〕があった〉との記述からも見て取れる（『想像力の剣』）。一九四六～四七年頃の事情だが、前記したように、彼は当時計七点を実績としており、そのなかにはエッセイ「教育に関する徴兵制」*A Conscript on Education* や、ジェームズ・フェニモア・クーパーの政治批評を論じた「クーパーとヨーロッパのパズル」*Cooper and the European Puzzle* もある（二作はそれぞれ一九四五年一月、四六年一月刊の雑誌に収録）。

これらを経て、ファイフ時代、三〇歳代に至ったラッセル・カークは筆力充実のときを迎えていた。研究生として執筆に費やす充分な時間が与えられ、彼は読み・考え・書くことに膨大なエネルギーを投入した（投入することができた）。かくして主著となる *The Conservative Mind* が生みだされる。この著作はリベラリズムが圧倒的だった戦後の思想界において、独力で保守主義思想の構築を開始した「二人のゴッドファーザー」の一人として（もう一人はリチャード・M・ウィーバー）、カークを思想史的に位置づけることになった。それとほぼ同時期になされたのが、幽霊物語の「語り部」カークの起動なのである。『想像力の剣』には次の記述が見える。

〈一九四八年の秋から一九五二年の春まで、時どきミシガン州立大学に戻り学生に教えるのを除いて[10]、クイーンズ・ガーデンの上品な通りにあるヴィクトリア様式の部屋で、のちには、アーガイルの郊外――中世色が残るウエスト・ポートのはずれで絵のように美しい場所――で、彼はカントリーハウスでのオークション[11]、またエディンバラの書店[12]でどうにかして手に入れた稀少本の山と格闘しながら、寝る時間も惜しんで *The Conservative Mind* の原稿を執筆した。同時期、彼は、ロンドンの新しいミステリーマガジンに送るため、幽霊物語を著した。作品は次々と掲載され、彼の収入は倍になった〉

セント・アンドリュース大学で研究生となるにあたり、カークはアメリカ学術協会評議会から助成金を得ることができた。学費（年額約四五ドル）および図書費のほか、月々七五ドルの奨学金を受け、同会シニアフェロー（上級研究員）の立場になったのである。この扱いには退役軍人に対する恩恵措置もあった。同じ奨学生とはいえ、かつての大学生時代とは格段の違いがある。ファイフ時代の彼は、生活のために「書いて」稼ぐ必要はなかったのだ。その時期に幽霊物語の創作をはじめたわけで、内的かつ自然なモティベーションに基づく執筆行為と大枠ではいえるだろう――もの書きとしての実績をふまえ、フィクション・ライターへの（商業的）野心がなかったとはいえないが。

神経を使う先行文献との「格闘」を前提に、一定の規律のもと文章を成すアカデミック・ライティングに専心する研究者が、他方で、オリジナリティを自在に追求できるフィクション・ライティングの機会を模索しだした。そのバランス感覚は、わからないではない。才能の問題はもちろんあろう。冒険心に富む彷徨時代のカークは、それならなおさら、おのれの筆力が商業媒体に通用するか試してみたいと考えたようだ。かつて自分自身が、さまざまな物語を楽しむ読者だった。こんどは楽しませるほうに立てないか。それならエンターテインメントの要素も必要となる

（10）同大の教員職にはまだとどまっていた。
（11）ファイフやアンガスでの開催に参加。
（12）他にグラスゴー、またロンドンやダブリンの書店にも足を伸ばしている。

わけで、おのれの引き出しを探っていくと、それが確かにある――幽霊の話だ！　これならパイエティ・ヒルですごした少年期と繋がり、スコットランドを目指したいまの自分とも繋がる。小説家の初発はこういったところか。ファイフ時代のカークが伝説を尋ね、幽霊やお化けの話の採集に努めたのは、題材を求める意味もあった点は前記している。

The Conservative Mind が生み出される時期と、幽霊物語作家が始動する時期が重なるのは両者の深い関連性を示唆しており、このことはすでに何度か記した。一方でアカデミックな読み手に対する「思想」が（論文だったことから！）、他方で幅広い読者に対する「物語」が、あたかも両翼のように志向としてひらき、そこに力がみなぎって、作者カークは飛翔をはじめたのだ。T・S・エリオットもいうように、（非合理の世界を豊かにたたえる）「過去」は、過ぎ去ったというだけでなく、現存するという感覚をもまた含んでいる。それが意識されたものとしての「伝統」に結びつき、歴史・慣習の問題と関わってゆく。合理と効率と平準の近代社会に「幽霊」を、「魂《マインド》」を示さねばならない理由はそこに見出せよう。飛翔体カークが、鮮やかな達成《パフォーマンス》を見せるのはまもなくである

V　全作品の概観

A Bibliography によれば（同書データは現物の表記をもとに一部修正している）、カークの物

語（小説）作品は、書籍化されたもので数えると、長編が三作、短編集が六作、計九点となる。長編は初版刊行順に *Old House of Fear*『恐怖の古い家』（一九六一）、*A Creature of the Twilight :His Memorials*『黄昏に生きるもの』（一九六六）、*Lord of the Hollow Dark*『うつろな闇の支配者』（一九八〇）であり、前作と後作は悪夢のようなゴシック様式の幽霊物語、中作はアフリカの架空の連邦を舞台にしたサスペンスで、地政学的スリラーとでもいうべきものだ。後作はスコットランドのバルグラモ邸を舞台に悪魔的な式典の模様と、カルトリーダーの末路が描かれる。一九六七年の短編「バルグラモの地獄」*Balgrummo's Hell* は関連作品といえよう。T・S・エリオットの詩が使われている。

『恐怖の古い家』は、「幽霊の出る島」にある古城の購入交渉に派遣された弁護士ローガンが、恐怖の体験を重ねることになった事情を描いている。孤立した不吉な島は神秘主義者ジャックマン博士の支配下にあり、ローガンはやがて緊迫の対決場面を迎えるのだった。島の女性メアリーとの恋愛事情も絡み、また、マルクス主義やリベラリズムへの諷刺を含む点が興味ぶかい。カークの書いたものでとりわけ人気があり、*The Conservative Mind* を含め他書を併せたよりもよく売れたという。実際アメリカでは、保守思想家のカークを知らなくても、この作品と著者カークは知っている読者が少なくない。

続いて短編集六作を初版刊行順に示す。（＋は没後の刊行）

The Surly Sullen Bell: Ten Stories and Sketches, Uncanny or Uncomfortable, with a Note on the Ghostly Tale. (1962)

The Princess of All Lands. (1979)

Watchers at the Strait Gate. (1984)

Off the Sand Road: Ghost Stories, Volume One. (2002) +

What Shadows We Pursue: Ghost Stories, Volume Two. (2003) +

Ancestral Shadows: An Anthology of Ghostly Tales. (2004) +

これらは初期作品の集成である *The Surly Sullen Bell* を除き、整然と区分けされた作品集とはいえず、ランダムなうえ重複も多い。同じ作品でバージョンを異にする場合もある。そのため短編は個別に言及したほうがよさそうであり、以下この考えに従う。

カークの短編小説（実録風を含む）には一九四九年から一九八三年にかけて雑誌に発表された一八作と、上記短編集刊行のさい書き下ろしで収録された五作、計二三点がある。

これらのうち、全体の初作にあたる *America, I Love You* は、一九四九年にセント・アンドリュース大学の *Quern* に発表された。ネバダ州の砂漠にある陸軍施設ウィルキンソン・キャンプを舞台にした話であって幽霊物語ではない。主人公は読書家のシモンズ曹長で、キャンプ内の対話が中心となり欧州戦線での記憶もまた兵員によって語られる。ダグウェイ時代のカーク軍曹の日常がいくぶん反映された様子がある。この小品は当初、アメリカの総合月刊誌に送ったが採用とならず、留学先の雑誌に発表される経緯を辿った。

第一作はこうしてやや不遇の扱いとなったのを受け、ベイジル・スミス[13]の勧めもあり、カークは執筆対象を幽霊物語へ転じてゆく。幽霊についてなら、少年期からの蓄積をふまえることができる。エンターテインメントとして商業媒体に採用されやすいことは当然、念頭にあったろう。かくして第二作「切り株の背後」*Behind the Stumps*（幽霊物語の第一作）が、*America, I love you* 発表の翌一九五〇年に早くも雑誌掲載された。「幽霊路線」はまもなく軌道に乗り、以降、比較的連続して作品掲載がなされてゆく。

カーク幽霊物語（サスペンスを含む）の短編群は概ね前期と後期に分けられる。「切り株の背後」から「リトルエジプトの地下室」（一九六二年発表）までの一〇作と、それ以降の一二作である。

先に後期グループを初出年順に列記していく（作品名・発表先・発表年）。

(13) 英国国教会の聖職者。教会関係の著書を持つ学者で古物収集家でもあった。カークは彼の牧師館（ヨーク）をよく訪れ、二人は幽霊の話を好んで交わしたという。後年カークはスミスの幽霊物語上梓に尽力し、その本 *The Scallion Stone by Canon Basil A. Smith* (Whispers Press, 1980) には序文も寄せている。

"Balgrummo's Hell" (*The Magazine of Fantasy and Science Fiction*, 1967/7)
"Saviourgate" (*The Magazine of Fantasy and Science Fiction*, 1976/11)
"There's a Long, Long Trail a'Winding" (*Frights: New Stories of Suspense and Supernatural Terror*, 1976)
"Fate's Purse" (*The Magazine of Fantasy and Science Fiction*, 1979/5)
"Lex Talionis" (*Whispers II*, 1979)
"The Last God's Dream" (Kirk, Russell, *The Princess of All Lands*, 1979)
"The Princess of All Lands" (Kirk, Russell, *The Princess of All Lands*, 1979)
"The Peculiar Demesne" (*Dark Forces: New Stories of Suspense and Supernatural Horror*, 1980)
"Watchers at the Strait Gate" (*New Terrors*, 1980)
"The Invasion of the Church of the Holy Ghost" (*The Magazine of Fantasy and Science Fiction*, 1983/12)
"The Reflex-Man in Whinnymuir Close" (Kirk, Russell, *Watchers at the Strait Gate*, 1984)
"An Encounter by Mortstone Pond" (Kirk, Russell, *Watchers at the Strait Gate*, 1984)

後期（一九六七〜八四）のカークは満四八〜六五歳にあたり、*Eliot and His Age*（『エリオットとその時代』、一九七一）など多くの要書を刊行する一方、保守系ジャーナルを中心に活発な言論活動を展開し、また講演も重ねていた。晩婚の彼は第一子を得たのが一九六七年であり（結局、四人の娘に恵まれた）、私生活も充実していた時期である。多産な筆者とはいえ、フィクション・

ライターとして割く時間に限りがあったことは察せられる。

これに対して、前期は第一短篇集 *The Surly Sullen Bell* に書き下ろし収録された「リトルエジプトの地下室」を除く九点が七年余のうちに雑誌掲載されている。概ね切れ目なく作品発表がなされており、後期と比べ時期的なまとまりがある。七年のうち前半は研究生として制約の少ない時代にあり、博士論文（のちの *The Conservative Mind*）と幽霊物語に集中できた背景がこうした点からもうかがえよう。後半もパイエティ・ヒルの屋敷に落ち着き、執筆に比較的専念できた時代にあたる。

その前期一〇点を以下、初出順に作品名・発表先・発表年でそれぞれ記す。こちらは和名表記を付した。※印は本書収録作である。

"Behind the Stumps" (*The London Mystery Magazine* #4, 1950/6-7)「切り株の背後」
"The Surly Sullen Bell" (*The London Mystery Magazine* #7, 1950/12-1951/1)「不機嫌な鐘」（本書では「弔いの鐘」とした）※
"Uncle Isaiah" (*The London Mystery Magazine* #11, 1951/8-9)「イザヤおじさん」※
"Off the Sand Road" (*World Review* #37, 1952/3)「オフ・ザ・サンド・ロード」
"Old Place of Sorworth" (*The London Mystery Magazine* #14, 1952/2-3)「ソルワースの古い館」（短編集 *The Surly Sullen Bell* 収録にさいしてカーク自身により "*Sorworth Place*" と改題された。長編

小説 *Old House of Fear*〔1961〕との類似が考慮された可能性がある。なお本書では「呪われた館」とした）※

"Skyberia" (*Queen's Quarterly* #59, 1952 Summer)「スカイベリア」

"What Shadows We Pursue" (*The Magazine of Fantasy and Science Fiction* #4: 1, 1953/1)「影を求めて」※

"Ex Tenebris" (*Queen's Quarterly* #64, 1957 Summer)「暗闇」

"Lost Lake" (*Southwest Review* #42, 1957 Autumn)「ロストレイク」※

"The Cellar of Little Egypt" (Kirk, Russell, *The Surly Sullen Bell*, 1962)「リトルエジプトの地下室」※

かくしてカークの幽霊物語を概観したが、本書の関心でもある *The Conservative Mind* 執筆時期との近さという観点を考慮すれば、短編の場合、前期を重視する方針は当然生じてこよう。文学性が豊かで清新な作もこちらに多い。それらを前提に、本書では前期群から六点を選んで訳出したのである。収録作に対するコメントは次節に付す。

VI　本書収録作について

前期一〇点は最初の作品集 *The Surly Sullen Bell* にすべてが収録されている。その序文で作者は読者にこう告げる。

〈ここに収められた短編はどれも、薄暮のなかというより、むしろはっきり、闇が立ちこめた世界にふさわしい正面きったゴシック調の物語である。読者はそのなかに、M・R・ジェイムズ、ヘンリー・ジェイムズ、さらにはジェシー・ジェイムズのアイデアを発見するかもしれない。ただし私は、幽霊や迷信を説明するセオリーを持ち合わせてはいない。今日の多くの良心的な心理学者と同様に、そのような現象がありうることを認識している者の一人にすぎないのだ。

もっとも私は、人生の多くを幽霊が出るような場所で送ってきた。セント・アンドリュース、エッグ島、ヴェローナやローマの裏路地、ファイフの不思議な城やカントリーハウス、なかでもミシガン州メコスタにある私の軋む古い家で、である。わが古屋敷は、祖先が抱いたスウェーデンボルグ的心霊才能の残影が、いまでもそこここに充ちている〉

著者は物語に登場する幽鬼を〈レヴェナント〉（帰ってきた者）と見なしており、その意味で怪物たちを、（心地よいとはいえないまでも）〈自然な様子で登場する存在〉として読んでほしいと読者に求めている。また、幽鬼は結局のところ、〈馴染みやすく読者を満足させるスペクター〈物の怪《け》〉なのだと書いていることから、採集活動で得た題材の作品化にとどまらず、ゴシック様式を中心にエンターテインメントの要素を積極的に採り入れた姿勢が見出せる。実際、本書収録の各作品を見れば、その内容は神秘・スリラー・ロマンス・ファンタジーと、面白さの追求に配慮が及んでいることがわかるだろう。

一方、カークは同序文において、「ロストレイク」に関し、〈私がすごしてきた場所や依って立つ家郷の姿を考えれば、幽霊を見たことがあるかと問われた場合、ないと答えると、私はかえってつまらない人間になってしまうだろう。それゆえに、こうした実録もありうるのだ〉と書いている。自身の幽霊物語は「本当にあった」怪異現象の報告ではなく、あくまで文芸制作物《フィクション》なのだが、それでは物足りないと思う読者のために、体験とフィールドワークを基にした「ロストレイク」を収録したいうわけだ。ただ真実性はこの作品にとどまらないとも示している。いかに「文芸化」がなされようと、また、「面白い」要素をどれほど演出しようとも、自身が著したすべての怪談には〈事実の一端あるいは核心が存在している〉とコメントすることも、作者ラッセル・カークは忘れていない。

§

本書収録六作について、それぞれの内容および関連事項を、以下に概説しておく。

イザヤおじさん

街並みも政治もすさんでゆく都会で、時流に抗し善意と良識に生きようとする人間が陥る危機と、風変わりな解決法のゆくえを描いた作品である。近代化の進展は「進歩」の賑わいを現前させるとともに、時間をかけてつくられた自生的秩序を無遠慮に打ち壊し、社会に深刻な荒廃をもたらした。作品の背景となったノースエンドもそれが起きた町として設定される。

主人公はクリーニング店経営者のダニエル・キナードで、古い町が残骸となってゆく一隅にとどまり、なんとか生活を維持する努力をしてきた。そうした家族の前に、理不尽な要求を突きつけるギャング一味が現れる。政治家のバックアップもあって増長するそのボスに、一市民の身で立ち向かおうとするダニエル。この急場で、一族の迷惑者ともいえる奇人イザヤがよみがえり、最後の対決となる。終結部に躍動的かつ喜劇的な場面を含むのが本作の特徴となろう。イザヤの風貌にカークの父方祖父のイメージ（二七一頁）がいくぶんか投影されているのは、眉の描写から推察できる。

なお、イザヤ書からのエピグラフが付されるが、カークのキリスト教に対する立ち位置については、本稿Ⅲ節二八五〜二八六頁の引用を含む記載が参考になる。

【追記】

本作は前述『ひらく』第二号に掲載された版を用いている（「アンクル・イザヤ」筆名・澤村修治。発表の過程では翻訳家寺下滝郎氏から知見と助力を得た）。やや特殊性があり、日本で初紹介となるカークの小説を一般向け媒体に登場させる点をふまえ、読みやすさを考慮し、訳者の判断にていくつか原文に筆を加えた。本書収録にさいしては、既発表作ということで概ねそのかたちのまま載せる判断としている。

併せていえば、本書収録の他の五作は「イザヤおじさん」に類する筆入れは抑制されているものの、逐語的な翻訳姿勢をとっていない。歴史や背景を異にし、構造も違う他言語へ移すさい、単純な置き換えで済まないことは改めていうまでもないし、小説の場合はとくにそうである。本書収録作は、話の筋を追い、表現法やテーマを尊重するのは基本としても、日本語の読者——それもより幅広い読者を想定して訳出作業を行った。改行をふやしたほか、必要に応じて言葉を前後させ、和文として腑に落ちるための咀嚼を付し、理解を扶《たす》ける適切な表現を導入する等の作業である。諸氏のご高察を願う。

呪われた館

原題は「ソルワースの古い館」だが邦題では表記とした。エドマンド・バークのエピグラフを掲げた本作は、かつて武功十字章を授けられた勇敢な軍人であり、いまでは放浪の身となったラルフ・ベインが主人公である。落伍者というしかない生を送っているベインが、壮大な邸宅を相続し、それを守ることに努めまた苦しむヒロイン、アンと出会うことで物語が動きだす。

古城のようなアンの邸館を訪問するようになったかつての「騎士」ベインは、彼女の元夫——幽鬼になった——と対峙する運命に導かれてゆく。やがてショッキングなクライマックスが訪れるのだ。ホラー、サスペンスの要素は申し分なく、その一方でロマンスの面もよく出ている。兆しがくり返されたのち、ついに幽鬼本体があらわれる緊迫の夜を迎えた男女は、それぞれの葛藤のすえ、息づまる心理劇をくり広げる。ここでの豊かな作劇法は本作の魅力の一つといえよう。

アンが継承して暮らす邸館内部の描写はリアルにして不気味さが強調されており、スコットランドの古城やカントリーハウスでの体験が材料を提供したはずだ。酒場の主人がスコットランド特有の言い回しをするのも興味ぶかい。

弔いの鐘

最初期の作品で、表題はシェイクスピアのソネットから採られている。出版社のセールスマンとして各地を巡回する主人公は、孤独な独身男だった。そのフランク・ローリングが、大学時代の恋人であり一度は将来を約束もしたナンシーと再開することから物語は動きだす。ナンシーは不気味な姿になり果てており、彼女とローリングの悲運が、恐怖とロマンスを綯《な》い交ぜにしながら描かれてゆく。ローリングは、職業と思想的なニュアンスから、カーク自身の姿が投影されていると思われる（後述のようにカークは書店経営の実績がある）。

この作品で特徴をなすのは異様な街区の情景である。ナンシーの家は「進歩的」な都会の片隅にあったが、おぞましい廃墟の一廓と地続きの場所に建っていた。そこへ向かうローリングは醜くすさんだ地区を通り抜けねばならない。出会う街並みと人間たちの描写は、近代人のエゴイズムがつくりあげた地獄の様相をリアルに示す。それは読む者に不安と悪寒を呼び起こし、出来《しゅったい》する事件場面の迫真性へと繋がってゆく。カークは少年期から田舎の古い家で「幽霊」（の話）に接してきたが、本作はそれとは異なる都会の恐怖を描いたものだ。自身の蓄積をあえて外したわけで、デビュー期カークの作者としての守備範囲の広さがうかがえる。

カークは陸軍時代、一時帰郷の途上や任務のための旅行で、サンフランシスコ、ロサンゼルス、セントルイスなどの都会をよく知るようになった。当時のセントルイスは、都市再生事業の〈初期の犠牲者となり〉、古くからの地区が醜く壊されていたという。〈〔独特の風情があった〕古いフランス風の街区はほとんどが取り壊され、瓦礫の散乱する土地に大聖堂がぽつんと建っていた〉と『想像力の剣』に出てくる。その記憶は本作中で、街の描写に生かされているはずだ。なおセントルイスを舞台にしたカークの怪談には、本作のほか、後期の一作“Lex Talionis”がある。

リトルエジプトの地下室

The Surly Sullen Bell の序文に、〈いくつかのエピソードは実際に起こり、登場人物のモデルはまだほとんどが生きている〉との言及がある。その意味で、「ロストレイク」に似た実録のニュアンスもまたあるようだ。カークは鉄道駅の近くで幼い時期をすごしており、後年にはノースランシングやデトロイトの荒れた地区もよく知ることになった。スコットランドでは古来の貴族意識を保持する人たちと交流したが、別の土地では労働者階級の人びととも関わりを持ってきた。そこでの経験や得た知見は本作の成立に深く関わっている。

舞台となった酒場リトルエジプトには、酒と賭事を好み、ときに暴力もふるう荒《すさ》んだ男たちが多数登場し、西部劇にありそうな場末感が漂う。作中で引かれる聖書の一節〈汝の忌まわしきすべての行為に対し、汝に報いを与えよう〉は主旋律となって、これを念頭に作者は、荒くれ男たちの「忌まわしき行為」に筆を尽くすのである。その一方で、物語は少年の語りから構成されるかたちをとっており、一連の出来事を見つめる若者のまなざしには哀しみと諦念の色合いがにじみ、エンディングの記述へと繋がってゆく。殺伐と冷血が描かれるなか、どことなく無常と滅びの印象もまた伝えてくるわけで、これら二つは、作品の基調を成しているといってよかろう。

殺人事件を扱っており、保安官補をはじめ町の男たちが犯人を追いつめる物語という点でも、異色の一作といってよい。

影を求めて

広大な図書館邸宅ともいえる古い屋敷で、かつての当主コア博士の蔵書を古書として処分する出来事をめぐって、事件が起こる。主人公はブックディーラーのウィリアム・ストンバナーで、堅実な商売人であるのと同時に、よき読書家であり、すぐれた識眼を持つ本の鑑定人だった。古書の来歴にくわしいだけでなく、所蔵者の本に対する愛情の深さもまた理解できる人間として設定されている。

時が止まったかと思える屋敷に住むのはコア博士の妻と娘で、夫人は気品こそあるがどこか狂気を秘めた女性として、娘のサラは奇妙な笑みを洩らす得体の知れぬ人物として描かれ、作品にただならぬ緊張感をもたらしている。そこに金銭目当ての軽薄な義理の息子が加わり、密室劇のようなタッチで物語は進む。そして最後になって劇的展開が訪れる。

この怪談は、カークがミシガン州立大学の教員時代、副業で仲間と立ち上げた書店体験が反映されている。彼は地元のイーストランシングで、〈大学のスタッフや優秀な学部生が利用できるような、良い古本屋〉の立ち上げを構想した。〈古書だけでなく新刊書まで、質のよい本を選んで販売するとともに、コーヒーを淹《い》れ、プレーンなドーナツを出し、楽しいおしゃべりをする場をつくろう〉と考えたのである。構想はまもなく現実化する。友人エイドリアン・スミスの協力を得て、彼はイーストランシングのビジネス街に店舗となる地下室を見つけ、レッドシーダー書店を創《はじ》めた。カークの妹で当時、ミシガン州立大学の学部生だったキャロラインも、店員として参加している。

この仕事を通じてカークは、〈ミシガン州最高裁判所の故ハワード・ウェイスト判事の膨大なコレクション〉と出会い、ウェイスト邸に出入りする機会を得た。この邸宅がコア博士の古屋敷のモデルとなったのである。『想像力の剣』には次の記述が見える。

〈ところ狭しと本が並べられたウェイスト邸はイタリア風の重厚な建物であり、かつてはミシガン州知事の家として使用するつもりだった。建築的にランシングで最も素晴らしい邸宅といえたが、それが適切に維持されていないことを憂慮したウェイスト判事は、自ら入手し修復したのである。しかし、彼〔ウェイスト元判事〕の死後、邸宅は次第に朽ち果てていき、そこに住んでいた未亡人や娘の資産も失われてゆくばかりだった。機知に富んだウェイスト老夫人は、「部屋を貸せればいいのですが、誰がこんなところに住みたがるでしょう。汚すぎるわ。それに、幽霊が出るんですよ」と話していた。〔中略〕ウェイスト邸で起こった不気味な出来事〔の聞き取り〕

から、カークは数年後、怪談「影を求めて」を創作することになる〉
レッドシーダー書店は〈大胆で楽しい事業だったが、時間がかかり、採算も合わなかった〉という。後年、カークには本屋になる選択もあったが、このときの経験が頭をよぎり誘惑を断った。もっとも書店経営の体験は、〈本売りで儲からないときの慰めは、客の性格の多様さである〉と回顧するように、個性的な人間に出会えた点で価値があった。『想像力の剣』には、このときの客の一人レオン・ラックの肖像が印象的に記されている。
〈痩せこけ、非常にみすぼらしく、ドストエフスキーに出てくるような頬のこけた過激派の原型のような人物だった。彼はマルクス主義の本をじっくりと吟味し、折に触れて買っていった――カークは彼から金銭を受け取るのをためらった。この学生はとても貧しかったからである。また、カークはレオン・ラックのことを、ミシガン州立大学では極めて稀な本物の学究者だと認めていた。〔中略〕レオンは自分の政治的関心を隠すことなく語っていた。ミシガン州立大学のジョン・ハンナ学長は、ラックの卒業を認めないと宣言した。〔中略〕この恣意的な学位拒否に異議を唱える力もなかったレオンは、数年間真剣に勉強したのち、卒業証書もないままキャンパスから姿を消した〉
　保守の立場から共産主義には厳しかったカークだが、共産主義を信じた人間の運命には、どこか寄り添うような、温かいものが感じられる記述であろう。

ロストレイク

パイエティ・ヒルおよびそれを擁するメコスタ村ですごした日々は、作者カークにさまざまな題材（テーマや背景、人物造形のヒント）を提供したが、この物語は、そのなかでとりわけ忘れがたい記憶を基にして記される。*The Surly Sullen Bell* の序文で〈実録〉と自ら位置づけるように創作色はうすい。そのぶん、カーク自身故郷をどのように見ていたのか、一端がわかる作品として読める。

ヴァン・タッセル夫人やジョーンズは、「呪われた館」や「影を求めて」に登場する貴族的人物とはまるで異なり、野性そのものといえる存在である。荒れ果てた自然に適応して暮らす者の特徴をそれぞれ刻印しており、彼らのような人びとを、若きカークはメコスタでよく目にしていたのだ。なお〈実録〉とはいえ、作家の心をゆさぶった不気味で残酷な事件を扱っており、よく出来たミステリーに仕上がっている。

本作はまた、「オフ・ザ・サンド・ロード」とともに、メコスタという奇異な土地の雰囲気を至妙に伝え、独自の文芸的誘引力を宿すものと認められる。想像力をかき立ててくる描き方がなされており、レッドシーダー書店の協力者エイドリアン・スミス（前述）が、〈ラッセル、きみは最後のロマン派であり、おそるべき作者だ。神に見捨てられた土地をテーマに、いったいほかの誰がこれほどの物語を書けるだろうか〉と評したのも、そこから来る印象が背景にあるのだろう（このエピソードは、『想像力の剣』に出てくる）。

Ⅶ　後記

思想家・表現者としてのカークの生涯は（少なくとも本稿が扱った前半生は）、平穏なものではなかった。保守思想人としての彼は、その語のごとく「保ち、守る」立場に腰を落ち着けることができたわけではない。変化する故郷の姿は心を痛めるばかりだったし、アメリカ各地やスコットランドほか欧州を歴訪する途上、彼の目に映ったものは、「進歩」を志向する者のさまざまな意匠によって見難《みにく》く壊された世界だった。

その再建こそ彼の課題となる。すなわちラッセル・カークの保守主義は、リベラル陣営とのたたかいを通じて――退却しあるいは「潰走」する悲劇を幾度となく迎えつつも（一部後衛での反撃はあったが）――、生者と死者の「魂の協働体」を再構築せんとする、けなげな活力であり志だというべきであろう。彼の幽霊物語にどこか戦闘的な要素があることは、本書収録作からも察知できる。それはこうした活力や志の反映なのである。ゆえに「語り部」カークが描くドラマは、少なくとも甘いロマンや予定調和的な着地物ではありえないのだ。

深慮をもとに、時間をかけて永遠の絆が織りなされることで、社会は形成される。ゆえに壊れやすいものだが、それを基盤に人びとは結びつき、生きるに値する人生を生きる。この点への確信が、負け戦《いくさ》になることがわかっていてもたたかう、ラッセル・カークの態度を決した。かくして彼は思想的旗幟を打ち立て、想像力の剣《つるぎ》をにぎり、現代社会の荒野に敢然と立つ。その彼にはまた、リベラリズムが隅々まで行き渡った世界において保守思想が辿る運命への悟達があり、ひとつの叡智に繋がっている。次の皮肉はこうした叡智が告げてくる言葉だと思えてならない。〈〔わたしは〕少年時代、ポップカルチャーの代表的なヒーローであるセーラーマン・ポパイのコミック連載を毎日読んでいた。ポパイが恋人オリーブの前に初めて登場[14]したときの話、「自分は自分。これがすべてさ」というフレーズもよく覚えている。〔ただし、〕ポパイとアリス・ザ・グーンのたたかいと、二〇世紀後半におけるカークの「知的なチンピラ」に対する抵抗とのあいだに類似性を見出そうとするのは、「すべては虚しい。どこまで行っても」vanitas vanitatum であろうけれど〉（『想像力の剣』序文のエンディング）

彼の幽霊物語にも、これら認識の複雑さは揺曳しているはずだ。影のように。

横手拓治

令和六年（二〇二四）二月

＊本書刊行にさいして、会長竹内淳夫さん、担当の須藤楓さんをはじめ彩流社の方々からご厚意を得た。記して謝意をお伝えするものです。

（14）ポパイはオリーブたちより一〇年遅れ、最初は脇役として出た。

【著者】
ラッセル・エイモス・カーク（1918-1994）Russell Amos Kirk
アメリカの政治理論家・モラリスト・歴史家・社会評論家・文芸評論家・小説家。主著『保守主義の精神（*The Conservative Mind*）』（1953）は、第二次世界大戦後の保守主義運動に明確な指標を示し、思想界、ジャーナリズムからアクチュアルな政治にまで幅広い影響を与えた。

【編訳者】
横手拓治（よこて・たくじ）
淑徳大学教授。1960年東京生まれ、千葉大学人文学部卒。博士〔文学〕（千葉大学／論文博士）。中央公論社・中央公論新社に勤務したのち現職。著書にアイデア編集部編『現代日本のブックデザイン』、日本出版学会編『パブリッシング・スタディーズ』、出版文化産業振興財団編『JPIC読書アドバイザー養成講座1／本が手に届くまで』（改訂版第4版）〔以上共著〕、澤村修治で『宮澤賢治と幻の恋人』（河出書房新社）、『宮澤賢治のことば』（理論社）、『唐木順三』（ミネルヴァ書房）、『日本マンガ全史』（平凡社）、『ベストセラー全史』（筑摩書房）などがある。

幽霊《ゆうれい》のはなし

2024年2月29日 初版第1刷発行

著　者　ラッセル・カーク
編訳者　横手拓治
発行者　河野和憲
発行所　株式会社 彩流社

〒101-0051 東京都千代田区神田神保町3-10 大行ビル6階
電話 03-3234-5931 FAX 03-3234-5932
https://www.sairyusha.co.jp
sairyusha@sairyusha.co.jp

印刷　明和印刷㈱
製本　㈱村上製本所
装幀・本文イラスト　須藤 楓

定価はカバーに表示してあります。落丁本・乱丁本はお取り替えいたします。

ISBN978-4-7791-2953-7 C0097

夕霧花園

978-4-7791-2764-9 C0097(23.02)

タン・トゥアンエン著／宮崎一郎訳

天皇の庭師だったアリトモと、日本軍の強制収容所のトラウマを抱えるユンリン。英国統治時代のマラヤ連邦を舞台に、戦争で傷ついた人びとの思いが錯綜する。同名映画原作。マン・ブッカー賞最終候補、マン・アジア文学賞等受賞の名作。　四六判上製　3500円＋税

バーナデットをさがせ！

978-4-7791-2669-7 C0097(22.11)

マリア・センプル著／北村みちよ訳

破天荒でメチャクチャなママが、ある日、突然いなくなっちゃった⁉　シアトル在住の人気テレビ脚本家による、米で映画化もされた小説。主人公の突飛な行動の数々に笑わされながら、かつて諦めた夢への勇気をもらえる一冊。　四六判並製　3200円＋税

無垢なる聖人

978-4-7791-2838-7 C0097(23.02)

ミゲル・デリーベス著／喜多延鷹訳

還暦を過ぎ、認知症を患ったアサリアスは暇を出され、義弟の家へやっかいになる。義弟はある日、事故で足を骨折してしまう。かわりにアサリアスがお供をするも、狩りの調子は振るわず、苛立った主人が怒りをぶつけた先は……　四六判上製　2700円＋税

夏

978-4-7791-2857-8 C0097(22.10)

イーディス・ウォートン著／山口ヨシ子訳／石井幸子訳

「チャリティ（慈悲）」と名付けられた、複雑な出自をもつ若い娘のひと夏の恋——同じく閉塞的な社会に生きる人々を描いた『イーサン・フローム』（1911）と並ぶウォートン中期の名作、待望の翻訳出版。本邦初訳！　四六判上製　2800円＋税

ドイツのゴシック小説

978-4-7791-1470-0 C0098(09.11)

亀井伸治著

文学史上確固たる地位を占める英国ゴシック小説に比して、ほとんど顧みられることのなかったドイツゴシック小説の本格研究。24ページのカラー部分で紹介する著者の古書コレクションも収録。　A5判上製　4700円＋税

ゴシックの享楽

978-4-7791-2801-1 C0098(21.12)

文化・アダプテーション・文学　　武田悠一著

時代とともに変容し、拡散するゴシック。不快な出来事や、時には死に至るような苦痛を来る返し語り、不安や恐怖を呼び起こすゴシックの〈享楽〉。その文化的・文学的、社会的・政治的な意味とは何かを問う論集。　四六判上製　4000円＋税